MAGGIE SHAYNE

La última Profecía

Editado por Harlequin Ibérica.
Una división de HarperCollins Ibérica, S.A.
Núñez de Balboa, 56
28001 Madrid

I.S.B.N.: 978-84-687-0946-8
Depósito legal: M-27799-2012

Capítulo 1

Costa de Maine

Era la noche más negra y lluviosa que el agreste y olvidado cementerio había visto en siglos. Las antiguas lápidas parecían bambolearse como borrachos bajo los fantasmales árboles. Ramas sarmentosas arañaban la más alta de las antiguas tumbas de piedra como dedos de esqueleto, mientras los vampiros supervivientes se apiñaban en torno a la enfangada fosa.

Brigit Poe, en parte vampira, en parte humana, una de los famosos gemelos opuestos, iba vestida para la batalla, que no para un funeral. Era simple casualidad que vistiera enteramente de negro. El flexible tejido transpirable se adhería a su cuerpo como un guante de látex. Calzaba unas altas botas negras, con hebillas hasta las rodillas. Las macizas plataformas le proporcionaban un suplemento de estatura, toda una ventaja en la batalla, a la vez que su peso reforzaba la potencia de su patada. Parecía como si le hubiera quitado la negra y larga gabardina al cowboy de un antiguo espagueti *western*; la gruesa tela de su capa corta servía no solamente para protegerla de la lluvia, sino para desviar un cuchillo lanzado contra su espalda.

Le habría gustado tener una capucha. Le habrían gustado muchas cosas, y la primera era que la tarea a la que se enfrentaba le hubiera caído en suerte a cualquier otro menos a ella. Pero eso no iba a suceder.

Mientras permanecía de pie, viendo como los vampiros se adelantaban para arrojar las cenizas a la húmeda fosa, su hermano gemelo se acercó para plantarle un negro sombrero de cowboy sobre sus empapados rizos rubios. Tenía, recordaba que le habían dicho alguna vez, el pelo como el personaje *Ricitos de Oro*; la cara de un ángel; el corazón de un demonio... y el poder del mismísimo Satanás.

«Un sombrero negro», pensó, irónica. En los espagueti *westerns* que había visto, ella definitivamente habría llevado un sombrero de aquellos, negro. Y su hermano uno blanco. Porque él era el bueno. El héroe.

Ella no.

—No será fácil —le dijo su hermano—. Darle caza. Matarlo.

—Y que lo digas. Tiene cinco mil años y es más poderoso que cualquiera de nosotros.

—No era eso precisamente lo que quería decir, hermanita —James, al que ella se empeñaba en llamar J.W. pese a sus constantes protestas, se la quedó mirando expectante.

Brigit fingió no entender lo que esperaba de ella, pese a saberlo a la perfección. Decencia. Moralidad. Algún indicio de que cuestionara lo ético de la decisión que había sido tomada: que debía encontrar y ejecutar al Anciano que había dado origen a la raza de los vampiros.

Apenas unos días antes, su hermano había localizado y resucitado al primer inmortal, el antiguo rey sumerio conocido como «El Superviviente del Diluvio». Él había sido el Noé original, de una leyenda mucho más vieja que la versión bíblica. Su nombre era Ziasudra en sumerio, Utanapishtim en babilonio.

Cierta profecía, la misma que había vaticinado que la

guerra que actualmente enfrentaba a vampiros y humanos, afirmaba también que el Antiguo, el primer inmortal, el hombre del que descendía la raza entera de los vampiros, constituía al mismo tiempo su única esperanza de salvación.

O al menos así era como la habían interpretado en un principio. Porque, de hecho, su ancestro se había convertido en el artífice de su destrucción. Confiando en que el Anciano sería su salvación, J.W. había utilizado sus poderes curativos para resucitar a Utana de sus cenizas. Pero el Antiguo había vuelto a la vida con la mente trastornada por los miles de años que había pasado encerrado.

Convencido de que había sido maldecido por los dioses por haber compartido el don de la inmortalidad y creado inadvertidamente la raza de los vampiros, Utanapishtim se había propuesto destruirlos a todos. Una sola mirada de sus ojos bastaba para aniquilarlos. Eran muchos los vampiros que a esas alturas había asesinado.

Y de humanos *vigilantes* había matado todavía más.

Tal parecía que el final de su raza estaba a la vista.

A no ser que *ella* pudiera detener a Utana y frustrar la misión que él mismo se había impuesto.

—Lo que quería decir —añadió su hermano— es que matar a alguien que no puede morir, sabiendo que lo único que conseguirías sería sentenciarlo a una muerte en vida, para toda la eternidad...

—¿Estás intentando provocarme remordimientos de conciencia, J.W.? —le espetó, irritada—. No funcionará. Ese canalla ha matado a centenares de congéneres nuestros. No tengo el menor problema en liquidarlo antes de que acabe con todos nosotros. Ningún problema en absoluto.

Alguien se aclaró la garganta, y Brigit miró de nuevo hacia la tumba abierta. Trece supervivientes de la última aniquilación habían recogido el polvo y cenizas que habían quedado de sus seres queridos para llevarlos allí, a aquel olvidado cementerio de los bosques de Maine.

Eran diez los vampiros del grupo: Eric y Tamara, Rhiannon y Roland, Jameson y Angélica, Edge y Amber Lily, Sarafina y la humana recién convertida en vampira, Lucy. Los acompañaban la pareja mortal de Sarafina, Willem Stone, y los gemelos mestizos, la propia Brigit y su hermano J.W, en parte vampiros y en parte humanos.

Su tía Rhiannon, ataviada con un largo vestido cuya cola arrastraba por el barro, vertió las cenizas de la última urna en la tumba abierta, arrojó después una urna tras otra y alzó los brazos al cielo. La lluvia resbalaba por la cremosa piel de sus senos, casi completamente al aire por el pronunciado escote de su vestido color rojo sangre. Su larga melena negra colgaba en húmedas guedejas. La pintura de ojos se le había corrido por las mejillas, mezclada con las lágrimas y la lluvia. No parecía ella misma.

–Sé que podéis oírme, amigos míos. Mi familia –le falló la voz, pero Roland se adelantó de inmediato para plantar sus fuertes manos sobre sus hombros desnudos. Luego, lentamente, bajó los brazos para recoger los pliegues de su negra capa y la envolvió en ella, protegiéndola de la lluvia. Al mismo tiempo alzó también las manos al cielo y entrelazó los dedos con los suyos.

Fue una imagen bella. Y desgarradora al mismo tiempo.

–Sé que podéis escucharme –continuó Rhiannon–. Y confío en que hayáis descubierto que nosotros también entraremos en el paraíso cuando abandonemos esta vida. Nosotros también somos merecedores del cielo. Tenemos almas: almas que sienten, que aman, que viven... mil veces más intensamente que aquellos mortales que nos tachan de monstruos insensibles –cerró los ojos y aspiró profundamente–. Descansad en paz, allí en la luz, mis seres queridos. Descansad en paz, y no temáis nada. Porque aquellos que habéis dejado atrás sobrevivirán –abrió los ojos. Su mirada era oscura y fría, más aterradora que nunca–. Y os juro por la propia Isis que seréis vengados.

Bajó lentamente los brazos. Roland la abrazó entonces por la cintura, envolviéndola todavía en su capa.

–Ya está, amor mío. Vamos, necesitamos instruir a nuestra pequeña guerrera antes de mandarla a la batalla.

Rhiannon se volvió para encontrarse con la mirada de Brigit. Eran tantas las cosas que podía leer en sus ojos, pensó Brigit mientras contemplaba a su mentora, la mujer a la que más admiraba en el mundo y cuya aprobación siempre había anhelado. Y conseguido. Había amor en aquellos ojos. Amor, dolor y miedo. Mucho miedo.

El miedo en la mirada de Rhiannon era algo tan extraordinario que Brigit no pudo evitar estremecerse hasta los huesos. J.W. le apretó cariñosamente un hombro.

–Todo saldrá bien, hermanita.

–Para ti es fácil decirlo. Tu trabajo era resucitar a nuestro ancestro. Soy yo la que tiene que enfrentarse con él, ahora que está vivo y coleando.

–Vamos –le dijo Eric–. Volvamos a la mansión. Estar fuera durante tanto tiempo no es seguro, ni siquiera aquí.

Uno a uno, o pareja a pareja, fueron abandonando el cementerio, siguiendo el estrecho y enlodazado sendero que partía de la vieja tumba para serpentear hacia el edificio que se alzaba en lo alto del acantilado. El mar se agitaba tan inquieto como los cielos mientras los vampiros y sus parientes proseguían su ascensión. El viento los azotaba, aullando y gimiendo como si los elementos se dolieran también de la pérdida de tantos seres queridos.

Brigit caminaba sola. Habitualmente J.W. y ella también habrían formado pareja y caminado lado a lado, los únicos de su especie y, sin embargo, opuestos en todos los aspectos. Pero en ese momento, él tenía a su compañera, la bella y radiante Lucy, ahora también una vampira. De modo que Brigit estaba... sola, y enfrentada además al mayor desafío de toda su existencia. Un desafío que no deseaba y que tampoco estaba segura de que pudiera superar.

Y, sin embargo, estaba preparada. Tenía el equipaje hecho y esperando en la mansión. Solo había estado esperando a que terminaran de una vez los ritos funerarios.

Delante de ellos, Rhiannon, al frente como siempre, llegó a la puerta de la mansión y se quedó en el umbral, mientras los demás iban entrando. Brigit fue la última y, cuando pasó a su lado, la reina le puso una mano en el brazo.

—Hablaremos antes de que te marches —le dijo en voz baja—. Espérame en la biblioteca.

«Estupendo», pensó Brigit, irónica. Un retraso más, y tan inevitable como potencialmente desagradable. Los mayores desearían instruirla, antes de que se marchara, en lo que tenía todo el aspecto de una misión suicida. Justo lo que necesitaba. Un buen sermón antes de morir.

Centro de Bangor, Maine

El ser más antiguo del planeta, el primer inmortal, el Noé original, temblaba en la acera del pueblo bajo la lluvia. Llevaba por toda vestimenta una empapada sábana, como si fuera una túnica, dejando un hombro al descubierto. Había rechazado con arrogancia la ropa que le habían ofrecido nada más resucitarlo. Justamente el tipo de ropa, solo ahora se daba cuenta de ello, que necesitaría si esperaba pasar desapercibido entre los humanos de aquel extraño y novedoso tiempo. La gente lo miraba con recelo: humanos normales y corrientes, mortales, que pasaban rápidamente a su lado a bordo de sus ingenios mecánicos hacia los pequeños y pobremente diseñados edificios que se alineaban a lo largo de las calles. Corriendo sin cesar, como si temieran derretirse con la lluvia. *Automóviles. Coches,* había oído que los llamaban.

Quería conocer su funcionamiento. Pero eso sería después. Primero deseaba hacerse invisible. Habría preferido morirse de una vez, pero la muerte no constituía una opción en aquel momento.

En aquel momento eran muy pocas las opciones que se le presentaban, de hecho. Sin embargo, tenía sus necesidades, y una de ellas era resolver el problema de no llamar demasiado la atención. Pero antes necesitaba satisfacer las más primarias. Necesitaba calor, un lugar donde refugiarse de aquella implacable lluvia helada. Demasiada lluvia.

Aquella lluvia habría sido una bendición en su época... a no ser que se hubiera prolongado demasiado. Por un instante se preguntó si esa lluvia sería normal en la civilización actual, o si los dioses, los Anunaki, habrían decidido nuevamente doblegarlos enviándoles un diluvio.

Intentó concentrarse una vez más en sus necesidades más inmediatas. Necesitaba comida. Mucha. Su estómago se quejaba sin cesar, retorciéndose y aguijoneándolo, demandando alimento. Y agua: necesitaba agua dulce que beber. Eso era lo primero; el resto podía esperar. La ropa que lo ayudaría a mezclarse con los demás mortales que se apelotonaban en aquella tierra como pulgas en un perro del desierto; los conocimientos que anhelaba adquirir para abrirse paso en aquel mundo; la misión que debía cumplir para poder ser perdonado por los dioses... todo eso vendría después.

Comida. Agua. Refugio. Eso era lo primero.

Se dedicó a contemplar los edificios que le iban saliendo al paso, de ladrillo rojo, sin belleza o adorno alguno, con aquellas amplias aberturas en los muros que parecían engañosamente vacías. Con aquella lluvia resultaba fácil distinguir las gotas de agua que resbalaban por aquellas paredes duras y transparentes. Ventanas, las llamaban, construidas con una sustancia conocida como cristal, y que las hacía prácticamente invisibles.

Se acercó a una de las ventanas, atraído por un olor a comida, para detenerse ante la imagen que vio allí. La imagen de un hombre que vestía y se movía exactamente igual que él. Era un reflejo, pensó mientras levantaba una mano, advirtiendo que la imagen hacía lo mismo. Muy parecido a lo que ocurría cuando se miraba en el agua remansada.

Ladeó ligeramente la cabeza y estudió su reflejo en el cristal. No era de extrañar, reflexionó, que los mortales recelaran de él. Tenía un aspecto amenazador. Salvaje. De pie bajo la lluvia, se dejaba empapar indiferente mientras los demás corrían a refugiarse. Dejaba que la lluvia le chorreara por el pelo, la ropa, la piel. Y también era más grande que la mayoría de ellos. Más alto, más ancho. Lucía una barba de varios días, oscura y espesa, mientras que la mayoría de los hombres con los que se había tropezado se afeitaban la cara. Unos pocos se la habían dejado crecer, pero la llevaban cuidadosamente recortada y limpia.

Se pasó una mano por su melena negra como el ónice, echándose los rizos empapados hacia atrás. Acto seguido volvió a concentrarse en la ventana, así como en la gente que podía distinguir detrás. Estaban sentados en torno a varias meses, disfrutando de apetecibles manjares y atendidos por sonrientes esclavos que parecían contentos con su papel.

Finalmente algo que tenía sentido.

Continuó observándolos durante un rato antes de dirigirse hacia la puerta por donde veía a los demás entrar y salir. Cuando se disponía a empujarla, un hombre apareció ante él para impedírselo. Flacucho pero alto, y sonriente pese al temor que se reflejaba en sus ojos.

—Lo siento, señor, pero estamos completos esta noche. ¿Tiene reserva?

Utana miró al hombre de arriba abajo.

—Yo no sé qué es... «reserva» —dijo, poco familiarizado todavía con aquella lengua—. Quiero comida.

—Er, bueno... Como le he dicho, estamos completos —alzó una mano en un gesto de impotencia—. Lo siento, pero no puede entrar.

—Tráeme entonces la comida. Esperaré —Utana cruzó los brazos sobre el pecho.

—Ah, ya. No es usted de aquí, ¿verdad?

Utana se limitó a gruñir al hombre, perdido todo interés por conversar con él. Esperó que su silencio fuera lo suficientemente explícito.

—Entiendo. Bueno, el caso es que aquí las cosas no funcionan así. Tengo una sugerencia que hacerle, sin embargo.

—No sé qué es… «sugerencia». Trae comida. Yo espero.

—¿Por qué no prueba en el comedor social? Es la iglesia metodista que hay al final de la calle. ¿La ve? Desde aquí se ve el campanario.

Le estaba señalando algo mientras parloteaba; Utana no comprendió más que alguna palabra suelta. Estaba aprendiendo la lengua aceleradamente, pero interpretar las palabras pronunciadas a semejante velocidad seguía resultándole difícil.

Siguió con la mirada la dirección que señalaba su dedo y distinguió una torre.

–Ah, sí, iglesia. Iglesia sí conozco. Casa de vuestro dios solitario.

–Sí. Sí, eso es. Vaya usted a la iglesia. Allí le darán comida, y también un lugar para dormir, si es que lo necesita.

Utana asintió, pero estaba más pendiente de los olores que llegaban hasta él. E impaciente con aquel hombre, que evidentemente pretendía despacharlo sin darle de comer. Se alegraba de saber que una cama le estaría esperando en la casa del peculiar dios de los mortales, ciertamente. Pero en el lugar que tenía justo delante había comida, y no pensaba marcharse sin probarla.

De modo que simplemente hizo a un lado al flacucho y abrió la puerta. Cuando se disponía a entrar, otro hombre apareció corriendo al otro lado con la intención de cerrarla y dejarlo fuera. Pero Utana empujó con más fuerza y el hombre salió proyectado hacia atrás, directamente contra la pared.

Entró por fin en la casa con comida.

Al principio había ruido: gente hablando, ruido de platos, entrechocar de aquellos ridículos utensilios de comer. Pero cuando lo descubrieron, las conversaciones cesaron de pronto y se hizo un tenso silencio.

Utana miró las mesas, la comida, las expresiones asombradas de los comensales. Indudablemente se habían quedado sorprendidos por la aparición de aquel coloso empapado, vestido con lo que ellos solían utilizar de ropa de cama, según le había informado James de los Vampiros. Pero eso a él no le importaba: estaba únicamente concentrado en la comida, el alimento. Se le dilataron las aletas de la nariz cuando reconoció el olor a carne, y se apresuró a buscar con la mirada su origen.

Un hombre con un extraño sombrero blanco entró procedente del fondo de la sala, por una curiosa puerta giratoria, cargando con una pesada bandeja de manjares.

Cada plato estaba cubierto por una tapa de plata brillante. Y sin embargo los aromas escapaban de cada uno, haciendo que el estómago de Utana protestara de hambre.

No lo dudó. Se dirigió hacia el hombrecillo, que se quedó paralizado al verlo. Sus asustados ojos volaron a derecha e izquierda mientras se debatía entre quedarse donde estaba o retirarse. En tres zancadas, Utana se plantó ante él y le quitó la bandeja. Varias personas se levantaron de sus mesas, prestas a apartarse de su camino cuando ya empezaba a retirarse con su botín. Dos se adelantaron para impedirle el paso, pero él los apartó con un simple movimiento de su poderoso brazo, mandándolos contra una mesa cercana. La mesa se rompió, con lo que su contenido fue a parar al regazo de los comensales que allí estaban sentados. Una mujer chilló.

Utana continuó dirigiéndose hacia la puerta. Los esclavos se pusieron a gritarle, preguntándole por lo que estaba haciendo. Pero él los ignoró a todos y salió a la noche lluviosa con su bandeja de manjares, en busca de un lugar a cubierto donde comer tranquilamente.

Al momento vio uno de aquellos ingenios con ruedas de los mortales, uno muy grande, con una parte trasera en forma de gigantesca caja, cuyas puertas estaban abiertas de par en par. Se dirigió directamente hacia allí y se metió en la caja de un salto. Después de dejar la bandeja en el suelo, cerró las puertas. Poniéndose cómodo, o al menos lo más que podía teniendo en cuenta que estaba empapado y aterido, fue levantando las tapas de plata una a una y oliendo su contenido. Ignoraba lo que contenían la mayoría de aquellos platos, excepto el del gran pedazo de carne cuyo aroma había llamado primero su atención. Tierna y jugosa, rosada por el centro, era la carne más sabrosa que había probado desde que lo resucitaron. Apoyado en la pared metálica de la caja, masticó, tragó y suspiró de alivio.

Una primera necesidad, al menos, había quedado satisfecha.

Washington D.C.

–Enhorabuena, senadora MacBride –le dijo el líder de la mayoría del Senado.

Acababa de entrar en la habitación donde Marlene lo había estado esperando durante cerca de una hora, dirigiéndose hacia ella con la mano tendida.

Levantándose, se la estrechó. El hombre lucía una enorme sonrisa: una de aquellas falsas sonrisas de cocodrilo que Marlene había aprendido a identificar durante su primera semana en el cargo de senadora. Así que se preparó para soportar la sarta de estupideces que estaba segura seguiría a continuación.

–Gracias, senador Polenski. ¿Puedo preguntar por qué me felicita?

El veterano senador hizo un gesto con la mano, como quitando importancia a la pregunta por lo obvia.

–Por su nuevo nombramiento. Pero, por favor, siéntese. Relájese. Llamaré para que nos traigan algo de beber mientras se lo cuento todo –acercándose al escritorio, descolgó el teléfono–. ¿Qué le apetece? ¿Café? ¿O quizá algo más fuerte, para celebrarlo?

–En realidad preferiría saber antes lo que voy a celebrar, senador.

El político colgó el teléfono y se sentó en el borde del escritorio. Ella continuaba de pie entre las dos cómodas sillas que había frente a la mesa. La moqueta era tan mullida que los tacones de sus zapatos se hundían casi por entero.

–Ha sido usted nombrada presidenta del comité para

las relaciones del gobierno de Estados Unidos con los vampiros.

–Ah –bajó la cabeza, riendo por lo bajo–. Está bien, tomaré ese café. Mientras tanto podrá explicármelo todo.

El senador permaneció en silencio hasta que ella cesó de reírse. Cuando la tensión del ambiente resultó palpable, comprendió Marlene que no se había tratado de una broma. Alzando lentamente la cabeza, se encontró con su mirada: la de unos ojos diminutos, como canicas azules, en un rostro rematado por un espeso cabello blanco que parecía como continuamente azotado por el viento.

–Vamos, senador Polenski, no puede estar hablando en serio...

–Estoy hablando completamente en serio. Es de conocimiento público que los vampiros existen, gracias a ese maldito ex agente de la CIA y a su sensacionalista libro. La mayor parte de ellos, y parece también que un buen número de seres humanos normales y corrientes también, han sido exterminados por los grupos de vigilantes, pero nuestras agencias de inteligencia sospechan que aún quedan algunos. Seguro que habrá estado usted al tanto de todos estos acontecimientos por las noticias.

–Yo... yo no creía que fuera algo... real –se dejó caer en una de las sillas, sin aliento–. Yo creía que la postura oficial con respecto al difunto Lester Folsom era que estaba trastornado y padecía alucinaciones.

–Así es. Por desgracia, nadie se lo creyó. Así que ahora no nos queda más remedio que admitirlo. Existen. Son reales. La opinión pública está asustada, y los ciudadanos asustados son peligrosos, MacBride. Necesitamos que alguien controle esto, que tranquilice al público. Que se ocupe de tratar con esos... con esas criaturas. De vigilarlas y contenerlas.

Marlene debió de haber dejado traslucir algún tipo de

reacción visceral a sus palabras, porque el senador desvió la mirada y añadió:

–De la manera más justa y humanitaria posible, claro está.

–Por supuesto –dijo ella.

El senador asintió con la cabeza.

–Hará usted de mediadora entre la CIA y el Senado. Reunirá la mayor cantidad de información disponible y supervisará al hombre encargado de manejar todo este desastre, Nash Gravenham-Bail. Ya lo sé: es un apellido horrible de pronunciar. Tenga por seguro que no se lo pondrá fácil. Tendrá que ponerse dura con él, hacer sus propias investigaciones. Y adivinar hasta qué punto le dice la verdad y hasta qué punto se la esconde, para tratar de sonsacársela.

–¿Sonsacársela? ¿Es que no pueden ordenarle ustedes que me informe de todo?

Rafe Polenski negó con la cabeza.

–Gravenham-Bail nunca se lo dirá todo. Tendrá que sacarle lo que pueda. Reúna luego a los miembros de su comité y, con su colaboración, preséntenos un plan de acción para que decidamos al respecto.

Marlene parpadeó tres veces seguidas, sacudió la cabeza y desvió la mirada.

–¿Y bien? ¿Qué me dice?

Aspiró profundamente, abrió la boca y volvió a cerrarla. No encontraba las palabras, atascado como tenía el cerebro por cientos de preguntas. Evidentemente, nadie en su sano juicio habría aceptado hacerse cargo de aquello. Era como el equivalente, en los tiempos actuales, de la antigua Oficina de Asuntos Indios, que todo el mundo sabía que no había funcionado nada bien. Para los indios, al menos.

«¡Vampiros, Dios mío!», exclamó para sus adentros. Vampiros.

Pretendían endosarle aquella misión a una novata senadora del Medio Oeste. Alguien a quien consideraban demasiado ingenua. Alguien fácilmente controlable y manipulable. Marlene no era ninguna de aquellas cosas: el problema era que llevaba tan poco tiempo en el cargo que nadie parecía haberse dado cuenta de ello. Tenía una perfecta idea de la situación. Aquel asunto estaba destinado a fracasar, y alguien tendría que cargar con las culpas cuando encendieran el ventilador de la porquería, como solía decirse. Por eso la habían nombrado a ella.

Marlene sabía todo eso.

Pero sabía también que no podía negarse. Nadie daba un no por respuesta al senador Rafe Polenski. Aquel hombre era una leyenda viviente.

—¿Y bien? —insistió él, expectante, seguro ya de la inevitable respuesta.

Se encontró con su mirada calculadora, y supo que estaba atrapada sin remedio. Pero quizá el hecho de ser tan consciente de la situación le proporcionara una ventaja. Quizá pudiera superar en astucia a aquel viejo zorro blanco y sobrevivir luego para contarlo. Quizá fuera algo más lista de lo que aquel viejo político de la vieja escuela se imaginaba.

—¿Cuál es su decisión, senadora MacBride?

—Olvídese del café. Tomaré un vodka.

Mount Bliss, Virginia

Jane Hubbard bajó del taxi y dedicó unos segundos a admirar el enorme y hermoso edificio. Ángeles de piedra flanqueaban el alto portón de hierro forjado, que se había abierto para dejar pasar el vehículo. Habían entrado por un sendero circular con una gigantesca fuente en el centro, donde se alzaba una preciosa estatua de St. Dymphna, sosteniendo en una mano un candil de aceite... con una llama de verdad, ni más ni menos, y una espada en la otra. La punta de la espada se clavaba en un dragón que se retorcía a sus pies, mientras que el agua brotaba precisamente de la herida del monstruo, cuya cola de serpiente se hundía en el estanque.

El edificio había sido antiguamente conocido como el asilo de St. Dymphna, como atestiguaba la inscripción grabada en el frontón de la puerta. La denominación actual era, sin embargo, Hospital Psiquiátrico, según podía leerse en el cartel mucho más moderno de la verja de entrada. No era en absoluto moderno: parecía tener un siglo, o dos incluso, de antigüedad. Jane experimentó un escalofrío de aprehensión cuando descubrió la valla de alambre que encerraba los jardines bien cuidados.

Melinda, a su lado, le apretó la mano.

–Será como unas vacaciones, ¿verdad, mami?

–Claro que sí, cariño.

Jane no tenía razón alguna para desconfiar de su gobierno. La agente federal que se había presentado en su casa se había mostrado muy amable con ella. Había estado al tanto de la condición de Melinda: el extraño antígeno Belladonna que llevaba en la sangre. Jane también, por supuesto. Sabía que aquel antígeno era el responsable de que su niña sangrara como si fuera hemofílica. Sabía también que aquella particularidad dificultaba enormemente que pudiera encontrar donantes compatibles. Y lo más importante: que eso significaba que su hija, que actualmente contaba siete años, probablemente no llegaría nunca a cumplir los cuarenta.

Lo que no había sabido hasta que se lo contó la agente federal, era que ese antígeno la convertía asimismo en presa favorita de criaturas que ni siquiera había imaginado que existían. Los vampiros, según le había asegurado la mujer a Jane, existían. Todo aquel bombardeo informativo de los últimos días había sido verdad. Y aunque la mayoría de los monstruos habían muerto a manos del movimiento de los vigilantes que se había extendido por todo el país, todavía quedaban algunos. Cualquier humano que portara el antígeno Belladonna corría grave riesgo de ser atacado por ellos.

Sobre todo ahora que humanos y vampiros estaban virtualmente en guerra.

Era por eso por lo que el gobierno había montado un refugio para aquellos humanos tan peculiares como escasos, un lugar al que podían acudir en busca de protección y permanecer sanos y salvos, hasta que el problema de los vampiros estuviera bajo control.

Jane estaba dispuesta a hacer lo que fuera con tal de proteger a su pequeña. Estaban solas: siempre lo habían estado. Melinda era especial. Más especial todavía de lo que los propios médicos o el gobierno pensaban. Jane siempre la había protegido.

Y eso era lo que estaba haciendo en aquel momento. Proteger a Melinda.

Con la diminuta mano de su pequeña dentro de la suya, traspasó la doble puerta de madera en forma de arco, semejante a la de una iglesia... anhelando poder sacudirse la sensación de que estaba cometiendo un terrible error.

Capítulo 2

Costa de Maine

Brigit se hallaba sentada en la biblioteca de la hermosamente restaurada mansión que había sido hogar de la pareja de vampiros que, actualmente, se encontraban entre los desaparecidos: Morgan y Dante. Pensó, sin embargo, que el hecho de que su casa permaneciera intacta era en sí una buena señal. Que no hubiera sido quemada significaba que los vecinos no la habían marcado con la intención de asesinar a sus ocupantes mientras dormían. Ninguna banda de vigilantes los había por tanto descubierto.

La hermana mortal de Morgan, Max, y su marido Lou habían vivido también allí. Tener una hermana gemela idéntica que era mortal representaba una enorme ventaja, reflexionó Brigit. Con todo, habían optado por dirigirse a un terreno más seguro, nada deseosas de morir asesinadas por equivocación, como les había sucedido a tantos mortales inocentes.

Supuestamente aquellos asesinatos eran tildados de daños colaterales. Si de un cuerpo quedaba algún resto tras arder, entonces la víctima había sido inocente. Si no quedaba rastro alguno, más que cenizas, entonces se había tratado de un vampiro. «El antiguo argumento del ahogamiento de las brujas», pensó Brigit. «Si te ahogas, eres inocente». No pudo evitar un estremecimiento.

La mansión De Silva estaba pues vacía pero intacta. Contaba con calefacción, teléfono y conexión de internet. Todo perfecto. A Brigit le habría gustado poder quedarse allí.

Pero tenía una misión, que por cierto no era nada agradable.

Mientras veía entrar a los mayores en la biblioteca, ya secos y mudados de ropa, repuestas ya las fuerzas, Brigit se preguntó por lo que querrían decirle. Rhiannon entró la primera, luciendo uno de sus característicos vestidos, largo hasta el suelo, con una abertura lateral que le llegaba hasta la cadera, de pronunciado escote. Aquel era de color verde azulado, uno con el que Brigit nunca la había visto antes: iba bien con su pelo negro como la noche. Era algo más que la decana de los vampiros. Era Rianikki, sacerdotisa de Isis, hija de un faraón. Conocía las artes mágicas y podía hacer cosas que ningún otro vampiro podía o sabía hacer.

La seguía su amado Roland de Courtemanche, con su anticuado esmoquin y su capa de negro satén. Probablemente era una imprudencia portar una vestimenta tan llamativa, pero asumía la decisión con todas sus consecuencias. Había sido caballero medieval, era seguramente el más sabio de todos y su carácter escondía una ferocidad que procuraba mantener bien controlada.

Eric Marquand, el mejor amigo de Roland, fue el siguiente en entrar. Aristócrata, médico y hombre de ciencia, había estado a punto de ser guillotinado durante la Revolución Francesa. Roland lo había visitado en su celda la víspera de su ejecución para ayudarlo a escapar.

Sarafina, la bella y vehemente gitana, fue la última en entrar, ataviada con sus largas faldas y chales, con un tintineo de pulseras y brazaletes. Era tía del desaparecido

Dante, aunque siempre había sido como una hermana para él. Una expresión de preocupación nublaba su frente.

Los cuatro se sentaron a la mesa, acumulando entre todos más de cuatro mil años de vida, de sabiduría, de conocimientos. Y sin embargo las ausencias eran notorias. Damien, el primer vampiro, antiguamente conocido como Gilgamesh. El Príncipe, conocido durante siglos como Drácula. Ambos habían seguido caminos distintos acompañados de sus respectivas parejas, con el objetivo de localizar y salvar a posibles supervivientes. Aunque tampoco ellos estaban seguros; fuera estaban corriendo un gran riesgo.

Pese a que prácticamente todos aquellos poderosos seres la habían criado desde que era niña, en aquel momento no podía dejar de mirarlos bajo una luz distinta. Se sintió de pronto como intimidada ante su presencia y majestad, hasta el punto de que se descubrió a sí misma inclinando ligeramente la cabeza antes de tomar asiento frente a la larga mesa.

Fue Rhiannon quien empezó a hablar, para relatar una historia que Brigit casi se sabía de memoria.

—Utanapishtim, Ziasudra, antiguo rey sacerdote de la tierra de Sumer, era amado de los dioses: por eso, cuando quisieron exterminar a la raza de los humanos con un diluvio universal, decidieron salvarlo únicamente a él. En premio a su lealtad, los dioses le concedieron el don de la inmortalidad. Solo había una condición: que no pretendiera nunca compartir ese don con humano alguno.

Rhiannon se quedó callada mientras miraba con expresión adoradora pero solemne a Roland, que asintió con la cabeza antes de tomar el testigo del relato.

—El gran rey Gilgamesh, el hombre que actualmente todos conocemos como Damien, se hallaba sumido en un profundo dolor por la pérdida de su mejor amigo Enkidu, que había sido más que un hermano para él. Enkidu era como la propia sombra del rey: como un gemelo que es opuesto a otro y sin embargo el mismo –al pronunciar aquellas palabras, lanzó una elocuente mirada a Brigit–. El rey Gilgamesh se culpaba de la muerte de Enkidu. Se desesperaba por encontrar una manera de devolverle la vida a su amigo, de modo que se internó en el desierto en busca del único inmortal, el superviviente del Diluvio. Y lo halló. El rey ordenó a Utana que compartiera el don de la inmortalidad con él, para que a su vez pudiera compartirlo con Enkidu.

Roland se interrumpió en ese momento para volverse hacia Sarafina, que prosiguió con la narración:

–Utana no pudo negarse, y entregó el don al rey. Pero aunque se convirtió él mismo en inmortal, Gilgamesh no pudo rescatar a su amigo de la Morada de los Muertos. Y como Utana desobedeció a los dioses, fue maldito por ellos. Le fue arrebatada la vida eterna, que no la inmortalidad. Utana fue asesinado: murió, pero no murió. Sabemos ahora que su espíritu permaneció encerrado en sus cenizas durante los últimos cinco mil años.

Fue Eric quien tomó esa vez el testigo, a una discreta señal de Sarafina:

–Apareció entonces una profecía, en una tablilla de barro de los tiempos de Utana, que vaticinaba la destrucción de la raza de los vampiros y sugería que únicamente podía evitarse resucitando a Utanapishtim del mundo de los muertos. Aquella profecía hablaba de los gemelos que no eran vampiros ni humanos, sino una mezcla de ambas razas: los gemelos que eran iguales a la vez que opuestos, y que estaban destinados a salvar a los nuestros. Pero faltaban fragmentos de la tablilla, de manera que su significado no estaba del todo claro.

Eric miró entonces fijamente a Brigit, haciéndole

comprender lo que se esperaba de ella. Se aclaró la garganta, asintiendo.

–Y el gemelo bueno, el único de los dos que nació con el don de curar a los demás, encontró las cenizas de Utana y le devolvió a la vida. Pero la mente de Utana había quedado trastornada por siglos de encierro, y se volvió contra su propia gente, diezmando la raza de los vampiros que nunca, en primera instancia, había tenido intención de crear. Como resultado de todo ello, los actuales supervivientes creen ahora que solamente el gemelo malo, el que nació con el poder de la destrucción, podrá devolverlo a su tumba, a su prisión... y salvar a los pocos vampiros que aún quedan.

Todo el mundo en la sala asintió solemnemente con la cabeza. Rhiannon volvió a hablar:

–Utana piensa que la única forma que tiene de liberarse de la maldición es deshaciendo el error que cometió hace tanto tiempo. Cree que debe exterminarnos, para que cuando muera de nuevo, pueda descansar en paz en ultratumba, en lugar de volver al horror de la muerte en vida que sufrió durante más de cinco mil años.

–Entiendo –pronunció Brigit.

–Sabemos muy poco de sus poderes, de su fortaleza –continuó Rhiannon–. Excepto que sus ojos proyectan un rayo destructor muy parecido al tuyo.

–Y que es capaz de robar los poderes a los demás –añadió mientras desviaba la mirada hacia la puerta cerrada, detrás de la cual, en alguna parte, se hallaba su hermano con sus padres, Edge y Amber Lily, y los demás–. Si ahora sabemos eso, es porque arrebató a J.W. el don de la curación.

Todo el mundo asintió con expresión contrita.

–Ignoramos cómo podemos matarlo de manera que su muerte libere su espíritu –dijo Roland–. Solo sabemos que la primera vez que murió, fue decapitado y quemado, según las tablillas. Y aunque nos apena tener que condenar a un antepasado a volver a aquel estado de pesadilla, el de la muerte en vida, me temo que no nos ha dejado otra elección.

Brigit asintió solemne.

—Es cierto.

—También sabemos —terció Eric— que puede percibirnos, sentirnos, al igual que nosotros podemos sentir la presencia de un congénere nuestro, o de un Elegido. Existe un vínculo, una conexión. Pensamos que está sirviéndose de esa conexión para seguirnos. Puede que lo esté haciendo en este preciso momento, mientras hablamos...

Brigit frunció el ceño. Aquello era algo que ella ignoraba.

—¿Qué te hace pensar eso?

Eric se levantó y atravesó la sala para recoger un mando a distancia que había en un estante, y que apuntó hacia un antiguo armario labrado de madera de cerezo. Las puertas del armario se abrieron, revelando una gran pantalla plana de televisión, último modelo. Pulsó otro botón para encenderla, y otro más para activar el video y elegir un fragmento del programa de noticias local, grabado hacía escasas horas.

Con el rótulo *Bangor, Maine*, las imágenes recogían el interior de un restaurante destrozado. Apareció luego un equipo especial del SWAT, rodeando un camión de carga aparcado en una calle que había sido acordonada, mientras la voz de un periodista explicaba:

—Un hombre aparentemente trastornado ha destruido el restaurante de cuatro estrellas *Succulence*, en Bangor, esta misma tarde. El asaltante solamente se llevó comida, pero hirió a varias personas y causó cuantiosos daños en el local. La policía cree haber acorralado a este hombre, obviamente peligroso, en la caja de un camión de reparto aparcado cerca del restaurante. Vemos ahora mismo cómo la unidad especial del SWAT se aproxima lentamente al camión y...

–¡No! –exclamó Brigit, levantándose de golpe y hablando con el televisor como si eso sirviera de algo–. ¡No, no, sacadlos de allí!

Roland le puso una mano en el hombro.

–Es una grabación, niña. Ya ha sucedido.

Los policías se pusieron a cubierto y apuntaron con sus armas, mientras alguien, provisto de un altavoz, ordenaba al hombre que saliera con las manos en alto.

Brigit observó como se abrían las puertas del camión y aparecía Utana. Lo había visto antes, pero no en aquel estado. Su improvisada vestimenta, una sábana enrollada a modo de toga, estaba desgarrada, sucia y empapada. Su rostro estaba oscurecido por una barba espesa, que le daba un aspecto salvaje. Sus ojos tenían una mirada peligrosa.

Pero de repente no pudo ver otra cosa que el rayo de luz que brotó de sus ojos, justo antes de que la imagen de la pantalla se volviera negra. Quien apareció acto seguido fue un locutor, sentado ante su mesa con expresión entristecida:

–Nuestro equipo de grabación sobrevivió, y aunque consiguieron más imágenes, nos es imposible mostrárselas, por respeto a las familias de los diecisiete agentes que fueron aniquilados por el arma desconocida, fuera cual fuera, que manejaba aquel loco. Francamente, es una escena demasiado truculenta para ser retransmitida. El trastornado continúa suelto y se ha llamado a la Guardia Nacional para que colabore en su captura.

Brigit seguía mirando la pantalla largo rato después de que Eric hubiera apagado el televisor.

–Tienes que detenerlo, Brigit.

Asintió con la cabeza.

–Sí, pero... ¿qué vais a hacer vosotros? No podéis quedaros aquí. Está demasiado cerca. No cejará hasta encontraros.

–Nos iremos –dijo Roland–. La plantación de Virginia está lo suficientemente aislada en las montañas Blue Ridge como para resultar segura... al menos durante un tiempo. No queremos alejarnos demasiado mientras no hayamos desactivado la amenaza y reunido al mayor número posible de los nuestros. Después probablemente nos veremos obligados a abandonar el país, en busca de una localización más remota y aislada que la que hoy día nos puede ofrecer cualquier territorio estadounidense. Ahora mismo estamos explorando varias opciones. Pero tú no necesitas preocuparte de eso.

–Tú solo tienes que concentrarte en una tarea –le recordó Rhiannon–. Encontrar al primer inmortal. Encontrarlo... y matarlo.

Centro de Bangor, Maine

Utana había sentido a los soldados rodeando su refugio temporal. Lo único que había querido era comida, y un lugar seco donde comer tranquilo. Había encontrado ambas cosas, aunque le había sorprendido la resistencia presentada por los vendedores a la hora de compartir sus manjares. Tomarlos por la fuerza, de hecho, le había parecido ridículo. ¿Acaso no se habían dado cuenta de que era un rey? Había dejado el establecimiento hecho un desastre, pero no tardarían en repararlo. Había roto una mesa, y quizá varios de aquellos extraños recipientes cerámicos de comida, también. Había tenido que usar la fuerza contra algunos humanos. Los mortales. Así era como James de los Vampiros había denominado a aquellos seres normales y corrientes. Mortales. Utana no había tenido intención de hacerles daño. Había usado contra ellos la fuerza estrictamente necesaria.

Bueno, quizá algo más que la estrictamente necesaria. Se había puesto nervioso. Y estaba medio muerto de hambre.

Pero luego había encontrado un refugio y se había llenado la tripa de comida. Jamás había probado nada igual. Unos manjares espléndidos, dignos de dioses. Había localizado un cómodo lugar en la esquina de una caja, y allí se había echado a dormir después, pese a que seguía teniendo la ropa empapada y temblaba de frío.

Pero de repente, justo cuando el sueño había estado a punto de vencerlo, los había sentido a su alrededor. Había sentido el miedo que les inspiraba, su odio, sus malas intenciones. Tal parecía que el castigo reservado por haberse apropiado de un poco de comida sin dar nada a cambio era la muerte. Se habían presentado con armas: había podido sentirlas también. Y sabía asimismo por las vibraciones que sentía en el aire que estaban dispuestos a usarlas contra él sin la menor vacilación.

Sí. No había duda. Podía sentirlo. La violencia. Apenas contenida, agazapada como un tigre a punto de saltar.

De modo que no le quedaba otra elección. No deseaba tener nada que ver con aquellos humanos. No pretendía hacerles daño alguno. Era su propia raza la que pretendía exterminar, no la de ellos. Lo único que quería era comer, dormir y seguir su camino. Él no era responsable de la destrucción que estaba a punto de causar.

Suspirando, incluso algo arrepentido, abrió las puertas de su refugio y se encaró con ellos. Concentró el rayo de sus ojos únicamente en los mortales que lo estaban apuntando con sus armas. La luz salió disparada en un chorro azulado que se fue ampliando, abriéndose como las alas de un pájaro letal para envolverlos a todos. Los soldados se quedaron inmóviles en cuanto recibieron el impacto del rayo. Desorbitaron sus ojos mientras sus cuerpos empezaban a vibrar, paralizados por su poder e incapaces de liberarse. Y luego, uno a uno, fueron explotando.

Cuando todo hubo terminado, se hizo un silencio fantasmal. El silencio de la muerte, distinto de cualquier otro. Cuando las almas abandonaban los cuerpos de los vivos, sobre todo cuando se trataba de tantos y en un lapso tan corto, dejaban un clamoroso vacío detrás. Un vacío de sentido, de sonido, casi de aire.

Utana saltó de la caja con ruedas y caminó entre los restos. Una verdadera carnicería. Miembros despedazados cubrían el suelo o colgaban de los vehículos motorizados y de los altos postes que emitían luz, así como de los cables que parecían inundar por doquier aquel extraño mundo. Un terrible desperdicio de vidas, y todo para nada, de la manera más gratuita del mundo.

Mientras contemplaba aquel espectáculo de muerte y mutilación, pensó en el don de la curación que había conseguido arrebatar a James de los Vampiros. Todavía no lo había ensayado, pero no se hacía ilusiones de que funcionara con aquellos cuerpos destrozados. Si no hubieran estado destinados a morir, no se habrían interpuesto en su camino. Su destino había estado sellado desde el principio: no había manera alguna de deshacerlo.

Siguió caminando entre los cadáveres, en medio del humo que se alzaba por doquier. Vio más humanos que contemplaban la escena a conveniente distancia, y en ellos solamente percibió miedo y terror, que no violencia. Deteniéndose, se agachó para recoger el arma de un muerto. Mientras la sostenía, cerró brevemente los ojos y absorbió su vibración a través de las palmas. Tardó solo unos segundos en entender cómo funcionaba y cómo debía usarla. Recogió luego unas cuantas más antes de seguir su camino.

Más soldados acudirían en su busca. Ningún gobierno que se preciara podía dejar tantas muertes sin vengar. Él no había querido hacer la guerra a los humanos, pero en ese momento la perspectiva parecía inevitable.

Sentía los pies fríos mientras caminaba por la húmeda superficie parecida a la piedra con la que los humanos modernos parecían haber pavimentado el mundo. La lluvia era ahora más ligera. Encontraría ropa y techado: una base de operaciones desde la cual trabajar. Los vampiros se habían desplazado a un lugar no lejos de allí. Pero en ese momento estarían al tanto de su cercanía: no dudaba de que la noticia de sus hazañas correría con rapidez. Si esperaba atraparlos, borrarlos de la faz de la tierra, tendría que encontrarlos antes de que ellos lo encontraran a él.

Washington, D.C.

–Ya puede entrar, senadora –le dijo la recepcionista de cabello rizado.

Marlene MacBride se levantó de la silla de vinilo que llevaba calentando durante veinte minutos, se alisó la falda de tubo y se dirigió hacia la puerta. Había estado mirando la placa que la adornaba: *Agente Especial Nash Gravenham-Bail*. Acababa de alzar una mano para llamar cuando la puerta se abrió de golpe... y se encontró ante un ancho torso y una gran caja de archivador avanzando hacia ella.

La caja impactó contra su pecho antes de que tuviera oportunidad de apartarse. Automáticamente la agarró, y el hombre que la portaba le dijo con tono perentorio:

–Senadora MacBride, disculpe la espera, pero creo que aquí encontrará todo lo que necesita. Suficiente para empezar, al menos.

Marlene alzó sus sorprendidos ojos de la caja para posarlos en el rostro del hombre que se la entregaba. Fue la cicatriz lo que primeramente llamó su atención, como imaginaba que solía suceder con la mayoría de los que lo veían por primera vez. Era una delgada línea rosada, que comenzaba en la comisura de su ojo izquierdo y terminaba en el centro del mentón, cruzando toda la mejilla.

–Recibida en cumplimiento del deber –le explicó él–. Además, resulta intimidante. Toda una ventaja, dada la naturaleza de mi trabajo.

Marlene desvió la mirada de su cicatriz para concentrarla en sus ojos. Grises, del color del cemento húmedo.

–¿Señor Gravenham-Bail?

–Un apellido casi impronunciable, lo sé –dijo él–. Todavía hoy maldigo a mis padres todos los días por ello. Será mejor que me llame Nash.

–Mmm... –seguía en el umbral, sosteniendo aquella caja que pesaba más y más por momentos–. Mire, Nash, esperaba entrevistarme con usted. Para que pudiera ponerme al tanto de todo esto...

–Ah, ¿de veras? Imaginaba que querría documentos. Informes.

–Bueno, eso también, pero...

–Si quiere una entrevista, la concertaremos. ¿De aquí a dos semanas?

–Me temo que...

–Bárbara –llamó a su secretaria al tiempo que empezaba a moverse. Marlene tuvo que elegir entre apartarse o dejar que la atropellara. Terminó empujándola prácticamente hacia el vestíbulo de nuevo, para luego cerrar la puerta a su espalda–. Bárbara, resérvame un día para una entrevista con la senadora, la siguiente tarde libre que tenga. Una hora. Ah, y... avisa a alguien para que la ayude a cargar con esta caja, ¿de acuerdo?

–Por supuesto, señor.

–Mucho gusto, senadora MacBride. La veré dentro de dos semanas.

Le tendió automáticamente la mano, que retiró al darse cuenta de que seguía cargando con la caja, dio media vuelta y volvió a meterse en su despacho antes de que ella pudiera decir nada más. Marlene maldijo para sus adentros. Aquello no había empezado nada bien.

Nash cerró la puerta de su despacho, contó hasta sesenta y descolgó el teléfono.

–Babs, ¿se ha ido ya?

–Acaba de bajar en el ascensor, señor.

–Bien. Consígueme un billete de avión para Maine. Bangor, o el lugar más cercano posible a esa población.

–En seguida, señor.

Nash necesitaba ponerle las manos encima cuanto antes a ese monstruo resucitado, controlarlo. No descansaría hasta que el último vampiro hubiera sido liquidado. Si quedaba uno, siempre podría engendrar más. Como los malditos piojos. Eran parásitos. Había que aniquilarlos para acabar con la plaga. Y había que acceder directamente a sus huevos, si uno no quería tener que empezar de nuevo con todo el proceso. Para el caso, los llamados Elegidos. Humanos con el extraño antígeno en la sangre que les hacía susceptibles de la enfermedad que los propios inmortales denominaban el Oscuro Don. No se trataba, por supuesto, de ningún don, sino de una horrible mutación. Los únicos humanos que podían convertirse en vampiros eran los portadores del antígeno Belladonna, de modo que ellos también tendrían que ser eliminados. Tan pronto como hubieran servido a su propósito.

El Proyecto Dymphna se ocuparía de ello. Y para cuando la latosa senadora MacBride hubiera terminado de revisar la montaña de papeles que le había entregado, el caso estaría ya finiquitado.

Pero para que su plan funcionara, necesitaba encontrar al tal Utanapishtim, aquel loco venido de otro tiempo, de otro mundo. Tenía que ganarse su confianza, para poder utilizarlo como el arma viviente que él pretendía que fuera.

Solo entonces, cuando la guerra hubiera terminado con la victoria de los humanos, destruiría a aquel último inmortal, y con él a la raza de los vampiros. Para siempre.

Estaba decidido a salvar a la especie humana del azote de los inmortales. Y ninguna novata senadora de Nebraska se lo impediría. Por muy bien que le sentaran las faldas de tubo.

Hospital psiquiátrico de St. Dymphna
Mount Bliss, Virginia

Roxanne era la enfermera que se encontraba de guardia el día en que la extraña pequeña y su madre llegaron a St. Dymphna.

Lo cual resultó una bienaventurada casualidad. Aunque ella no creía en las casualidades.

Durante toda su vida, Roxy había sido amiga de los vampiros. Y su vida había sido ciertamente muy larga: más que la mayoría de los congéneres que portaban el antígeno Belladona en su sangre. Eran conocidos como los Elegidos, y de ellos se decía que ninguno llegaba a cumplir los cuarenta años.

Ella había vivido muchos más, aunque ni siquiera

bajo tortura habría admitido cuántos. Además, la edad no dejaba de ser un simple número.

Roxy no tenía deseo alguno de convertirse en vampira. Lo cual no significaba que fuera a quedarse de brazos cruzados viendo cómo los exterminaban de la faz de la tierra. Sus amigos vampiros habían sido buenos con ella. Más de una vez habían salvado su pellejo libre de arrugas.

Así que cuando recibió la notificación del gobierno de que debía dirigirse a una misteriosa casa de locos junto a los demás Elegidos, para protegerse así de los ataques de los vampiros, comprendió que había llegado la hora de hacer algo al respecto.

Los vampiros no atacaban a los Elegidos: de hecho, eran para ellos como ángeles de la guarda, aunque de aspecto algo inquietante. Era algo que no podían evitar. Cuando algún Elegido se veía en problemas, aparecía un vampiro para ayudarlo. Habitualmente le sometía luego a una especie de lavado de cerebro mediante hipnosis, solo para borrarle el recuerdo y no traicionar su propia condición.

Pero los vampiros no eran los únicos que practicaban ese tipo de lavados de cerebro.

Roxy había desaparecido. A efectos del gobierno estaba fugada, cuando en realidad se había plantado frente a sus mismas narices, con un falso documento de identidad y una flamante licencia de enfermera, para entrar a trabajar como enfermera recepcionista en St. Dymphna. Unos cuantos papeles falsificados, alguna brujería por su parte... no por casualidad era echadora de cartas y sabía hacer conjuros... y ¡pam!, la habían contratado.

Por eso se había alegrado enormemente de encontrarse de guardia en aquel lugar el día en que salió a recibir a sus más recientes huéspedes, Jane y Melinda Hubbard, a la puerta principal.

Madre e hija parecían dos fotografías de la misma persona con veinte años de diferencia. Y ambas tenían también la misma cara de asustadas.

–Hey, no me mires así... –le dijo a la niña–. No hay nada que tener. ¿Quieres que te diga por qué?

Melinda se la quedó mirando fijamente, de una manera extraña. Roxy tuvo la sensación de que aquellos enormes ojos azules le traspasaban el alma.

–¿Por qué? –inquirió la pequeña.

Maldijo para sus adentros: la mirada de aquella niña era tan intensa que le produjo un leve escalofrío. Pero se sobrepuso a la sensación y sonrió.

–Porque *yo* estoy contigo. Y te prometo que nada malo te sucederá mientras estés aquí. Las dos vais a ser mis mejores amigas. Y nadie se mete con las amigas de Roxy, ¿entendido?

Jane sonrió levemente, abrazando con fuerza a su hija

–Ella es como yo, mami –le dijo Melinda por lo bajo.

Roxy dejó de sonreír cuando vio la mirada que le lanzó Jane. Rápidamente miró a su alrededor para asegurarse de que nadie las estuviera oyendo, y se arrodilló para ponerse al mismo nivel que la niña.

–Sí, yo soy como tú –le susurró–. Pero eso tiene que ser un secreto entre nosotras. Nadie más debe saberlo.

–¿Por qué?

Roxy tragó saliva. No había tenido intención de decirles a aquellas dos, ni a ninguno de los otros cautivos, quién o qué era. Resultaba demasiado peligroso. En aquel momento tenía a una aparente adivina de siete años con la que lidiar. Se acercó a ella.

–Si lo dices por ahí, es posible que yo tenga problemas. De acuerdo, ¿cariño? Tú sabes guardar un secreto, ¿verdad?

–Sí –afirmó Melinda–. Está bien. No se lo contaré a nadie –y luego, dirigiéndose a su madre–: Es buena.

Roxy arqueó las cejas, sorprendida. Definitivamente aquella niña poseía más capacidades aparte del antígeno que compartían. Alzando de nuevo la voz, dijo:

—Voy a conseguiros la habitación más bonita del edificio. Venid conmigo. Estamos todos en la planta cuarta.

Mientras se dirigían hacia el ascensor, Jane se acercó para susurrarle al oído:

—¿Qué está pasando aquí, Roxy?

Roxy alzó la vista hacia su derecha, al lugar donde la pared se juntaba con el techo, con expresión significativa. Cuando Jane siguió la dirección de su mirada, descubrió en seguida la cámara que estaba montada allí.

—Ojos y oídos, cariño —musitó, simulando una enorme sonrisa—. Por todas partes.

Jane asintió y bajó la cabeza, escondiendo el rostro a la cámara.

—Solo quería saber si esto es lo suficientemente seguro para mi hija.

—Debiste haberlo pensado antes de traerla aquí —repuso Roxy.

—Pues entonces nos marchamos —repuso, volviéndose hacia la puerta de entrada.

Pero Roxy la agarró de un brazo, con la fuerza suficiente para obligarla a detenerse en seco.

—No te dejarán marchar —susurró—. ¿No has visto a los guardias armados que custodian el perímetro? ¿O la valla electrificada que rodea todo el recinto? Ya estáis aquí, y tendréis que quedaros.

—Pero...

—Nada de peros. No tenéis elección —las puertas del ascensor se abrieron mientras Roxy le soltaba el brazo, pero sin dejar de mirarla insistentemente a los ojos. Su falsa sonrisa se había evaporado. Como si de repente se hubiera dado cuenta de ello, la forzó de nuevo—. Te prometo que haré todo lo posible para protegeros. Y cuando llegue el momento adecuado, os sacaré de aquí.

–¿Es por eso por lo que guardas tu... tu condición... en secreto?

Roxy asintió al tiempo que les hacía entrar en el ascensor.

–Si quieres dejar abiertas las jaulas del zoológico, lo mejor que puedes hacer es poner un mono a vigilarlas, ¿no te parece? Y ahora vamos. Si me descubres, estamos listas. Y por el amor de Dios, sonríe. Que parezca que estáis alegres de estar aquí, ¿de acuerdo?

–De acuerdo.

Entraron las tres en el ascensor y las puertas se cerraron. Mientras subían, Roxy añadió bajando mucho la voz:

–Que no se den cuenta de que tu hija es diferente. Eso sería... fatal.

La madre clavó la mirada en la pequeña, que permanecía de pie entre las dos adultas, con su mochilita a su espalda, de la que asomaba un osito de peluche. Los ojos se le llenaron de lágrimas, pero parpadeó varias veces para contenerlas mientras apretaba la diminuta mano con fuerza.

Capítulo 3

Bangor, Maine

Brigit olía a muerte en el aire. Muerte, dolor, violencia. Y algo más. Estaba de pie en lo alto de una calle destrozada del centro de Bangor, Maine. La noche tenía un sabor especial: un aroma, una sensación. Olía como si acabara de caer un rayo allí mismo. O como si hubiera reventado un transformador eléctrico.

O como si ella misma se hubiera servido de su poder para destruir algo.

Las calles estaban bloqueadas. Policías con brazaletes negros por la muerte de sus compañeros montaban guardia en cada acceso. Pero no habían pensado en los tejados. Las fuerzas de la ley tenían todavía mucho que aprender sobre los inmortales.... y sobre su parentela mestiza.

Se hallaba encaramada al tejado de una ferretería, contemplando el desastre. Vehículos calcinados, escombros por doquier. Había pedazos de cuerpos aquí y allá: más de uno pasaría desapercibido a los equipos médicos y forenses, por mucho cuidado que pusieran en su labor. Podía olerlos. La carne humana achicharrada, con su inequívoco olor. No era algo agradable.

Arrugó la nariz y giró la cara, cerrando los ojos para

ahuyentar las dolorosas imágenes. Pero no podía evitar revivir mentalmente la adivinada escena de pesadilla, como si acabara de desarrollarse ante sus ojos. Estaba demasiado reciente, y ella tenía la mente demasiado abierta. Utana grande y poderoso, pero más solo de lo que ningún hombre se había sentido nunca. Aterido de frío, empapado y temblando en el interior del camión de reparto, devorando con ansia la comida robada. Sintió su percepción de hombre rodeado, acorralado; su confusión sobre los motivos que podían tener los humanos para hacerle daño, cuando su objetivo era el mismo que el suyo: exterminar a los vampiros.

Sintió su ira, y sintió también su resistencia a hacer lo que tenía que hacer... seguida lentamente por su amarga resignación. Había creído que los humanos no le habían dejado otra elección. Lo había creído a pie juntillas.

Se llevó una mano a la frente, deseosa de librarse de aquellas imágenes: fue en vano. El rayo que brotó de los ojos de Utana. Los mortales literalmente despedazados. A pesar del horror, sin embargo, Brigit se sintió impulsada a examinar las imágenes con detenimiento. ¿Cómo se las había arreglado para ensanchar el rayo de aquella forma? Ella no podía hacerlo. Solo podía hacer explotar una sola cosa cada vez. ¿Cómo había podido Utana abrir el abanico de destrucción para incluir tantos objetivos al mismo tiempo? Ella jamás había sido capaz de hacer tal cosa.

Maldijo para sus adentros. Si Utana era más poderoso que ella. Entonces...

No, no pensaría eso. Quizá fuera más fuerte, pero ella era más lista, más rápida. Se encontraba más en su terreno, en su propio tiempo y lugar, que él. Por no hablar de que estaba mentalmente sana. Oh, supuestamente había algunos que discutirían esa afirmación, dado su vehemente carácter, siempre a punto de estallar. Pero al menos era más cuerda que Utana, el ser que había permanecido enterrado vivo durante más de cincuenta siglos.

Aunque, si era sincera, tenía que reconocer que Utana tampoco tenía la culpa de estar tan desquiciado. Un pensamiento que, sin embargo, procuró ahuyentar.

Se disponía a volverse, decidida a seguir su rastro, cuando se detuvo en seco por culpa de la visión que continuaba desarrollándose en su cabeza. Utana en persona, con su empapada sábana enrollada a modo de toga; su larga melena negra derramada sobre sus poderosos hombros y su torso mojado por la lluvia. Utana saltando del camión y caminando lentamente entre los muertos. Brigit podía sentir la marea de arrepentimiento que lo había anegado, dejándolo triste y débil. Sentía hasta las lágrimas que habían quemado sus ojos. Incluso sus propios ojos se llenaron también de lágrimas, a modo de inexplicable reacción.

Hasta que de repente, justo a su espalda, escuchó su voz:

–¿Te das cuenta? Los humanos... no me dejaron otra elección.

Alzó rápidamente la cabeza, presa de un escalofrío. ¿Cómo...? ¿Cómo había podido sorprenderla de aquella forma? ¿Por qué no lo había oído acercarse, como habría oído acercarse a cualquiera, fuera mortal o vampiro? ¿Acaso había aprendido a bloquear sus propias vibraciones mentales para que no fueran detectadas? ¿Y estando tan cerca, además? Imposible.

Se volvió hacia él, esforzándose por borrar todo rastro de temor de su expresión. Sus ojos quedaban al nivel de su inmenso pecho, de manera que tuvo que alzar la cabeza para poder mirarlo a la cara.

Vio el brillo de reconocimiento que asomó a su mirada.

–Brigit. La hermana de James.

El coloso bajó de pronto la vista y Brigit comprendió que se sentía avergonzado de lo que había hecho.

–¿Te han enviado para matarme?

–Sí.

–Háblame de tu hermano y de su Lucy. ¿Están...?

–Están bien.

Un inequívoco fulgor de tristeza brilló en las profundidades de sus ojos de color azabache.

–Yo no deseo hacerte ningún daño, hermana de James.

–No te preocupes, Utana. No me lo harás.

El gigante parpadeó varias veces, ceñudo. Pero cuando alzó de nuevo la cabeza y volvió a mirarla, Brigit detectó algo nuevo en sus ojos. Una extraña chispa. Como si estuviera aceptando gustoso su desafío.

–Ojalá pudiera haber otra manera –le dijo ella–. Detesto tener que hacerte esto.

Utana casi sonrió mientras le respondía con las mismas palabras que antes le había dirigido:

–No te preocupes. Brigit. No me lo harás –y mostró los dientes en una abierta sonrisa. Parecía muy satisfecho consigo mismo: indudablemente por la manera tan exacta en que había repetido su frase, imitando su mismo tono e inflexión.

Brigit alzó entonces una mano, con la palma hacia arriba y las puntas de los dedos en contacto con su pulgar, y Utana se volvió para echar a correr por el tejado. Lo apuntó, abrió los dedos y de sus ojos brotó el poderoso y letal rayo.

Como si lo hubiera sentido acercarse, el coloso se agachó para esquivarlo y la chimenea que tenía detrás explotó. Volaron los ladrillos como enormes piezas de metralla, pero él los bloqueó con un brazo. No había acabado de hacerlo cuando contestó a Brigit disparando otro rayo.

Brigit se apartó a tiempo, y el chorro de energía pasó a su lado para estrellarse en una ventana al otro lado de la calle, destrozándola. Abajo, los obreros que estaban limpiando los escombros se apresuraron a cubrirse. La gente empezó a gritar, mirando hacia arriba y señalando la escena.

Protegida detrás de un conducto de ventilación, Brigit disparó otro chorro de energía destructora y echó luego a correr hacia la parte trasera del edificio. En el instante en que Utana volvía a responder, dio un salto para esquivar el rayo y cayó varios metros más abajo, al nivel de la calle. Sus piernas apenas pudieron absorber el impacto del golpe.

Incorporándose, siguió corriendo. Forzó al máximo su velocidad humana, deseosa de alejar a Utana de cualquier mortal que pudiera resultar herido en el enfrentamiento. No era que profesara un gran afecto hacia la raza humana; se trataba más bien de que su familia vampira no habría contemplado con buenos ojos un innecesario derramamiento de sangre.

Excepto su tía Rhiannon, por supuesto. A ella le habría encantado.

Se internó en un callejón, procurando no oler el horrible hedor de los cubos de basura acumulados. A su espalda podía oír los rápidos pasos de los pies descalzos de Utana en el asfalto. Un instante después el coloso empezó a arrojarle rayos como Zeus tonante castigando a un impenitente pecador, con lo que Brigit tuvo que correr en zig–zag para evitarlos.

Refugiándose detrás de la esquina de un edificio, pegó la espalda a la pared de ladrillo mientras recuperaba el resuello. No fue por mucho tiempo. Asomó la cabeza el tiempo suficiente para disparar otro rayo y volver a esconderse. Así una, dos, tres veces. Cada explosión significaba una dosis de energía vital menos. Menos fuerza. Se preguntó si a él le sucedería lo mismo.

No lo vio la siguiente vez que volvió a asomar la cabeza, con lo que echó a correr hacia las afueras de la población.

Pero él la siguió. Sin disparar.

«Efectivamente», pensó Brigit. El hecho de utilizar su poder de destrucción también agotaba a Utana. Y esa noche había aniquilado a muchos. Ella tenía, pues, ventaja. Solo que no tenía la menor duda de que él era bastante más fuerte.

Mientras corría, era consciente de que necesitaba más fuerza, más velocidad. Aunque sabía que con ello perdería una dosis mayor de su preciosa energía, se detuvo para invocar su ser vampírico. Su mandíbula empezó a alargarse al igual que sus colmillos, y todo su cuerpo reverberó de fuerza y de poder. A partir de ese momento, convertida ya en vampira, retomó la carrera a toda velocidad. Una velocidad que la convertía en una borrosa mancha a los ojos de cualquier humano.

Y esperaba que también a los ojos del primer inmortal.

Devoró kilómetros y kilómetros. Solamente se detuvo al llegar a una sombría cañada: había una poza, con árboles. Una luna casi llena colgaba baja en el cielo. No tardaría en amanecer. Apoyada en un tronco, bajó la cabeza, recuperó el aliento y dejó que su cuerpo volviera a su estado natural, el humano. Retrajo los colmillos. Sintió la piel como muerta en comparación con la extremada sensibilidad de su carne y nervios de vampira.

—Esperaré hasta que... estés dispuesta.

Irguiéndose, se giró rápidamente. Allí estaba, bien erguido frente a ella, apenas fatigado.

—Dios... —masculló.

—No soy un dios, soy Utana. Y tú eres una poderosa guerrera. Fuerte. Lista. No esperaba tan gran desafío de un ser tan bello.

–No esperes desconcentrarme con tus falsos cumplidos, Utana. No te funcionará.

El coloso frunció el ceño, ladeando la cabeza como si se esforzara por comprender el significado de sus palabras.

–Te lo pediré de nuevo. No me obligues a matarte, mujer.

Lo miró a los ojos, pero tuvo que desviar en seguida la mirada. Eran negros como la noche, de mirada profunda y llena de misterio.

–Tú asesinaste a decenas de congéneres míos.

–Jamás en toda mi vida, como sacerdote, como rey, como soldado, como superviviente del Diluvio... jamás en toda mi vida, te digo, maté a nadie por gusto. No cuando había una manera de evitarlo, la que fuera. Pero ahora no tengo elección. La voluntad de los Anunaki debe ser obedecida.

Brigit sintió que se le desgarraba el corazón al escuchar aquellas palabras, consciente de la tormenta emocional que arrastraba aquel ser. Había un inmenso dolor en aquel hombre, y Brigit detestaba que pudiera percibirlo con tanta claridad. Ignoraba el motivo, de modo que se esforzó por bloquear su mente para no dejarse influir.

–Tiene que haber alguna manera de evitar todo esto –susurró.

–Otra manera sí que hay: la muerte en vida para mí. Yo solo quiero la liberación, Brigit de los Vampiros. Y también la liberación para los vampiros. Liberarlos de la maldición de vivir como demonios, odiados por los dioses, obligados a vivir de la sangre de los mortales. Es una condena para ellos. Tú no tienes la sabiduría de alguien tan viejo como yo, mujer. Pero yo os liberaré de vuestra maldición y me liberaré a mí de la mía. Solo espero reunirme con ellos en la Morada de los Muertos, donde descansaremos todos por fin en paz. No podré conocer esa bendita salvación hasta que cumpla con el mandato de los dioses y destruya al último de los vampiros.

–Antes tendrás que pasar por encima de mi cadáver.

–Sí, eso me temo… –y le arrojó un rayo, pero ella lo esquivó a tiempo.

Mientras se apartaba de su línea de fuego, se dio cuenta con sorprendente claridad de que había sabido que iba a atacarla antes de que él hubiera hecho el menor movimiento.

Aquel aparente vínculo psíquico que había estado maldiciendo apenas unos minutos antes le permitía leerle el pensamiento.

Se escondió detrás de un pino, agarrando el tronco con ambas manos, e intentó no pensar antes de actuar. Decidió atacar por puro impulso, sin un plan preconcebido, mientras procuraba al mismo tiempo leer sus intenciones.

Apartándose del árbol, disparó contra él. El rayo lo alcanzó en el abdomen: la fuerza del impacto lo proyectó hacia atrás, doblado en dos. Se golpeó contra un tronco y cayó al suelo, pero en seguida rodó a un lado cuando ella le lanzó un segundo rayo.

Brigit se agachó para esquivar su respuesta. El pino detrás del cual se había escondido unos segundos antes se partió por la mitad y cayó con estrépito, levantando una alta barrera entre Utana y ella. Corriendo hacia otro grupo de árboles, disparó de nuevo, en esa ocasión a ciegas, y ya no se detuvo.

Era como si un gigante invisible estuviera arrasando el bosque, rompiendo árboles a cada paso como si fueran mondadientes. Ya no la disparaba. Se limitaba a perseguirla, y Brigit podía sentir su creciente dolor casi como si lo padeciera ella misma, debilitándola. Inquieta, volvió a preguntarse por el vínculo tan íntimo que los unía.

Se estaba acercando. Brigit se volvió entonces, alzó una mano para disparar un rayo y fue como si una enorme fuerza, diez veces más poderosa que la gravedad, la obligara a caer de rodillas. Lanzó el rayo igualmente, pero él lo esquivó mientras caminaba lentamente hacia ella.

Levantando la cabeza, lo vio acercarse. Volvió a alzar la mano, con la palma hacia arriba, pero de sus ojos apenas brotó un leve fulgor. Sonó como un chispazo en el silencio que los envolvía.

Utana llegó por fin hasta ella y cayó también de rodillas, agotado. Así permanecieron los dos, frente a frente, lo más cerca posible sin tocarse. Sus miradas parecieron anudarse.

–No puedo… luchar… más –susurró él.

–Ni yo.

Jadeante, Utana levantó de pronto una mano para tomarla de la nuca, le acercó la cara y le plantó un beso en la boca con las últimas fuerzas que le quedaban. De inmediato rodaron por el suelo, entrelazados sus miembros. Un extraño fuego ardió en las venas de Brigit mientras se preguntaba por lo que se había apoderado de él… y de ella.

Pero al final el cansancio se impuso a la pasión. Su tórrido beso empezó a enfriarse y el sueño los sorprendió abrazados, tendidos en el suelo del bosque asolado.

Cuando Brigit se despertó varias horas después, el sol se estaba poniendo. Los pájaros cantaban en alborotado coro.

Y Utana no estaba.

Se levantó en silencio, sacudiéndose distraída las hojas y ramitas de la ropa, y se volvió lentamente. No había nadie. Ya no lo sentía.

Evocó la batalla, rebobinando mentalmente cada rayo que había lanzado y cada rayo que le había sido devuelto. Desanduvo el camino del bosque, siguiendo sus propias huellas durante su huida. Tragando saliva, sacudió la cabeza. Utana habría podido derrotarla. Al menos en tres ocasiones diferentes, había estado expuesta e indefensa ante él. De espaldas, había constituido un fácil objetivo. Y, por lo que podía ver, Utana había dirigido sus rayos no contra ella, sino contra los árboles cercanos, abatiéndolos.

Podía haberla matado. Pero no lo había hecho.

Luego revivió el beso. Aquel beso apasionado, estremecedor.

—Maldita sea, ¿qué estoy haciendo? —se pasó una mano por el pelo y cerró los ojos.

Utana había conseguido abrir los ojos antes de que el sol terminara de levantarse. El dolor seguía reverberando en su cuerpo como consecuencia del rayo que ella le había lanzado durante la batalla de la víspera. Pero mientras observaba a la hermosa mujer que tenía en los brazos, se vio asaltado por sentimientos contrarios a su propósito inicial. Intentó decirse que no era más que el simple y natural impulso de poseerla. Que cualquier hombre habría sentido lo mismo en su lugar. Él era un macho, ella una hembra. Ansiaba tomarla allí mismo, en medio de aquella umbría cañada.

Y, sin embargo, en lo más profundo de su alma anidaba la convicción que había rechazado y se había negado a escuchar. La misma convicción que le había impedido destruirla, obligándolo a desviar sus rayos de su hermosa y dulce figura.

La pasión física era algo que podía entender. ¿Pero la ternura? ¿Hacia su enemigo? No, eso no. Y aunque la deseaba, y sospechaba que ella no opondría demasiadas objeciones a su intento por poseerla, se contuvo. Pensó que, si lo hacía, corría el riesgo de despertarla y alertarla. Y entonces volverían a batallar, cuando en aquel momento se sentía demasiado dolorido para... librar una pelea.

No era una mujer normal. Quizá no tuviera dueño. Según le había contado James, las mujeres de aquel extraño mundo eran iguales a los hombres y poseían la capacidad de elegir. Al principio había pensado que se trataba de una broma. Pero lo cierto era que nunca había conocido a una mujer así. Ella sí que podría igualarse a cualquier hombre que hubiera conocido. En la batalla al menos.

Tal vez también en la pasión. El beso que habían compartido había sido recíproco en intensidad. Y en fiereza.

Pero no, él tenía una misión. Una misión de la mayor urgencia, encargada por los Anunaki. Demasiado había sufrido a sus manos para renunciar a la tarea que le habían asignado. Y se trataba ciertamente de una causa justa. Los dioses no ordenarían la destrucción de una raza entera a no ser que fuera estrictamente necesario.

No podía dudar de ellos. Tenía que hacer lo que le decretaban. No volvería a desafiarlos, porque el sufrimiento que había tenido que soportar por desobedecerlos una vez, solo una vez, había sido indecible. Si volvía a contrariarlos, no quería ni imaginar el castigo que le tendrían reservado.

De modo que se apartó de la mujer y se incorporó con sigilo. Por un instante permaneció de pie mirándola dormir, con una mano sobre su vientre, allí donde la piel se le había ennegrecido por una quemadura. Su pelo tenía el color del sol al mediodía: de un color amarillo pálido, con hojas verdes y doradas prendidas en sus rizos. Los ojos, en aquel momento cerrados, eran los más extraordinarios que había visto en su vida. Su gente, todos los humanos que había conocido en su tierra, los tenían negros como el ónice, al igual que el pelo y las cejas. Pero Brigit... tenía los mismos ojos que Enlil, el dios del aire y el cielo. De un azul claro, ribeteados por un fino círculo negro. Unos ojos que parecían leerle el alma...

Y sabia también era. Quizá debería hacer caso de lo que le había dicho...

No. Era una mujer, capaz por tanto de minar la resolución de cualquier hombre. Obligándose a apartarse, empezó a caminar por el bosque. Necesitaba alejarse de aquella bella guerrera, porque cuando estaba cerca de ella... era incapaz de sentir nada más. Incluso su dolor se desvanecía ante el asalto de su perfume. De su esencia, de su vitalidad. Lejos de ella, podría volver a ser capaz de rastrear el olor de los vampiros supervivientes y retomar la persecución.

Detestaba la tarea que le esperaba. Estaba resentido con los dioses por habérsela encomendado. Pero no se atrevía a desobedecerlos.

Un buen rato después, sin embargo, seguía sintiendo a Brigit cuando salió del bosque y se encontró con una carretera. Aquella mujer parecía haber llenado completamente sus sentidos, no dejando espacio para nadie más. Se hallaba en unas condiciones lastimosas. Su ropa, la prenda blanca que James había llamado «toga», estaba asquerosa. Afortunadamente seca, pero apestosa. Como su cuerpo.

Deteniéndose al pie de la carretera, alzó los ojos al cielo.

—No tengo nada que ofreceros —pronunció en su antiguo idioma. Todavía no se sentía cómodo con el nuevo, pese a su capacidad para aprenderlo a fuerza simplemente de escucharlo— pero os lo suplico de todas formas, antiguos y poderosos dioses: libradme de esta carga. Dejad que viva mi progenie. Liberadme de esta maldición. Demasiado he sufrido ya.

Cerró los ojos y esperó una señal. Como no sucedió nada, suspiró con gesto resuelto y lo intentó otra vez.

–Si no me descargáis de esta misión, dadme al menos los medios necesarios para cumplirla. Necesito un refugio. Ropa. Comida –volvió a cerrar los ojos y esperó.

No tuvo que esperar demasiado. Uno de los vehículos mecánicos de los humanos se detuvo de pronto a su lado, y ante su asombrada mirada bajó un hombre. Era alto y muy delgado, con los ojos claros. La cicatriz de guerra que le cruzaba la cara hablaba de su poder. Utana lo reconoció: lo había visto una vez antes.

Mientras Utana se preparaba para fulminarlo al menor gesto de agresividad por su parte, el hombre clavó una rodilla en tierra e inclinó la cabeza.

–Oh, grande y poderoso rey Ziasudra. Es un honor humillarme ante ti.

Utana arqueó las cejas. La punzada de placer que sintió al escuchar su antiguo nombre, y verse tratado como el rey que era, se mezclaba con la duda y la sospecha.

–Levántate, mortal, y dime qué es lo que quieres de mí.

El hombre de la cicatriz alzó la cabeza pero no se levantó.

–Mejor te pregunto yo lo que deseas de mi persona. ¿Te acuerdas de mí, señor?

–Eras cautivo de Brigit de los Vampiros. Estabas entre aquellos que llamaba… los vigilantes.

–Eso es. Y tú me liberaste. Me salvaste la vida, mi rey. Y ahora podré finalmente saldar mi deuda. Si tú me lo permites.

Utana se encogió de hombros.

–¿Qué es lo que quieres de mí? –insistió.

–Tú eres el Antiguo, el Superviviente del Diluvio, Utanapishtim, ¿verdad? ¿El primer Inmortal? ¿El Amado de los dioses?

Utana entrecerró los ojos.

–Lo soy. Pero eso no me dice quién eres tú, ni cómo es que sabes todas esas cosas que muy pocos de los mortales de tu tiempo conocen.

–Mi nombre es Nash Gravenham-Bail –contestó el hombre–. Esperaba tu llegada, que fue profetizada a los líderes de mi nación. Soy un hombre poderoso dentro de mi gobierno, mi rey. Pero en este momento soy tu esclavo, enviado para atenderos de parte de mi presidente.

Utana frunció el ceño. ¿Los líderes de aquel mundo sabían de su resurrección?

–Yo no sé lo que es… «presidente».

–Es nuestra palabra equivalente para rey.

–Ah –¿entonces el rey de aquella tierra sabía también de su existencia?

–¿Vendrás conmigo? –continuó el hombre, todavía con una rodilla clavada en tierra–. Tengo una casa para ti. Comida. Ropa. Todo lo que necesitas y más.

–¿Por qué? ¿Por qué habrías de querer ayudarme, humano?

El hombre bajó la mirada.

–No te culpo por desconfiar de mí, amigo mío. Lo cierto es que ni mi presidente ni yo apreciamos demasiado a los vampiros que tú has venido a destruir. Desea honraros como corresponde a un gobernante, aunque sea de otro tiempo.

–¿Y tú? –quiso saber Utana.

El hombre inclinó la cabeza.

–Yo también creo en los antiguos dioses, los Anunaki. Enki, Enlil, el gran Anu, la feroz Inanna. Yo también quiero cumplir con su voluntad y solicitar sus bendiciones para este mundo en el que muy pocos conocen siquiera sus nombres. Ayudarte será una manera de complacerles. Porque creo que es esto lo que quieren de mí —se humedeció los labios con la lengua, quizá nervioso—. Como te he dicho antes, tú me salvaste la vida al liberarme de los vampiros. Y te estoy profundamente agradecido por ello.

«Por fin», pensó Utana. Algo que podía comprender, algo a lo que se podía agarrar. Y, sin embargo, debía ser cauto. Aquel mundo no era el suyo, y aquel humano, aunque habían coincidido antes, seguía siendo un desconocido para él.

Se iría con aquel hombre, pero se conduciría con extremada precaución y cuidado. Era sabio y lo suficientemente poderoso como para arriesgarse. Y la recompensa de comida, de un refugio, de una base desde la que trabajar mientras se curaba de la dolorosa herida que había recibido de la bella guerrera llamada Brigit, resultaba demasiado tentadora.

—Que así sea —le dijo al hombre—. Tú serás mi visir. Levántate Nashmun —añadió, bautizándolo a su modo, con un nombre más familiar— y sírveme bien —mientras su interlocutor se levantaba, se inclinó para quedarse mirando fijamente sus fríos ojos grises, de cerca—. Mejor será que no me traiciones, Nashmun. Mi ira no conoce límites.

Capítulo 4

Alrededores de Washington, D.C.

A las siete de la mañana, en un bar de carretera y luciendo una peluca negra y grandes gafas redondas, mallas ajustadas, cazadora de cuero negro y botas a juego, Roxy esperaba sentada en una mesa del fondo. Parecía la Velma de *Scooby Doo*, si Velma hubiera pertenecido a una banda de moteros. De repente entró la senadora, toda nerviosa y sintiéndose tan incómoda como una carpa en una piscina llena de barracudas. Atravesó el local con sus formales zapatos de tacón azul oscuro que conjuntaban con su traje de chaqueta y falda, llamando la atención de la manera más estridente posible.

–Diablos –masculló Roxy.

Se levantó con rapidez para abrirse paso entre la multitud de parroquianos, la mayor parte hombres grandes y algunas mujeres grandes también, que charlaban ruidosamente, se atiborraban de café y comían a dos carrillos. Agarrando a la senadora por el brazo, se inclinó para susurrarle:

–¿No podía llamar más la atención?

La senadora frunció el ceño.

–¿Es usted?

–Endora –dijo Roxy. Había tenido que elegir un nombre falso cuando escribió por correo electrónico a la senadora, y el de su bruja favorita de la televisión le había parecido más que adecuado–. Tenemos que darnos prisa.

–Estoy preparada.

–¿Le ha dicho a alguien que venía hacia aquí?

–Sí.

Roxy se detuvo para mirarla.

–Mi guardaespaldas privado, el tipo que revisa mi email. Nadie más. No iba a presentarme aquí sola.

Roxy desvió la mirada hacia la gran puerta de cristal de la entrada.

–Tiene la limusina aparcada detrás, pero puedo hacer que venga lo más rápido posible, en caso necesario.

–Lleva encima un botón del pánico, ¿eh?

La senadora bajó la vista, algo avergonzada.

–Su mensaje decía que lo que tenía que decirme estaba relacionado con mi nueva misión. Que tenía información que necesito. ¿De qué se trata?

Era una ricura de mujer, pensó Roxy. En sus ojos ardía una chispa de idealismo que había visto antes en algunos políticos jóvenes. Antes de que se hubieran extinguido víctimas de los veteranos de la vieja escuela empeñados en mantener su *statu quo*.

–Por aquí.

Las dos se abrieron paso hasta la mesa del fondo, y Roxy le acercó una taza de café nada más sentarse.

–Lo he pedido para usted.

–Prefiero té.

–Hoy tomará café.

Roxy bebió un sorbo del suyo, y la senadora la imitó. Empezó sin mayores preámbulos:

–Hay un antiguo hospital psiquiátrico denominado St. Dymphna en Mount Bliss, Virginia, que actualmente está dirigido por la DPI. Sabe lo que es la DPI, ¿verdad?

La senadora pestañeó rápidamente y bajó la mirada.

–Me temo que eso es...

–Confidencial: ya lo sé. Mire usted, señorita MacBride, yo no necesito que me cuente nada. Lo sé todo. Solo estoy intentando determinar cuánto sabe *usted*.

–Yo sé... mucho.

–No tanto como cree, se lo aseguro, así que empezaré por el principio: la DPI, la División de Investigaciones Paranormales. Una división de la CIA en la sombra, consagrada a investigar a los vampiros. Lleva cerca de dos décadas cometiendo el tipo de crímenes que harían que Saddam Hussein a su lado pareciera la madre Teresa de Calcuta, con la única diferencia de que sus víctimas siempre han sido vampiros. No humanos.

La senadora se la había quedado mirando fijamente, con unos ojos como platos.

–Ya, me doy cuenta de que de eso último no sabía nada. Bueno, la cuestión es la siguiente. En este mismo momento, la DPI está convocando a todos los humanos portadores del antígeno Belladonna y concentrándolos en St. Dymphna.

La senadora tragó saliva.

–Los humanos portadores del antígeno son los principales amenazados por... los vampiros y...

–Tonterías. Propaganda. ¿Quién le ha dicho eso?

–Forma parte de las investigaciones que me entregaron...

–¡Investigaciones! Esas investigaciones se han realizado con gente perfectamente inocente, que han resultado ser vampiros, a los que han torturado, asesinado, experimentado con ellos...

–Mire, no sé quién es usted ni por qué tendría que creerla...

Se dispuso a levantarse, pero Roxy la agarró de la muñeca y volvió a sentarla a la fuerza.

–Los humanos portadores del antígeno son los únicos

capaces de convertirse en vampiros. Los vampiros sienten su presencia y se ven compelidos a vigilarlos y protegerlos... incluso en perjuicio suyo. No pueden evitarlo. Son por tanto incapaces de hacer daño a los Elegidos, que es como los llaman.

La senadora MacBride se la quedó mirando fijamente.

—¿Está usted segura de ello?

—Yo soy la portadora del antígeno más veterana que existe —le confesó Roxy—. Claro que estoy segura. Los vampiros me han salvado la vida muchas veces durante todos estos años, y les he visto hacer lo mismo por otros. Son mis amigos. *No* son el enemigo. *No* son monstruos. Y diga lo que diga la DPI, esos humanos no han sido concentrados y retenidos en aquel asilo por su propia protección.

—¿Entonces por qué...?

—No lo sé. Pero sea cual sea el motivo, no puede tratarse de nada bueno. Tiene usted que investigarlo.

La senadora asintió.

—Lo haré.

—No tarde mucho —Roxy se levantó de la mesa y dejó un billete de veinte dólares sobre la mesa. Luego se dirigió a los servicios, al final del estrecho pasillo del fondo.

Mirando hacia atrás para asegurarse de que no la veía nadie, se metió en el lavabo de hombres, que no en el de mujeres, y entró rápidamente en el segundo cubículo. Nadie la había visto. Perfecto. Se puso unos vaqueros grandes encima de las mallas, con el relleno que había guardado en el bolso, y se cambió la cazadora por otra más grande. Cambió también la peluca y las gafas por un bigote y barba, se caló una gorra y volvió a salir. Cuando pasó al lado de la senadora, esta no le prestó la menor atención. Estaba hablando por el móvil, probablemente con su guardaespaldas.

Una vez en el exterior, vio una limusina, que debía de ser la de la senadora, deteniéndose justo ante la puerta. Muy cerca había un hombre vestido con una larga gabardina oscura, observando. No podía ser el guardaespaldas de la senadora.

Había sabido que aquello sería peligroso. Se alegraba de haber tomado tantas precauciones. Porque o estaban espiando a la senadora Marlene MacBride... O la espiada era *ella*.

Alrededores de Bangor, Maine

Desde lo alto de la colina, dominando la serpenteante carretera, Brigit observaba a Utana hablando con un humano alto y delgado. El hombre se hallaba de espaldas a ella, de manera que solo podía ver la gabardina marrón con la que se protegía del frío de la mañana. Conducía un todoterreno grande, de color verde oscuro. Quizá fuera alguien de la localidad. Algún tipo de buena voluntad que se había detenido para ayudar a un forastero.

El muy incauto no tenía la menor idea de con quién se las estaba viendo. Ni la clase de peligro que corría. Utana era como una bomba de relojería. Una máquina de matar con una mente enferma.

«Es mucho más que eso», le recordó una voz interior.

¿De dónde había surgido aquel pensamiento?

El rostro de Utana resultaba visible con las primeras luces del día. Brigit se había mantenido a distancia suficiente para que él no pudiera sentirla, pero ella sí que podía sentirlo a él. No sentía a la máquina de matar, sino al hombre. El hombre que, ahora se daba cuenta de ello, había llorado ante la carnicería que había causado. El hombre que la había besado como si acabara de atravesar un desierto interminable, muerto de sed... y ella hubiera sido el primer sorbo de agua que había probado.

Pero tenía que matarlo.

Suspirando, volvió a concentrar su atención en la escena que se desarrollaba allá abajo. Pese a la naturaleza de su misión, se sintió ridículamente contenta de que algún buen samaritano se hubiera apiadado del antiguo rey. No tenía la menor duda de que el tipo no tardaría en arrepentirse, una vez que se diera cuenta de que Utana estaba completamente fuera de sus cabales: algo que debió de haber intuido en cuanto lo vio vestido con aquella asquerosa sábana a modo de toga.

Pero... algo extraño estaba sucediendo. El humano le había abierto la puerta de su vehículo. Y se la sostenía como invitándolo a que subiera.

«No lo hagas», se sorprendió pensando Brigit. No debía confiar en un extraño, y mucho menos en un mortal.

Utana se giró entonces, mirando en su dirección como si hubiera percibido su presencia. Brigit se apresuró a esconderse detrás de un frondoso árbol.

En ese preciso momento lo oyó, hablándole mentalmente con tanta claridad como si hubiera estado junto a ella y le hubiera susurrado las palabras al oído, con una voz profunda que le provocó escalofríos:

No te mataré todavía, Brigit de los Vampiros. Cuando haya terminado con los demás, pediré a los Anunaki que te respeten la vida. Quizá me hagan caso.

Fue como si una roja nube de ira la envolviera de pronto, impulsándola a abandonar el refugio del árbol.

¿Me dejarás viva para ver cómo mueren ante mis ojos aquellos a los que amo? ¿Y esperas todavía que te esté agradecida por ello?

Es lo único que puedo hacer, contestó él. Bajando la cabeza, se agachó para subir al coche.

¡Hey!, lo llamó ella. *¿Qué crees que estás haciendo?*

¿Tan imprudente eres como para confiar en un extraño?
¡Hey!

Pero el coloso subió al coche de todas formas, y el humano cerró la puerta para luego rodear el morro y sentarse al volante. El coche se alejó, sin que Brigit supiera hacia dónde se dirigía su supuesta presa.

Estaba aterida de frío, cansada, hambrienta y enfadada. Frustrada a más no poder y desesperada por librarse de la pesada misión que le habían encomendado. Además de que tenía una buena caminata por delante: de vuelta a Bangor, donde había dejado su coche y sus cosas.

Pero antes necesitaba saber adónde pretendía aquel estúpido llevarse a Utana. Así que salió disparada, recurriendo de nuevo a sus poderes sobrehumanos: mayor velocidad de carrera y capacidad de resistencia.

Siguió al todoterreno hasta un pequeño motel de las afueras de Bangor, agradecida de que hubieran seguido ese camino, que era el mismo de su coche. Ambos hombres bajaron y un tercero abrió la puerta de una de las habitaciones, para invitarles a entrar. La número seis.

Seguía contemplando la escena cuando un aroma le hizo volver la cabeza. Había una cafetería al otro lado de la calle. Su estómago se quejó ante el olor de las patatas fritas... Dios, necesitaba comida. No sabía lo que estaba pasando en aquella habitación de motel, pero desde la cafetería tendría una buena perspectiva. Nada más fácil que vigilarla desde la ventana, frente a un buen plato de comida...

Así que se apartó del poste de teléfono en que había estado apoyada y se dirigió hacia el grasiento local de comida rápida. Se sonrió, porque el nombre le cuadraba: *La Cuchara Grasienta.* Sonó la campanilla de la puerta, y una mujer se apresuró a atenderla.

—Siéntate donde quieras, cariño. ¿Café?

–Sí. Unos cuatro litros –respondió Brigit sin mirarla.

Y se sentó en un banco de la parte delantera, con la mirada clavada en el motel del otro lado de la calle. En seguida tuvo delante un tazón de café.

–¿Eres la esposa o la detective que ha contratado? –le preguntó la camarera.

Brigit se quedó mirando a la mujer. Había esperado la típica camarera jovenzuela rubia o pelirroja, de aparatoso peinado, y en lugar de ello vio un rostro cariacontecido, de arrugas prematuras y pelo salpicado de gris.

–¿Perdón?

–Estás mirando el motel como si fueras a salir corriendo a la menor oportunidad. Tu marido... ¿está teniendo una aventura a tus espaldas?

–Oh –ahora la entendía–. No, no es mi marido –le mostró la mano izquierda, sin anillo–. Es solo un amigo al que quiero, er... sorprender.

–Ya. ¿Quieres comer?

–Algo rápido. ¿Qué es lo que tienes preparado?

–Puedes tener una tostada en el plato de aquí a diez minutos.

–Que sean cinco y doblo la propina.

–Hecho.

Cuatro minutos después estaba engullendo una humeante y grasienta tostada de mantequilla empapada en sirope, que le supo maravillosamente bien.

Una vez trasegado el café, se levantó y se registró los bolsillos en busca de dinero suelto.

–El desayuno son cinco dólares –le dijo la mujer desde detrás del mostrador–. Y este café corre de parte de la casa –empujó hacia ella un vaso de plástico de tamaño extra-grande, con tapa.

–Gracias –dejó dos billetes de cinco sobre el mostrador, recogió el vaso y se volvió.

Necesitaba la dosis de cafeína. Se estaba esforzando

todo lo posible por bloquear su mente del contacto con Utana, levantando un invisible e infranqueable escudo en torno a su aura. Resultaba agotador, pero necesario.

Los hombres continuaban en la habitación del motel. Por enésima vez se preguntó qué diablos estarían haciendo allí.

Abandonó la cafetería, con el vaso en la mano, y contempló la sinuosa carretera. Las paredes del motel eran de tabla, con esquinas reforzadas de ladrillo rojo. Cada puerta tenía una placa de latón dorado con su número. Un porche corría todo a lo largo de la parte delantera. En el aparcamiento semicircular había espacio para un vehículo por habitación.

Cerca se levantaba una estructura cuadrada, más pequeña, que servía de oficina. Detrás se distinguía un campo abandonado, lleno de zarzas, matorrales y malas hierbas… que era precisamente donde se suponía que tenía que dirigirse ella. Suspirando resignada, subió la carretera hasta doblar una curva que se perdía de vista. Saltó luego la cuneta y se internó corriendo en el campo, escondiéndose. Desde allí, bajó de nuevo hacia el motel.

Salió de la maleza justo frente a la pared trasera y fue contando las ventanas. Cuando llegó a la que pensaba se correspondía con la habitación número seis, se detuvo. La ventana era demasiado alta para ella, pero localizó un bloque de cemento suelto debajo del depósito de gasolina y lo utilizó para auparse. Echó un rápido vistazo dentro y volvió a agacharse… parpadeando de puro asombro.

Sus ojos habían registrado lo siguiente: un hombre grande. Desnudo. Mojado. La improvisada toga había estado escondiendo un torso que quitaba el aliento y un trasero que debilitaba las rodillas. Maldijo en silencio.

Inspirando hondo, volvió a asomarse al levemente empañado cristal.

Utana se hallaba de pie al lado de una cabina de ducha, contemplándola con expresión aparentemente maravillada. Estaba completamente desnudo, de manera que Brigit no podía apartar la mirada de él. Lo contemplaba desde un punto elevado, de manera que fueron sus hombros lo primero que vio. Anchos, musculosos, hermosos. Cada músculo resultaba visible bajo su piel fina, bronceada, sin vello alguno. Siguió luego su poderoso pecho y los abdominales...

Cuando se volvió un poco más, descubrió una zona ennegrecida en su piel: la quemadura que le había dejado el rayo que ella le había lanzado. Al concentrar allí la mirada, pudo sentir claramente su dolor. La herida le seguía doliendo. Se esforzaba por combatirlo, por ignorarlo, y en buena medida lo conseguía.

Era un hombre poderoso.

Siguió bajando la mirada... hasta su pelvis y...

Se quedó paralizada de asombro ante el increíble espectáculo. Parpadeando varias veces, se obligó a mirar a cualquier otra parte... pero casi fue peor. Su duro trasero dibujaba una atractiva curva, con hoyuelos en las nalgas. Sus muslos eran como columnas. Sus pantorrillas parecían de acero.

Pero tenía trabajo que hacer. Tenía que matarlo. Debía destruir aquella bella obra de arte que tenía justo delante, al otro lado del cristal. Y probablemente aquel sería el mejor momento para hacerlo. Estaba tan distraído contemplando la ducha, tan completamente fascinado por el ingenio del que acababa de hacer uso... Todavía tenía el pelo húmedo. En algún momento se había afeitado la barba: seguramente por eso había tardado tanto.

Utana recogió en ese momento una toalla y empezó a secarse, cuidando de no hacerse daño en la herida del vientre.

Acto seguido se volvió hacia el lavabo y abrió los

grifos como si fuera la primera vez, como un niño. Mientras veía correr el agua, puso las manos debajo, formando un cuenco, y una radiante sonrisa se dibujó en su rostro. Cerró los grifos, los abrió de nuevo y volvió a cerrarlos.

Un momento después estaba haciendo lo mismo con el interruptor de la luz.

Brigit alzó una mano, con la palma hacia arriba, las puntas de los dedos tocando ligeramente el pulgar.

Sus dientes eran perfectamente blancos, y exquisito el gozo que revelaba su rostro, a pesar del dolor que seguía soportando. Pulsó varias veces el interruptor de la luz y después se volvió hacia el sanitario. Inclinándose, levantó la tapa y miró dentro. Su sonrisa desapareció. Un sombrío ceño se dibujó entre sus hermosas cejas negras mientras lo observaba, ladeando la cabeza. Levantó entonces la tapa de la cisterna, se asomó también y su ceño se profundizó. Volviendo a colocarla, accionó la palanca, y el agua fluyó de golpe. Dio un respingo de sorpresa y después la sonrisa reapareció. De repente, cerrando los ojos, apoyó ambas manos sobre la cisterna, como si estuviera escuchando o sintiendo algo…

«¡Claro!», exclamó Brigit para sus adentros. Ahora lo recordaba. Utana podía comprender el funcionamiento de las cosas absorbiendo la información por contacto. Eso era lo que estaba haciendo en aquel instante.

Finalmente retiró las manos.

—Ah, así es como lo haces —pronunció en un tono de voz lo suficientemente alto como para que ella lo oyera a través del cristal—. Ya lo sé.

Brigit aspiró profundamente y se concentró en invocar sus poderes vampíricos. Esperó a sentir la energía subiéndole por los pies, calentándole las piernas, filtrándose por su médula como la lava a través de un volcán. Pero no ocurrió nada.

Para entonces, Utana había acabado ya de contemplar el inodoro. Estaba recogiendo artículos de ropa que al parecer le habían sido suministrados por el buen samaritano local. Alzó unos pantalones y se los quedó mirando dubitativo.

Volviéndose de pronto, abrió de golpe el cuarto de baño y entró en la habitación tal como estaba, desnudo, con la aparente intención de quejarse de la prenda.

Con ello quedó fuera de su vista. Fuera de contacto. Brigit había tenido la oportunidad de salvar a su pueblo y la había dejado escapar. Una vez más. ¿Qué diablos le pasaba?

Oh, pero aquella sonrisa... aquellos ojos... le decían con mayor claridad que cualquier otra cosa qué era lo que le pasaba. Que había dejado de verlo como una máquina de matar. Que lo había visto, lo estaba viendo en aquel mismo momento, como un *hombre*. Como un niño inocente, más que como un implacable asesino. Un hombre cuya muerte significaría el retorno a un estado que sería como ser enterrado vivo. No: *exactamente* ser enterrado vivo.

Y nadie se merecía eso. Seguro que tenía que haber otra manera.

Se apartó lentamente de la ventana. Tendría que continuar la persecución, porque ahora estaba segura de que ese motel no era su destino final. Ojalá hubiera tenido su coche a mano.

—Mi rey, estás a punto de experimentar algo que jamás habías imaginado.

Utana se sentía mucho mejor después de su baño, aunque la herida de Brigit seguía doliéndole terriblemente. Ignoró el dolor, algo en lo que un rey guerrero como él debía ser un experto. Aquello formaba parte, reflexionó, del hecho de sentirse vivo, de volver a tener un cuerpo. Y después de haber estado durante tanto tiempo sin uno, agradecía incluso el dolor. Le gustaba también tener el rostro afeitado y el sabor a menta que el «cepillado de dientes» le había dejado en la boca, pese a que seguía sintiéndose dolorido y definitivamente molesto con la ropa moderna que, reacio, había consentido en ponerse. Con el pantalón, en particular, se sentía constreñido e incómodo. Sentado en el asiento trasero del todoterreno, miró dubitativo a su recién encontrado visir, que lo conducía.

—Tú no sabes lo que... me había imaginado yo.

—Cierto, pero... —Nashmun retiró una mano del volante para señalar hacia el cielo—, ¿habías imaginado eso?

Utana sacó la cabeza por la ventanilla para contemplar al extraño pájaro que sobrevolaba el cielo, y asintió.

—Sí, los grandes pájaros que rugen, con alas que no se mueven.

—No son pájaros, amigo mío. Son aviones. Muy parecidos al coche en el que estás viajando ahora mismo. Son máquinas, construidas por el hombre, que sirven para transportarnos. Pero en lugar de viajar por el suelo, como estamos haciendo ahora en el coche, los aviones surcan el aire.

Utana estiró el cuello para volver a contemplar el gran pájaro.

—No es posible.

—Por supuesto que sí. Y muy pronto vamos a viajar en uno de ellos, para que nos lleve a tu nueva casa.

—¿Vamos a... volar?

—Sí. Te encantará.

Sacudiendo la cabeza mientras veía perderse el pájaro–avión entre las nubes, Utana comentó:

—Qué extraño mundo es el vuestro.

–Seguro que sí. Por cierto, tu inglés está mejorando mucho.

Con un gruñido dirigido a la pequeña y curiosa máquina que descansaba a su lado, sobre el asiento, volvió a asentir con la cabeza.

–La voz que me habla a los oídos es... «ayuda».

–Es un iPod. Y la palabra adecuada es «útil».

–Útil. Sí –se quedó mirando al mortal, con un nudo de expectación en el estómago ante lo que le depararía el futuro. Y pensando también en cierta bella mujer, cuyo beso todavía podía paladear en los labios–. ¿Adónde vamos a volar?

–Hay una casa esperándote... un palacio, en realidad. Es donde se quedan algunos monarcas extranjeros cuando visitan al líder de mi nación. He dispuesto que la puedas usar durante... bueno, mientras vayas a necesitarla.

Un palacio. «Ya era hora», pensó Utana. Hasta el momento había sido tratado por la gente de aquella tierra con mucho menos respeto del que merecía su persona. Y, sin embargo, no era aquella su primera prioridad.

–¿En... dirección... al norte?

–Al sur, de hecho.

Utana sacudió firmemente la cabeza.

–Debo ir al norte. Mi misión es en el norte.

Nashmun se volvió para mirarlo. Su expresión parecía sincera.

–Yo deseo ayudarte en tu misión, mi rey. Pero necesitas una base de operaciones. Un lugar desde el cual elaborar y lanzar tu ataque. Necesitas curar tus heridas –bajó la mirada a su vientre–. Y recuperar tu fuerza. Y aprender más sobre la manera en que funciona este mundo, para poder desenvolverte mejor en él.

–Se me escaparán. Y no sabré cómo volver a encontrarlos.

–Tú puedes sentirlos. Percibirlos. ¿Verdad? –Nashmun se encogió de hombros, sin esperar una respuesta–. Aunque dudo que eso sea necesario. Mandarán a alguien a por ti dentro de poco, si es que no lo han hecho ya.

–¿Alguien? –enarcó las cejas.

–Un asesino. Para matarte, Utana. Saben que estás obligado a exterminarlos. E intentarán asesinarte cuando menos te lo esperes –las manos de Nashmun se tensaron sobre el volante–. Esa es la escoria con la que nos estamos viendo las caras. No son humanos. No tienen sentimientos humanos, ni ética alguna. Harían lo que fuera, darían muerte al hombre que los creó... un hombre que debería ser un dios para ellos, al que deberían adorar... con tal de proteger su podrida existencia.

Utana bajó la cabeza. Aquel hombre tenía razón. Su propia gente ya había enviado a un «asesino» para matarlo. En realidad una feroz y sexy asesina con la que él preferiría hacer el amor, que no la guerra.

Y, sin embargo, en realidad no podía culpar a los vampiros. Al fin y al cabo, él había destruido a un buen número de los suyos.

–Será mejor dejarlos en paz por el momento –estaba diciendo Nashmun–. Que encuentren un refugio que consideren lo suficientemente seguro. Así se relajarán y bajarán la guardia. Mientras tanto, nosotros iremos acumulando información. Averiguaremos dónde están y cuántos quedan. Cuando ataquemos, los tomaremos por sorpresa.

–No *nosotros*, Nashmun. *Yo*. Seré yo quien les dé muerte.

Nashmun se encogió de hombros.

–Como quieras, mi rey. En cualquier caso, será fácil. Rápido. Un solo ataque y estará hecho. Y luego podrás vivir durante el resto de tus días en paz, sabiendo que, cuando mueras, los dioses te permitirán entrar en la Morada de los Muertos, donde al fin encontrarás merecido descanso.

–No viviré mucho tiempo después que mis hijos –repuso Utana–. No tendré deseos de hacerlo.

Bajó la cabeza, desgarrado el corazón por el pensamiento de tener que terminar la tarea que había empezado. De manera extraña, su primer ataque contra los vampiros no le había pesado tanto: todo lo contrario que la perspectiva del siguiente. Pensó que, en aquel entonces, su mente no había estado del todo bien, plenamente restaurada. Había sido como liberar de pronto a un león enloquecido por su encierro.

En ese momento, lo que había hecho le pesaba como un crimen. Aunque sabía que había sido voluntad de los dioses, lo sentía como un pecado en su alma. Ansiaba con todo su corazón que pudiera existir otra manera. Lamentablemente, sabía que no era así.

–Estás débil y herido, mi rey. Dentro de unas pocas horas estarás en casa. Te prometo que te alegrarás de haber aceptado mi ayuda.

Utana volvió a asentir y apoyó la cabeza en el respaldo del asiento. Estaba herido. El rayo de Brigit le había asestado un potente golpe. Había tenido que usar hasta el último gramo de energía para evitar que acabara matándolo. Y, a esas alturas, no le quedaba ya nada.

–Eso es, mi rey, relájate. Intenta dormir un poco. Dentro de muy poco tendrás todo lo que quieras. Comida, esclavos, un médico que cure tus heridas. Serás tratado de la manera que merece un hombre de tu rango. Y sentirás que estás a la altura de tu tarea cuando recuperes las fuerzas. Te lo prometo.

Capítulo 5

Brigit seguía aún en pie. Estaba exhausta después de su combate con Utana. Luchar contra el antiguo inmortal la había agotado. Algo previsible, pese a su tendencia a considerarse invencible, invulnerable.

Solo de manera retrospectiva había llegado al penoso descubrimiento, en forma de un mazazo en plena frente, de que Utana habría podido aniquilarla si hubiera querido. Pero no lo había hecho. Ella, en cambio, lo había golpeado con su rayo. Sabía que debía de dolerle terriblemente. A no ser que tuviera la capacidad de curarse con rapidez, como ella y su hermano. O durante el día, como hacían los vampiros. O quizá había recurrido al don de la curación que le había arrebatado a James, para sanarse a sí mismo. Eso si acaso sabía cómo hacerlo.

Se preguntaba por todo eso, así como por el alcance de sus heridas. Y la naturaleza de su inmortalidad: de qué manera funcionaba o dejaba de funcionar. Se preguntó también si él mismo conocería la respuesta a todas aquellas preguntas. A fin y al cabo, era único en su especie. ¿A quién podría dirigirse para resolver sus dudas?

Conocía demasiado bien esa sensación. Otra de las numerosas cosas, por cierto, que aquel grandullón y ella tenían en común. El rayo que brotaba de sus ojos, por ejemplo: la capacidad de hacer explotar cosas, algo que había descubierto siendo una niña, cuando se había llevado una reprimenda por cada pequeña explosión que había provocado. La inmortalidad. O, al menos para J.W. y para ella, la *aparente* inmortalidad. Y la excepcionalidad de sus respectivas condiciones.

Por supuesto, ella tenía a su hermano. Pero J.W. era al mismo tiempo muy diferente a ella. Su poder era benéfico: él era el sanador. El suyo, sin embargo, era lo opuesto. Ella era la destructora. Como Utana.

Tenía que haber fallado el tiro a propósito: no había otra explicación. No podía tener tan mala puntería. Desde luego no había fallado con ninguno de los miembros del SWAT que lo habían acorralado en el centro de Bangor.

Se recordó también con energía que tampoco había fallado con los numerosos vampiros que había asesinado. Sus amigos. Su familia. Torturado o no por los cinco mil años que había pasado enterrado en vida, aquel crimen resultaba imperdonable. Mejor sería que lo tuviera en cuenta.

Hasta el momento había dormido unas pocas horas de sueño... sí, en los brazos de Utana, en el bosque, como un par de enamorados amantes... con lo que había podido recuperar parte de su energía. Si bien luego había vuelto a gastarla siguiendo al grandullón y a su misterioso samaritano, bloqueando mentalmente además toda posible percepción de su presencia. Pero la comida la había ayudado, y la ruta que acababa de tomar el todoterreno verde del desconocido la estaba ayudando aún más. Porque había puesto rumbo precisamente a Bangor.

Suspirando de alivio, Brigit se desvió de su objetivo. A la carrera, giró a la izquierda, dejando que entraran directamente en la ciudad, y luego a la derecha, hacia el aparcamiento donde había dejado su Ford Thunderbird azul celeste, edición veinte aniversario.

Adoraba aquel coche. Tenía ya la llave en la mano y pulsó el mando a distancia para abrir las puertas. Para cuando se sentó al volante, su belleza ya estaba ronroneando, preparada para salir disparada. Se sintió inundada de alivio, como si acabara de meterse en un baño caliente. Esa era otra cosa que echaba de menos, por cierto: un buen baño. Por un instante, apoyó la cabeza en el respaldo y cerró los ojos.

Sí, había heredado la fuerza sobrehumana de la rama vampira de sus antepasados. Podía correr muy rápido: rapidísimo. Pero para ella no era algo tan fácil como para sus parientes inmortales. Tenía que respirar profundo, su corazón tenía que bombear mucha sangre. No era en absoluto lo mismo. Le exigía demasiadas energías.

Pero la persecución no había terminado. Y su descanso tuvo que ser forzosamente breve.

Sin perder más tiempo, retomó el rastro, abandonó el aparcamiento y continuó a toda velocidad por la calle paralela a la principal. Una vez en las afueras, enfiló hacia la autopista hasta que pudo distinguir la trasera del todoterreno verde. Hundiendo el pie en el acelerador, gozó de la sensación de poder que le proporcionaba aquel coche. Ni siquiera tuvo que forzarlo antes de convencerse de que no los perdería.

Retiró el pie del acelerador, guardando una conveniente distancia y esperando que Utana no la descubriera. Si levantaba la barrera mental que mantenía en torno a su persona, aunque fuera por un instante, él podría sentirla. Ella, desde luego, lo sentía a él. Era como una aguda y vibrante cercanía que parecía reverberar en cada célula de su cuerpo. Cada una de sus terminaciones nerviosas parecía sintonizarse con su energía. Con su fuerza vital. Con su... aura. Cuanto más se acercaba a él, más se le erizaba la piel.

Cada parte de su ser era incómodamente consciente de Utana. Como cuando sus dientes se volvían demasiado sensibles al calor o al frío. La abrumadora sensación de sentirse demasiado sensible, demasiado... vulnerable. Sí, vulnerable. Maldijo para sus adentros. Aquello no le gustaba nada.

El todoterreno se disponía a abandonar la autopista. Tenía que evitar distraerse tanto. Frunció el ceño mientras se aproximaba a la salida, reparando en las indicaciones del aeropuerto. Aunque «aeropuerto» era una palabra demasiado grande, ya que en aquel momento estaban en medio de la nada. Evidentemente debía de tratarse de un aeródromo privado.

¿Iba a abordar un avión? El buen samaritano se llevaría una buena sorpresa cuando intentara meter a un sumerio de cinco mil años de edad en un reactor. Utana ni siquiera se sentía a gusto con los pies sobre la tierra: entraría en pánico, seguro.

Aparte de eso, Brigit volvió a preguntarse por la identidad del tipo del todoterreno. Sus sospechas de que era algo más que un solícito desconocido crecían a cada momento. Porque... ¿por qué habría alguien de ayudar a Utana, vestirlo, bañarlo, afeitarlo y llevarlo luego a un aeródromo?

Algo extraño estaba pasando: debería haberse dado cuenta desde el principio. Pero había estado demasiado ocupada intentando desenredar todo aquel embrollo mental que tenía, por no hablar de la ardiente atracción sexual que había surgido entre ellos...

Los siguió, manteniendo la mayor distancia posible, por una carretera sin asfaltar. Pasaron por delante de varios hangares para tomar luego una pista lateral con un letrero de *Privado*. Afortunadamente, nadie le impidió el paso. Al menos por el momento.

Delante de ella, la pista desembocaba en un tramo de asfalto. El todoterreno se detuvo junto a una garita de vigilancia. Después de un breve diálogo entre el conductor y el vigilante, la barrera se levantó para franquearles la entrada. Detrás, no muy lejos, Brigit alcanzó a distinguir un pequeño reactor negro, con los motores encendidos.

Aquello estaba ya claro. El buen samaritano no era definitivamente un alma cándida local, pese a lo que pudiera sugerir su sencillo atuendo de vaqueros y camisa de franela, habitual en la región. Probablemente era lo que había *pretendido* sugerir.

Los dos hombres bajaron del vehículo. Utana se movía bien sin ayuda, y Brigit odió la sensación de alivio que la invadió nada más verlo. Se suponía que tenía que matarlo: no herirlo para luego preocuparse por su estado…

Pero su caminar no era erguido ni arrogante, como era habitual en él. Mientras lo observaba desde lejos, pudo sentir su dolor y volvió a preguntarse por qué no había utilizado el don que le arrebató a su hermano para curarse él mismo.

Nuevamente lo estaba viendo no como un ser todopoderoso, casi satánico, sino como un hombre. Un hombre herido, fuera de su lugar y de su tiempo, desorientado. Era algo que le había venido sucediendo desde que la besó. Desde que fue testigo de su infantil alegría ante el espectáculo del agua corriente y la luz eléctrica.

Los dos hombres se detuvieron por un momento, y Brigit se esforzó por distinguir el rostro de Utana mientas contemplaba el reactor. Debía de ser algo increíble y fantástico para él, más allá de su imaginación. Pero tanto su rostro como sus reacciones permanecieron ocultos a su vista.

Había vuelto a distraerse. Porque el vigilante de la garita la estaba abandonando mientras miraba insistente en su dirección, con el *walkie-talkie* en la mano.

Maldijo para sus adentros.

Dio un giro de ciento ochenta grados con la intención de disimular y meterse en el aparcamiento del aeródromo. No había garaje. Abandonó su preciado coche, dejándolo bien cerrado, y echó luego a correr hacia la pista de asfalto. Tan pronto como se creyó a salvo de la curiosidad del vigilante, aumentó la velocidad... pero era ya demasiado tarde.

El pequeño reactor estaba en marcha, acelerando por la pista de despegue como un murciélago negro. «¡Destrúyelo!», le ordenó una voz interior. Tragó saliva, viendo como el aparato ganaba velocidad por momentos. Alzó una mano, juntó las puntas de los dedos con el pulgar, clavó la mirada en el avión.

«¡Hazlo! Eso es lo que has venido a hacer. Diablos, ¡es lo que has venido a hacer en este mundo! ¡Para eso has nacido!», insistía la voz. «Mátalo. ¡Mátalos a los dos!».

Invocó su poder, y la mano le tembló presa de contradictorios sentimientos. Maldijo de nuevo. ¿Qué era lo que había estado a punto de hacer? Podía haber gente inocente en aquel avión: el piloto, algún otro pasajero que no hubiera visto. Ni siquiera sabía si el presunto samaritano se merecía o no la muerte.

«¿Desde cuándo te han importado algo los humanos inocentes?». Aquella otra voz se parecía más a la de Rhiannon que a la suya propia.

El avión estaba remontando el vuelo, fuera de su alcance. La vacilación la había perdido. No había nada que hacer. Tendría que seguirlos. Desgraciadamente, no podía volar.

Decidida, echó a andar hacia la diminuta garita de vigilancia.

–Necesito una información –le dijo al guardia sentado en el alto taburete, antes incluso de que él pudiera preguntarle quién era o qué estaba haciendo en aquella zona restringida.

El hombre se la quedó mirando, entrecerrando los ojos con expresión recelosa.

–Se supone que usted no debería estar aquí.

–Bueno, no lo estaré... tan pronto como me diga dónde debería estar –le lanzó una sonrisa despampanante, ladeando ligeramente la cabeza, como si fuera una rubia estrella del pop en una foto publicitaria.

Lo cual tuvo el efecto deseado, ya que el guardia sonrió:

–¿En qué puedo ayudarla?

–¿Sabe adónde se dirigía ese avión privado?

El hombre parpadeó varias veces.

–¿Y por qué necesita saber eso?

La sonrisa le tembló en los labios, sintiendo cómo la frustración se extendía poco a poco por su pecho. El tipo se estaba poniendo difícil, y ella estaba a punto de perder la paciencia. Estaba cansada, dolorida, hambrienta otra vez... Ella, que como solía decirle su hermano, tenía el apetito de una leona.

Suspirando, invocó de nuevo sus poderes vampíricos, aunque no todos. No necesitaba sacar los colmillos para utilizar su control mental sobre los humanos. Por lo demás, tampoco podía arriesgarse a hacerlo a plena luz del día, so pena de sufrir graves quemaduras, cuando no la muerte. Cuando volvió a mirarlo a los ojos, sin embargo, vio reflejado en ellos el leve fulgor sobrenatural de los suyos.

–Dígame adónde se dirigía ese reactor.

–Virginia. Cerca de Washington D.C. –respondió como un autómata.

–¿Qué aeropuerto?

–Aeródromo privado. Covington.

–¿Dirección?

–Avenida del aeropuerto 2150.

–Qué original. ¿Quiénes eran los hombres que lo abordaron?

–Hum, al grandullón no lo conozco. Nunca lo había

visto antes. El otro viene aquí a menudo. Tiene un nombre enrevesado, con un guión en medio. Graverson-Bailey o algo así.

–¿Qué más sabe de él?

El guardia se interrumpió, desviando la vista como para hacer memoria. Brigit alzó rápidamente la mano para tomarlo de la barbilla y obligarlo a que la mirara, manteniendo así el control mental sobre él.

–No lo sé exactamente. Algo del gobierno.

–¿Y eso como lo sabe?

–Su credencial. Es algo oficial.

–¿Qué es lo que dice su credencial?

El hombre parpadeó.

–No recuerdo...

–Sí, sí que recuerdas, Jerry –insistió, bajando rápidamente la vista al nombre que figuraba en su placa–. Está en tu cerebro, como la fotografía de un álbum. Abre el álbum, busca la credencial de ese hombre y léela.

Tenía la mirada distante, como velada. De repente se puso a hablar con tono monocorde:

–Nash Gravenham-Bail. Fecha de nacimiento: once de octubre del sesenta y dos. Altura: uno ochenta y cinco. Peso: setenta y cinco kilos. Pelo castaño, ojos grises. Agencia Central de Inteligencia, Estados Unidos de América. DPI.

Al oír aquellas palabras, Brigit abrió mucho los ojos y se volvió para escrutar el cielo en busca del avión. Pero lo único que pudo ver fue su estela.

Utanapishtim, el más peligroso ser que caminaba sobre la tierra, estaba en manos de la DPI.

Por su culpa, porque había vacilado a la hora de actuar, porque se había dejado afectar por un beso, como una colegiala en su primer enamoramiento... los dos principales enemigos de su raza habían unido sus fuerzas.

¿Qué diablos iba a hacer ahora?

Capítulo 6

Utana estaba instalado en un pequeño pero cómodo asiento cerca de un ventanuco redondo, viendo cómo el suelo se alejaba por momentos mientras se elevaban en el aire, dentro de la barriga de un gigantesco pájaro construido por humanos. Así hasta que al fin se perdieron en las nubes y la tierra se hizo invisible.

–Estamos volando –susurró, impresionado. Inmediatamente, pese al vuelco que le daba el estómago, se esforzó por escrutar los cielos.

–¿Qué estás buscando, mi rey? –le preguntó Nashmun.

–*An*. La morada de los dioses.

Le pareció detectar una cierta diversión en el tono del mortal, aunque no lo estaba mirando en aquel momento, de manera que no podía saberlo de seguro.

–Nadie la ha visto hasta el momento. Y eso que los mortales hemos viajado tan lejos como la luna.

–¡No! –Utana se volvió hacia su visir para ver si se estaba riendo de él, burlándose de su aparente inocencia para contarle una mentira.

Pero Nashmun se mantenía serio.

–Sí. Hemos enviado naves espaciales a la luna y más allá, pero todavía no hemos encontrado el cielo, er... *An*, como tú lo llamas.

Utana pareció digerir aquella información y asintió con la cabeza.

—Los dioses lo hacen... no visible.

—Invisible.

—Sí. No lo revelan a ningún hombre, a no ser que lo juzguen merecedor de tal honor.

—Probablemente será eso.

Utana frunció el ceño, seguro esa vez del sarcasmo del mortal, presente tanto en su tono como en su mirada.

—No me crees.

—Mi rey, en mi tiempo es mucha la gente que ha dejado de creer en dioses y en demonios —Nashmun se encogió de hombros—. De hecho, la mayoría no creía en la existencia de los vampiros hasta hace poco tiempo. Así que... ¿quién puede decir lo que es real y lo que no lo es?

—*Yo* lo digo —replicó Utana, sintiéndose furioso y ofendido, además de perplejo, de que alguien pudiera dudar de algo que para él era tan real como el día y la noche, o el sol y la luna—. Si los dioses no son reales, ¿quién envió el Gran Diluvio? ¿Quién me salvó la vida? ¿Quién me dio la vida eterna, para luego castigarme por haber compartido mi don? ¿Quién, si no los dioses mismos?

El hombre se apresuró a inclinar la cabeza, reverente.

—Tienes razón, por supuesto, Utana, y lo siento si mis palabras te han ofendido.

—Será mejor que lo tengas presente, Nashmun. En mi tiempo, no solo era rey. También era sacerdote. Y aunque mis funciones como gobernante fueron temporales, la iniciación al servicio de los dioses es eterna. Un sacerdote lo es para siempre —volvió nuevamente la mirada a los cielos—. Les rezaré ahora mismo. Seguro que me escucharán mejor, tan cerca como estoy de su mirada.

Nashmun se apresuró a asentir, nervioso quizá por la vehemencia con que había hablado Utana.

–Yo, er... iré a hablar un momento con el piloto, para que tengas intimidad. Pero ten cuidado a la hora de moverte. Si tenemos turbulencias... esto es, viento fuerte... –explicó– el avión se bamboleará –se alejaba ya por el pasillo cuando se volvió para mirarlo–. Y también sería una imprudencia, peligroso incluso... que hicieras algún fuego dentro del avión, ¿de acuerdo? –y alzó una mano con los dedos bien abiertos, como para asegurarse de que comprendiera el significado de la palabra «fuego».

Utana asintió, sonriendo levemente ante el gesto del mortal, como si estuviera hablando con un tarado o con un sordo. El gesto del «fuego» le recordó asimismo la manera en que Brigit había cerrado y abierto los dedos cuando intentó matarlo. Se había quedado maravillado con la belleza de sus movimientos. Todo en su ser era hermoso. Había cometido un grave pecado contra ella, cuando la había abrazado la víspera. Al igual que había hecho con su hermano, al tocarlo para apoderarse de su don. Se preguntó qué podía importarle eso, cuando tendría que matarlos a ambos en acatamiento del dictado de los dioses. Y, sin embargo, sentía en lo más profundo de su alma que lo que había hecho estaba mal. No pudo menos que preguntarse si Brigit habría descubierto a esas alturas el robo del que le había hecho víctima...

El pensamiento le provocó una punzada de culpa. Ella ya lo odiaba. Y lo odiaría aun más cuando se enterara... si acaso le quedaba aún algo de odio. Mientras reflexionaba sobre ello, evocó al mismo tiempo las sensaciones que lo habían asaltado cuando la tuvo dormida en sus brazos. El dulce peso de su cabeza sobre su pecho. La tibia caricia de su aliento en su piel. Su aroma.

Un extraño anhelo pareció abrirse de pronto como un vacío en su pecho, deseoso de llenarse de nuevo con su presencia. Su cercanía.

Pero puso freno a aquellos pensamientos. No le estaban haciendo ningún bien, y sobre todo lo distraían de aquella oportunidad que se le presentaba de hablar con los dioses desde un lugar tan cercano a su morada. Una oportunidad que jamás antes había tenido.

Levantándose del asiento, se situó en medio del pasillo y cayó de rodillas. Tuvo que cambiar varias veces de postura, debido a lo incómodo de la ropa que llevaba. La humanidad había hecho espectaculares avances durante todo ese tiempo, pero el llamado «pantalón» no podía contarse entre ellos.

Inclinando la cabeza, cerró los ojos y habló en su propia lengua, para que los dioses le entendieran mejor. Esperaba que pudieran reconocerlo en aquella extraña tierra, luciendo ese forastero atuendo.

–Ancianos y poderosos dioses. Los siete que decretaron los Destinos. Enlil del Cielo; Anu del Paraíso; Enki del Gran Abismo; Nanna de la Luna; su hija Inanna, reina de los dioses; Ninmah, señora de la Tierra y las Montañas; Utu del fiero Sol. Dioses antiguos, yo os convoco. Soy yo, Utanapishtim, vuestro fiel esclavo y sacerdote, el Superviviente del Diluvio, el Inmortal. Sí, soy yo.

Se interrumpió y permaneció sumido en un expectante silencio, dándoles tiempo para que lo reconocieran, lo recordaran. Hasta apenas unos días atrás, habían pasado miles de años desde la última vez que les había rezado.

Cuando juzgó que había pasado tiempo suficiente, se atrevió a abrir los ojos y se asomó a las ventanillas como si esperara verlos allí. Pero solo veía nubes y el cielo azul.

De nuevo inclinó la cabeza y cerró los ojos.

–Dioses poderosos, os suplico perdón para mis pecados. Largo tiempo atrás ya sufrí vuestra ira, pero ahora mi sufrimiento se ha visto renovado. Os suplico me impongáis alguna otra penitencia: liberadme de la carga que me habéis impuesto. No me obliguéis a asesinar a mi progenie. En particular a la hermosa Brigit, que es para mí como el sol mismo. Seguro que ha sido bendecida por Utu, para resplandecer como ella, y por Inanna, para luchar tan ferozmente y poseer tanta pasión. No podéis desear que destruya tan esplendoroso ser: hacerlo sería como cometer un pecado contra la propia vida. Por favor, enviadme una señal. Por favor, ordenadme cualquier otra cosa. Todo menos esto.

El hombre, Nashmun, surgió de una pequeña puerta situada cerca del pico del gran pájaro.

–Lamento interrumpir. Pronto aterrizaremos. Deberías sentarte, mi rey, por seguridad.

Utana no alzó la cabeza, ya que descubrir las lágrimas que bañaban sus mejillas habría significado una intolerable debilidad. En lugar de ello se limitó a asentir y regresó a su asiento.

Nashmun se sentó junto a él, no antes de sacar una pequeña caja negra: otro de los impresionantes artilugios de aquella época. Aquel tenía botones y una pequeña luz roja. El hombre presionó uno de los botones y la luz se apagó. Se guardó luego el aparato en un bolsillo de la chaqueta.

–Deberías abrocharte el cinturón de seguridad, Utana. Como hiciste antes, cuando despegamos.

Así lo hizo. Aunque no pudo menos que preguntarse de qué le serviría aquella fina tira de tela, en caso de que la máquina fallara y se precipitara contra la tierra. Aun así, más fácil resultaba complacerlo que preguntar: a fin de cuentas, no era la cosa más ilógica que había observado entre los hombres de aquella época.

Poco tiempo después, Utana bajó de otro «coche», aunque aquel era muy diferente del que había conducido Nashmun. No lo conducía él, por cierto, sino un sirvien-

te. Era un vehículo negro, largo y brillante, y tan suntuo-
so como un palacio en miniatura. Dentro tenía armarios
con bebidas, conservadas milagrosamente frías. Un lujo
espléndido. Se imaginó poder tener algo así en medio
del desierto...

Y, sin embargo, incluso el lujo de aquel vehículo pali-
deció en comparación con el palacio al que llegaron. Era
de hecho un palacio, pero distinto de cualquier otro que
hubiera visto antes. Más pequeño que un zigurat, desde
luego, pero tan sofisticado y bello que quitaba el aliento.
Su superficie estaba cubierta de brillantes azulejos ribeteados de oro. Había cúpulas en forma de cebolla que reflejaban la luz del sol. La entrada consistía en un alto y
adornado arco, del que partía un pasaje con soportales.
El sendero pavimentado de baldosas de brillantes colores, con fuentes y plantas de todas clases, terminaba en
una doble puerta dorada.

Indudablemente aquel palacio rivalizaba en esplendor
con los de su época.

Intentó disimular la impresión para que Nashmun no
se hinchara como un pavo, todo orgulloso.

—Increíble, ¿verdad? —comentó el visir.

—Es... bastante hermoso —reconoció Utana—. Quien
viva aquí debe de ser alguien muy importante en tu tierra.

—Nadie vive aquí, Utana. Este lugar está reservado a
las visitas, gobernantes y monarcas venidos de lejanas
tierras. Por el momento puedes considerarlo tu hogar.

Parpadeando de sorpresa, inquirió:

—¿Para mí solo?

—Bueno, por supuesto estará bien abastecido de sirvientes. Y yo estaré aquí la mayor parte del tiempo, también. Pero sí, esta será tu casa... durante todo el tiempo
que tú quieras estar, en realidad.

—Esto es... —Utana miró de nuevo a su alrededor, casi

temeroso de creer que aquello pudiera ser cierto. Había una alta verja dorada, con barras que apuntaban al cielo como lanzas de oro, rodeando todo el recinto del palacio–. Precioso. Te estoy agradecido.

–Espera a ver el interior –dijo Nashmun, sonriendo de oreja a oreja, evidentemente complacido con su reacción–. Vamos.

Caminaron por el pasaje de soportales, entre las flores y las fuentes, hacia las puertas doradas. Un sirviente de uniforme se apresuró a abrírselas con una reverencia:

–Majestad.

Sorprendido de que el hombre se dirigiera a él de aquella forma, y aun más de que fuera consciente de su rango, Utana respondió con una inclinación de cabeza y entró.

La sala que apareció ante él le quitó el aliento. Un techo altísimo, circular, abovedado, con adornos de oro. El espacio parecía vibrar de luz y el suelo estaba cubierto por alfombras de brillantes colores y borlas doradas. Había almohadas y cojines de tonos irisados allá donde posaba la mirada. Elegantes mesas rebosantes de frutas y dulces, todas ellas presentadas en vajilla de oro. Una gran jarra, con una copa al lado también dorada, lo esperaba invitadora.

–Me temo que todavía no he podido contratar a todos los criados necesarios. Disponemos de unos cocineros fabulosos. En este momento estamos entrevistando a varios candidatos a sirvientes personales. Por seguridad.

–Necesitaré bailarinas.

Nashmun arqueó las cejas, pero de inmediato disimuló su sorpresa y asintió.

–Por supuesto. Me ocuparé de ello. Como me ocuparé también de cualquier otra petición... u orden que tengas mientras estés aquí. Pero aparte de todo esto, ¿te servirá este palacio?

Mirando nuevamente a su alrededor, Utana descubrió una única escalera que se bifurcaba en la primera planta.

–Sí –respondió–. Este palacio me servirá muy bien –volviéndose hacia el hombre, se permitió por fin relajarse lo suficiente para suspirar de alivio y comentar, ya sin recelo alguno–: Has hecho un gran trabajo, visir. Te lo agradezco.

Sabía que su sirviente se sentía complacido: casi resplandecía de contento por el cumplido que le había dirigido su rey. Y Utana decidió que podía confiar en él, después de todo.

Tres días.

Tres horribles e interminables días había pasado Brigit estudiando el lugar que solo podría describirse como un Taj-Mahal en miniatura, intentando encontrar una forma de penetrar en su interior. Y ahora por fin había encontrado una.

No había sido fácil. Había optado por viajar al D.C, en coche, en lugar de tomar un avión. Se suponía que el viaje duraba catorce horas, pero ella lo había hecho en diez, deteniéndose únicamente para repostar.

El retraso había merecido la pena, con tal de llevarse su coche y sus cosas. Nada más llegar, había enfilado directamente hacia el aeródromo de Virginia que tan amablemente le había mencionado el vigilante de Maine... con una pequeña ayuda de sus poderes de persuasión. Por supuesto, para entonces habían pasado horas desde el aterrizaje del pequeño reactor negro.

Había tenido que recurrir a sus poderes vampíricos con cinco mortales que había encontrado allí hasta que por fin encontró a uno que conocía el destino de los viajeros: un empleado de la empresa de limusinas que los había recogido.

De esa manera había conseguido la dirección de... de aquel palacio árabe, donde su presa estaba recibiendo trato de rey a manos de un agente de la DPI que solo pretendía utilizarlo como arma contra los inmortales. Al parecer, aquel gobierno canalla aún no se había dado cuenta de que exterminar a su gente era precisamente el objetivo de Utana.

A no ser que hubiera cambiado de idea al respecto.

Quizá estuviera experimentando los mismos remordimientos que la habían asaltado a ella. Si pudiera ganarlo para su causa, convencerlo de que estaba equivocado, de que matar a su pueblo no era lo que los dioses querían que hiciera... Que crear la raza de los vampiros no era el motivo por el que había sido castigado, por el que se había visto atrapado y reducido a un puñado de cenizas durante cinco mil años... Tal vez sus esfuerzos por hacerle entrar en razón estuvieran dando al fin sus frutos. Quizá el agente de la DPI hubiera previsto precisamente algo parecido y estuviera tomando precauciones.

Era duro tener que contemplar aquel palacio de lejos. No se atrevía a acercarse más por no alertar a Utana de su presencia, antes de que estuviera lista para actuar. Pero una cosa había aprendido mientras acechaba el recinto desde el exterior, permaneciendo en todo momento escondida. Una cosa que la había dejado profundamente estremecida.

Había podido distinguir por fin con claridad al falso samaritano que había secuestrado a su presa. Y a punto había estado de soltar una exclamación en voz alta cuando reconoció sus fríos ojos grises y la cicatriz que le cruzaba la cara, desde el ojo izquierdo hasta el mentón.

Había coincidido antes con él, sin conocer su nombre. Aquel tipo profesaba un odio cerval a los inmortales, y ella ignoraba por qué. Pero era poderoso y listo. Y Brigit tenía motivos para creer que había sido el verdadero instigador del movimiento de vigilantes que había costado la vida a tantos inocentes, tanto vampiros como humanos.

Ella lo había capturado en una ocasión.

Y el propio Utana lo había dejado escapar.

Maldijo para sus adentros. Aquel complot se enredaba cada vez más. ¿Y si Utana y el hombre de la cicatriz habían estado conchabados ya desde entonces? No, eso era imposible. Utana había sido resucitado a bordo de un yate, en alta mar, por su hermano. Al mismo tiempo, ella y su movimiento vampiro de resistencia habían estado rastreando y combatiendo a las bandas de vigilantes, mortales consagrados a la tarea de quemar a los vampiros en sus propias casas aprovechando que dormían por el día. Había sido precisamente en uno de aquellos combates donde habían tomado prisionero al canalla de la cicatriz.

Lo había tenido atado y encerrado en el sótano de una iglesia abandonada cuando su hermano y la bella Lucy habían aparecido con Utana, recién resucitado.

El hombre de la cicatriz había vestido en aquel entonces vaqueros y una sencilla camisa de franela, en su esfuerzo por parecer un rudo hombre de las montañas, gente violenta y supersticiosa que engrosaba las filas de los vigilantes. Lucy, sin embargo, lo había reconocido como miembro de la DPI: precisamente uno de los que la habían mantenido prisionera durante una interminable noche.

Aun así, era imposible que Utana lo hubiera conocido antes de aquello. De algún modo, el hombre de la cicatriz había conseguido convencer al Anciano de que lo dejara escapar.

Utana había estado muy trastornado en aquel entonces, recién resucitado después de haber sufrido cinco mil años de muerte en vida, sin saber en quién podía confiar y en quién no. Y, al parecer, el canalla de la cicatriz continuaba aprovechándose de ello.

Las escenas que Brigit había podido distinguir desde lejos, así como los fragmentos de conversación que había logrado escuchar gracias a sus sentidos sobrenaturalmente agudizados, le decían que Utana estaba siendo tratado como un sultán. Menos un harén, tenía de todo.

Hasta ese día. Porque ese día finalmente había encontrado una rendija, una manera de penetrar. Y si el tal Nash Gravenham-Bail pensaba que podía ganarse la lealtad de Utana regalándole un palacio y un ejército de sirvientes... ya podía esperar a ver lo que ella tenía preparado.

Estaba previsto que las bailarinas que el rey había pedido llegaran aquella misma noche. Había un banquete preparado.

Bailarinas.

La primera vez que escuchó a las dos sirvientas charlando animadas sobre sus respectivos planes de salida cuando acabara su turno, Brigit se había sentido inmediatamente transportada a la adolescencia. A sus días de gemela *mala*, cuando nadie había esperado de ella que hiciera nada bueno, positivo... y mucho menos salvar a su propia raza. Había regresado mentalmente a otro palacio bastante parecido a aquel, una de las suntuosas mansiones de su tía Rhiannon. Uno que seguramente a esas alturas habría sido destruido por los vigilantes, en su esfuerzo por borrar a los vampiros de la faz de la tierra.

En sus recuerdos, un fuego crepitaba en una redonda chimenea y se oían los acordes de una melodía oriental, procedente de ocultos altavoces. Tenía dieciséis años y no se sentía nada cómoda con los senos que parecían haberle crecido de la noche a la mañana, vestida como iba con un atuendo que parecía recién salido de un cuento de *Las mil y una noches*.

Se había sentido estúpida e incómoda. Nada que ver con Rhiannon, que de pie frente a ella se había mostrado talmente como la majestuosa princesa egipcia que era, con una vaporosa falda de satén, un velo verde jade ribeteado de diminutas monedas y un top de pronunciado escote que dejaba al descubierto su cintura de avispa. Tenía la larga y negra melena echada hacia un lado... y se movía de forma tan sinuosa como una serpiente.

–Haz lo que yo, niña –le estaba diciendo a Brigit por enésima vez.

–Nunca seré capaz de moverme así –se quejó Brigit–. Y además, ¿por qué habría de querer hacerlo?

Rhiannon interrumpió el movimiento de sus caderas, las ondulaciones de su torso, y enarcó una ceja.

–Porque yo lo digo –pero de inmediato su expresión se había suavizado–. La danza egipcia del vientre, es sagrada, niña. Y cuando la ejecuta una sacerdotisa, es en sí un acto de magia.

Brigit ya se disponía a volverse cuando su atención se vio atraída por aquella fascinante palabra.

–¿Magia?

–Una magia muy poderosa. Puedes convertir a cualquier hombre en masilla en tus manos solo mediante la magia del baile. Caerá a tus pies inmensamente agradecido. Se mostrará dispuesto a hacer lo que quieras, a concederte cualquier cosa que le pidas –movió las caderas una vez, y otra más, haciendo sonar las monedas de su velo como si fueran cientos de campanillas a cada enérgico movimiento–. Así –volvió a hacerlo–. ¿Lo ves? –y empezó a bailar.

Bajando la cabeza, Brigit suspiró.

–Está bien. De acuerdo, si se trata de magia... enséñamelo otra vez.

–Buena chica –ronroneó su tía.

Inspirando hondo y ahuyentando aquellos recuerdos

de su infancia, Brigit tomó buena nota mental de darle las gracias a Rhiannon en cuanto volviera a verla. Eso si volvía a verla, porque una vez que consiguiera entrar en aquella mansión y acercarse lo suficiente a Utana para destruirlo, quizá no lo tuviera tan fácil a la hora de escapar.

Pero al menos su gente, o lo que quedaba de ella, estaría salvada.

Una vez tomada la decisión, abandonó su privilegiada posición y se dirigió hacia donde había dejado su preciado coche. Sonrió con expresión triste, detestando lo que tenía que hacer, pero consciente al mismo tiempo de que era necesario. Si conseguía hacer entrar en razón a Utana y lograr que viera las cosas desde su punto de vista, quizá entonces todavía le quedara al coloso alguna posibilidad de salir con vida. Y si no lo conseguía, al menos se habría acercado lo suficiente a él para destruirlo.

Sentada al volante de su querido T-Bird, sacó su móvil para buscar por internet alguna tienda especializada en ropa y artículos de danza del vientre que hubiera por la zona. Encontró dos. Perfecto. Solo necesitaba una.

Iba a hacerse con el equipo completo. E iba a tener un aspecto... *matador* en el sentido más estricto de la palabra.

Capítulo 7

Hospital psiquiátrico de St. Dymphna
Mount Bliss, Virginia

Marlene MacBride, senadora y actualmente presidenta del comité de relaciones de Estados Unidos con los vampiros, esperaba al pie de la verja del antiguo hospital psiquiátrico, hablando con el portero electrónico.

–Ya se lo he dicho: soy senadora de Estados Unidos y he venido a inspeccionar este lugar. Estoy autorizada por el presidente de la nación y, si no me deja entrar ahora mismo, le garantizo que para mañana habrá perdido su empleo.

–Sí, señora –repitió la enfermera–. Si me hace el favor de esperar unos minutos más, hasta que llegue el señor Gravenham-Bail, yo...

–¡Pero si llevo ya veinte minutos esperando!

–Sí, le he telefoneado y me ha dicho que está en camino...

–Lo que me está demostrando con su actitud es que tiene algo que esconder. Voy a marcharme, y puede decirle al señor Gravenham-Bail que vaya despidiéndose del financiamiento de este proyecto y de todos los demás que esté dirigiendo. Adiós –dejó de pulsar el botón, giró sobre sus talones, furiosa, y se dirigió de vuelta a su coche.

Su chófer-guardaespaldas esperaba apoyado en el capó, sin dejar de mirarla con sus ojos de águila. Se apresuró a abrirle la puerta, pero antes de que llegara a subir, otro coche se detuvo en la pequeña zona de aparcamiento, fuera del perímetro del recinto. El propio Gravenham-Bail bajó del mismo para acercarse a toda prisa hacia ella. Sonreía como si se alegrara de verla, aunque la cicatriz daba a su expresión un aire grotesco, inquietante.

—Lo lamento de verdad, senadora. Si me hubiera avisado de que venía, habría estado esperándola.

—Las llamadas de aviso con incompatibles con el sentido de una visita sorpresa, señor Gravenham-Bail.

—Por favor, llámeme Nash.

—Si esta puerta no se abre durante los siguientes treinta segundos, puede considerarse despedido.

El hombre se encogió tímidamente de hombros y señaló la puerta, como invitándola a precederlo. La senadora suspiró irritada, pero lo acompañó de todas formas. Gravenham-Bail pulsó varios botones de un papel bajo la atenta mirada de la senadora, que procuró memorizar el código.

Al darse cuenta de sus intenciones, sonrió y se volvió para mirarla de forma extraña. La puerta se abrió entonces, y él volvió a invitarla a pasar primero.

—Habría llegado antes, pero resido actualmente cerca del D.C. y tardo media hora en hacer el trayecto. Me han encargado hacer de anfitrión de un... dignatario que se encuentra de visita durante toda la semana. ¿Quiere que le enseñe el recinto exterior primero?

—Me preocupan más los internos, señor Bail —le ahorró la primera parte de su apellido, sin importarle que pudiera parecer ofensiva o grosera.

—Son refugiados, no internos. Están aquí por su propia seguridad, Marlene.

Esbozó una mueca al oír que la llamaba por su nombre de pila, pero no dejó que eso la distrajera de su objetivo.

—Alguien me ha sugerido... la posibilidad de que la raza de los vampiros esté decidida realmente a proteger a esos seres humanos tan particulares. Y que su propósito al concentrarlos a todos aquí podría ser algo... que usted se ha empeñado en ocultarme.

—Qué historia tan novelesca... ¿se lo sugirieron los propios vampiros, o acaso han contratado a algún portavoz partidario de su causa?

Dos guardias con uniforme militar de faena vigilaban la puerta principal. Al entrar, Gravenham-Bail la tomó suavemente del codo... hasta que ella se apartó bruscamente, asqueada de su contacto.

—No usamos mucho la planta baja, que es donde está mi despacho, a la izquierda. Casi toda la actividad está concentrada en la cuarta. Allí es donde tenemos a nuestros huéspedes.

Lo siguió hasta los ascensores y subieron al cuarto piso. Se prometió visitar los restantes antes de marcharse.

Las puertas se abrieron a una sala que parecía de un hospital normal y corriente. Había un mostrador atendido por varias enfermeras de uniforme, que alzaron la mirada cuando los vieron acercarse.

—Señoras, esta es la senadora MacBride. Senadora, le presento a las enfermeras Sarah Newfield y Roxanne Corona.

Saludó a las dos mujeres, pero su mirada permaneció clavada en la pelirroja. Sus ojos le resultaban extrañamente familiares... ¡Claro! Era la misma informante que la había llevado hasta allí...

Rápidamente bajó la vista, nada deseosa de traicionarla, pero por la expresión de interés que se dibujó en el rostro de Gravenham-Bail, quizá hubiera sido ya demasiado tarde. Maldijo para sus adentros.

–¿Por qué enfermeras? –preguntó en un intento por disimular–. No hay nadie enfermo aquí, ¿verdad?

–No, pero con varios centenares de personas ingresadas en un espacio tan limitado, es necesario tomar precauciones sanitarias. Y, por supuesto, el antígeno Belladona presenta en sí algunos problemas de salud. Queríamos asegurarnos de que nadie corriera peligro. La mitad de nuestra plantilla la forman técnicos sanitarios. También tenemos cocineros, personal de limpieza, trabajadores sociales y un equipo de seguridad.

La senadora lo escuchaba atentamente. Gravenham-Bail hizo una pausa y se dirigió luego a las enfermeras:

–Señoras, quiero que acompañen a la senadora Mac-Bride y le enseñen las instalaciones. Está autorizada a visitar a los internos, hablar con ellos e incluso visitar las plantas vacías y el recinto exterior, si así lo desea –volviéndose hacia Marlene, inclinó la cabeza–. Tengo algunos asuntos que atender en mi despacho. Allí podrá encontrarme cuando esté lista para marcharse. La acompañaré hasta la salida –se dirigió hacia los ascensores sin decir nada más.

–Pero... señor Gravenham-Bail –Marlene se apresuró a seguirlo–, realmente necesito hablar con usted sobre sus verdaderas motivaciones a la hora de concentrar a toda esta gente aquí... –volvió la mirada hacia las enfermeras, para asegurarse de que no la estaban escuchando, y añadió en voz baja–: He estado investigando un poco. Sé lo de... su madre.

Aquello lo tomó desprevenido. Por unos segundos se quedó mudo, paralizado.

Marlene había descubierto que la madre de Gravenham-Bail había sido portadora del antígeno Belladonna. Había desaparecido sin dejar rastro cuando él tenía once años. Nada había vuelto a saberse de ella desde entonces.

–¿Fue asesinada por los vampiros, Nash? –le preguntó, utilizando por fin su nombre de pila, pero solamente como táctica–. ¿O acaso se convirtió en uno de ellos?

Vio que giraba la cabeza hacia la izquierda y luego hacia la derecha, rápidamente, como si le apretara demasiado la corbata.

–En mi despacho. Cuando acabe la visita guiada. Allí podremos hablar –y se metió en el ascensor. Las puertas se cerraron casi al instante.

Nash Gravenham-Bail se dejó caer en el sillón de su despacho, recogió un mando a distancia y apretó un botón. Un panel de la pared se abrió de pronto para descubrir todo un banco de monitores, mostrando cada uno una parte diferente del hospital. Alzó el volumen y fue controlando las cámaras para seguir el progreso de la molesta senadora y de la enfermera pelirroja, que al parecer se había ofrecido a hacerle de guía, en su recorrido por la cuarta planta.

Mientras observaba y escuchaba, la puerta del despacho se abrió.

–¿Me ha llamado señor?

–Sí –respondió a su joven agente–. Quiero una investigación exhaustiva sobre esa enfermera pelirroja. Roxanne Corona.

–Señor, hemos investigado a cada empleado que…

–Pues vuelve a investigarla.

–Sí, señor.

–Y también quiero más información sobre la senadora MacBride.

El hombre frunció el ceño.

–Información personal. Quiero saber dónde vive cuando está en el D.C., quién está con ella y que tipo de seguridad tiene por las noches.

–Pero señor...

Se quedó mirando al joven, divertido por su expresión de preocupación.

–Esa mujer está pisando un terreno muy peligroso. Al garantizar el financiamiento de este lugar, está haciendo posible que mantengamos a salvo a los llamados Elegidos de esos vampiros sedientos de sangre. Es probable que intenten atentar contra ella. Necesitamos asegurarnos de que no le suceda nada. Ahora mismo es nuestra principal aliada.

–Ah.

–¿Tienes alguna objeción al respecto?

–Oh, no, señor. Es solo que...

–Suéltalo, chico.

–Er... bueno, señor, en la puerta no me pareció que simpatizara demasiado con nuestra causa.

Nash se sonrió.

–¡Mujeres! Hazlas esperar y se hunde el mundo. Sobre todo si ese día tienen las hormonas descontroladas. Ya sabes cómo son.

El joven suspiró y bajó la cabeza.

–Sí, señor.

–Quiero que te encargues personalmente de esto. Que localices cualquier defecto en su seguridad y me informes, para poder tomar medidas y corregirlo. La necesitamos. Ah, y una cosa más.

–¿Sí, señor?

–Quiero que cambies hoy mismo todas las cerraduras digitales de la casa.

–Sí, señor. Estará hecho de aquí a una hora, señor –el agente se volvió y abandonó el despacho.

Gravenham-Bail se recostó en su sillón y observó los

monitores. No necesitaba mucho más tiempo. Pero un poco sí.

Utana se sentía inquieto.

Sí, estaba viviendo en el colmo del lujo. Los sirvientes se desvivían por atender sus necesidades. De manera diaria, a veces dos veces al día, se sumergía en humeantes baños de agua caliente y aromatizada, en bañeras que habrían podido contener a tres o cuatro como él. Se enjabonaba la piel y el pelo con los productos más finos que había usado nunca. Las ropas que le proporcionaban, de seda y otros selectos tejidos, eran de una calidad inusitada.

Ni una sola vez había necesitado volver a vestirse con los detestables «pantalones». Tanto se había quejado la primera vez que los usó que Nashmun no se había atrevido a ofrecerle más. En su lugar llevaba túnicas que, según le habían dicho, eran ropa común entre ciertos mandatarios extranjeros.

Se alimentaba también de manjares suculentos, jamás imaginados. Sus habitaciones, en la planta superior del palacio, estaban bañadas por una tenue luz dorada, perfumadas con incienso, con una música que podía escuchar cuando quería. Su cama era la más blanda que había conocido, con cobertores y almohadones de todo tipo, y rodeada de cortinas azul jade y verde esmeralda.

Y esa noche, además, le tenían preparada una «sorpresa».

No era ningún estúpido. Sabía perfectamente que a Nashmun lo movían otras motivaciones más allá de la gratitud hacia su persona. Su lealtad era ante todo para con el rey de su país, su «presidente», como lo había llamado. Era lo justo. Evidentemente parte de la misión de Nashmun consistía en hacer que Utana se sintiera cómodo y estuviera relajado y satisfecho hasta que su gobierno decidiera retomar su misión de exterminar a los vampiros.

Y ese era precisamente, reflexionó Utana, el motivo de que lo estuvieran tratando tan bien. Aquella gente, aquellos humanos, pretendían servirse de su persona como arma definitiva en su guerra contra los vampiros.

Lo cual no le parecía tan mal. A fin de cuentas, ese era también su último objetivo. Y no le importaba que lo atendieran como a un dios encarnado mientras esperaba a que llegara aquel momento. Sin embargo, apenas habían pasado tres días y sabía que no podría soportarlo mucho más. El lujo y la ociosidad lo aburrían mortalmente. Y los dioses debían de sentirse asimismo inquietos, a la espera de que se dignara obedecerlos. No le correspondía a Nashmun decidir cuál era el momento adecuado de actuar. Aquel asunto era entre él y los dioses a los que servía. Los mismos que lo habían maldecido.

Unos ligeros golpes en la puerta interrumpieron sus reflexiones.

—Adelante —pensó que al menos aquel tiempo de ociosidad le había permitido mejorar su dominio de la lengua que ellos denominaban «inglés». Lo hablaba ya con fluidez, aunque seguía arrastrando un acento extraño.

Nashmun abrió la puerta.

—Ya estoy de vuelta, señor. Mis disculpas por haberme ausentado tantas horas hoy. Tenía asuntos de estado de los que ocuparme.

—No estoy descontento —dijo Utana.

—Me alegro. Y me alegro también de haber vuelto a tiempo. La cena está lista. Y tu sorpresa espera con ella.

Utana asintió con la cabeza.

—Tengo que admitir que estoy curioso.

—Oh, te encantará. Es exactamente lo que necesitas, te lo aseguro.

Utana siguió a su visir al pasillo. Caminaron por la mullida alfombra roja hasta la amplia escalera curva y bajaron al vestíbulo principal. Allí, unas dobles puertas abiertas de par en par comunicaban con el llamado «salón de baile», que hasta el momento todavía no había tenido uso.

Esa noche, sin embargo, había todo un banquete esperándolo allí. Los tentadores aromas procedían de una mesa tan sumamente cargada de comida que Utana llegó a dudar de que pudiera mantenerse en pie. La sala estaba llena de humanos, alineados a lo largo de su perímetro: supuso que se trataría de dignatarios. Sobre una plataforma ligeramente elevada, en una esquina, varios hombres tocaban instrumentos musicales. Había altos tambores, instrumentos de cuerda parecidos a laúdes, flautas y otros que no reconoció.

–¿Qué celebración es esta? –inquirió, mirando a su alrededor–. ¿Es alguna de las festividades sagradas de vuestro pueblo?

–La celebración es en tu honor, mi rey –le informó Nashmun–. Hay mucha gente deseosa de conocerte. Líderes de diversas naciones del mundo que han venido a presentarte sus respetos. Y a darte las gracias por adelantado por lo que estás a punto de hacer por nosotros: liberarnos del azote de los inmortales.

Cesó la música, al igual que el rumor de las conversaciones y el tintineo de las copas. Todas las cabezas se volvieron en su dirección. Las mujeres lucían resplandecientes vestidos, con sofisticados peinados y deslumbrantes joyas adornando sus cuellos y sus orejas. Los hombres llevaban trajes oscuros y corbatas, salvo algunos pocos que iban vestidos con túnicas, como él.

–Les presento al hombre que nos salvará a todos –anunció de pronto Nashmun–. El arcano y poderoso rey Utanapishtim, sacerdote de Anunaki, rey de Sumer, ha regresado con nosotros para salvarnos de un mal del que, sin su ayuda, no podremos sobrevivir. ¡Todos te saludamos, Utanapishtim!

–¡Te saludamos! –gritó la concurrencia al unísono. Acto seguido, ante su atónita mirada, hasta el último dignatario clavó la rodilla en tierra frente a él.

Utana quedó abrumado. De repente sentía la garganta demasiado cerrada para hablar.

–Yo... yo no sé qué decir –susurró a su visir.

–No digas nada, mi señor –musitó Nashmun–. Tan solo acepta esta muestra de respeto y devoción mientras te diriges hacia tu asiento de honor.

Nashmun caminó a su lado, guiándolo entre reyes y presidentes hasta un sillón situado sobre una plataforma. Al dirigirse hacia allí, saludó a cada uno con una inclinación de cabeza. Solo después de que se hubiera sentado volvió a alzarse el rumor de las conversaciones.

Un sirviente le llevó una bandeja de comida y otro dio una palmada para indicar a los presentes que ya podían empezar a comer. Utana así lo hizo, pero varias veces fue interrumpido por Nashmun, deseoso de presentarle a los invitados que humildemente se le acercaban. Cada rey y cada presidente le dio las gracias y rindió vasallaje.

No había imaginado que tanta gente del mundo moderno estuviera al tanto de su existencia. Se quedó sencillamente impresionado. Y complacido por los regalos que todos fueron depositando a sus pies: oro, plata, joyas, finos tejidos...

Por un momento se sintió deslumbrado, arrobado. Pero entonces sintió algo... diferente.

Ella.

Un cálido cosquilleo empezó a subirle por la espalda, hasta la nuca, como si sintiera justo allí la caricia de su aliento. Brigit. Estaba cerca.

Podía sentirla. Olerla. Alzando la mirada, barrió la sala en busca de su hermoso rostro. ¿Qué estaría haciendo ella allí?

–Y ahora, mi rey, tu sorpresa...

Utana se volvió hacia él, arqueando las cejas.

–Yo creía que todo esto era... mi sorpresa.

–En parte, pero hay más –dio dos palmadas y los músicos cambiaron bruscamente de melodía. Los tambores sonaron más altos, más insistentes. Al fondo de la sala se abrió una puerta, al tiempo que la iluminación se atenuaba. Y entraron las bailarinas. Bailarinas como las de su propia época, con vaporosos pañuelos y velos concebidos no para ocultar, sino para tentar. Movían sus cuerpos como serpientes mientras entraban en la sala en una sola fila, con sus vientres al aire, las caderas y senos adornados con brillantes monedas, los pies descalzos con ajorcas en los tobillos.

Sus movimientos y el batir de los tambores resultaban imposibles de disociar: formaban una sola unidad mientras e dibujaban un sinuoso trazo sobre el escenario, actuando para él.

Pero Utana solo tenía ojos para una.

La que estaba justo en el centro y se movía como ninguna otra. La que tenía los ojos clavados en los suyos, por encima del velo que ocultaba los labios que tanto había soñado con volver a besar. Movía las caderas con la energía y la autoridad de una orden, y su vientre se ondulaba como si tuviera vida propia.

Ni un instante dejó de mirarlo mientras bailaba. Ni él a ella.

–¿Estáis complacido, mi rey?

–Estoy... más que complacido. Lo has hecho muy bien. Solo te pediría una cosa más, mi fiel visir.

Nashmun debió de esbozar una sonrisa. Utana lo sospechó, pero no pudo confirmarlo porque era incapaz de apartar la mirada de la hermosa Brigit.

–Creo que ya he adivinado de qué se trata, mi señor. Varias de las bailarinas están dispuestas a satisfacer... cualquier necesidad que podáis tener. En vuestros aposentos, esta misma noche.

–Solo deseo a una –pronunció con los ojos clavados en Brigit.

Nashmun siguió la dirección de la mirada hasta la belleza que bailaba como ninguna otra.

–¿Quién es...?

Pero se interrumpió en seco. Utana vio que los azules ojos de Brigit se desviaban para mirar a Nashmun. Pudo ver el poder que emanaba de ellos, y concentró su mente en la de ella para poder escuchar sus pensamientos.

Sí, le estaba diciendo a su visir. *Yo tengo derecho a estar aquí. Me contrataste personalmente. Confías de manera implícita en mí. Soy tu favorita del grupo, y me darás cualquier cosa que te pida.*

El movimiento de sus caderas se hizo más rápido, siguiendo el ritmo de los tambores.

Cualquier cosa.
Cualquier cosa.
Cualquier cosa.

–Sí, cualquier cosa –musitó Nashmun.

–¿Qué has dicho? –inquirió Utana, secretamente divertido del poder que ejercía su diosa dorada sobre los mortales.

–Hum... nada. Pero sí, me ocuparé de ello, mi señor.

–Bien –Utana alzó su copa, apuró el vino y se la tendió a su visir, con quien se sentía más satisfecho que nunca–. Rellénamela.

La falda de Brigit estaba hecha de varias capas de satén irisado, de todos los tonos del mar, y encima otras tantas de color azul celeste y rosado, imitando los del cielo al atardecer. La gasa que rodeaba su cintura era verde azulada y de su borde colgaban diminutas monedas. El vientre quedaba al descubierto, desde las caderas hasta los senos, que llevaba cubiertos por un extraño corpiño en forma de corazón que acentuaba la profundidad de su escote. El top estaba ribeteado de flecos verdes, también con una minúscula moneda al final de cada filamento. El efecto de todo ello en la multitud era absolutamente hipnótico.

«Imbéciles», pronunció Brigit para sus adentros, desdeñosa. Colgaban de sus manos largos y vaporosos velos, que hacía ondear y revolotear todavía con mayor habilidad que sus compañeras, bailarinas profesionales. Lo cual era hasta cierto punto normal, ya que por las venas de aquellas jóvenes no corría sangre vampira, ni habían sido personalmente instruidas por una alta sacerdotisa egipcia que probablemente había estado presente cuando esa misma danza fue inventada.

Y tampoco poseían el poder de influenciar sobre las mentes de los demás mortales, como ella. Ni su fortaleza o su resistencia física. Como resultado de todo ello, palidecían a su lado.

Tal y como había esperado, Utana no le quitaba ojo. No dejaba ni un segundo de mirarla... y no solamente su cara. Brigit se movía con lentos y sensuales contoneos que imitaban las olas del mar. Aquellas olas parecían barrerla de pies a cabeza, desde los muslos hasta las caderas, desde su vientre hasta su pecho. Sus brazos, largos y musculados, semejaban cobras danzando al son de un encantador de serpientes. Sus caderas se movían en lentos círculos hasta que de pronto se agitaban bruscamente a un lado y otro, haciendo tintinear las monedas con su hipnótico sonido, siguiendo siempre al ritmo de los tambores. Tambores que retumbaban como los corazones de todos los hombres presentes en la sala.

Lo tenía atrapado. Se estaba excitando con solo mirarla. Lo sabía. Por nada del mundo le permitiría abandonar el palacio: estaba segura de ello. Insistiría en llevarla a sus aposentos y en quedarse completamente a solas con ella, pese a que sabía perfectamente a lo que había venido. Ella lo estaba deseando. Y él aceptaría, pese a saber que estaría con ello arriesgando su propia vida, de la manera más estúpida. Aceptaría porque su ego era demasiado grande, lo suficiente para negarse a reconocer que ella significaba una amenaza para su persona. Y porque su pene iba a quitarle el trabajo de pensar a su cabeza.

Ningún hombre podía resistirse a la magia de la danza cuando era ejecutada con su objetivo original: como un ritual, un hechizo, un encantamiento. Como la encarnación del más puro poder femenino. El poder de la propia diosa.

Podía sentir aquel poder alzándose dentro de su ser, como Rhiannon le había asegurado siempre que sucedía. Utana no la desenmascararía delante de su mentiroso compinche de la cicatriz. Hacerlo sería como impedir que se quedara. Y él ansiaba que se quedara. Lo deseaba más que cualquier otra cosa en el mundo.

Lo tenía atrapado.

De repente vio que sonreía. Parecía como si le estuviera leyendo la mente, y Brigit experimentó una punzada de alarma… dándose cuenta de que se había quedado tan distraída que se había olvidado de bloquear sus propios pensamientos.

Alzando una mano, le indicó con un dedo que se acercara.

Tenía que hacerlo: negarse parecería raro, extraño. Evidentemente, todo el mundo allí había sido aleccionado para que lo trataran como al rey del mundo. El pobre Utana era el único que no estaba al tanto de la farsa.

Toda aquella velada era una suerte de gigantesco engaño. La gente que lo rodeaba, y que se había presentado como los actuales líderes de las naciones del mundo, no debían de ser más que actores representando su papel. Engañándolo, burlándolo. Todos ellos a sueldo de la DPI. Casi sentía lástima por él. Y, sin embargo, ella también lo estaba engañando.

Y empujándolo directamente hacia su propia tumba.

Bajó de la plataforma elevada sin dejar de bailar, con los brazos levantados, moviendo las caderas a cada paso. Poco a poco fue acercándose a él, sintiendo cada vez con mayor intensidad su deseo, su excitación, su virilidad. Al llegar a su lado, vio que se levantaba.

Se detuvo apenas a unos centímetros de su cuerpo, alzados los brazos por encima de la cabeza mientras su figura se curvaba como un interminable ocho... rozándole ligeramente el bulto de la entrepierna con cada movimiento.

Así hasta que Utana dio el paso final, cerrando la distancia que los separaba de manera que el cuerpo de Brigit quedó ondulando casi *encima* de él.

—No tienes idea de lo mucho que me alegro de verte, mi rayo de luna —le susurró al oído.

Enarcando las cejas, Brigit le respondió de la misma manera:

—Tu inglés ha mejorado muchísimo.

—Aprendo con rapidez.

—¿Qué es eso de rayo de luna?

—Es lo que me recuerdas. Lo que me sugieres —le acarició una mejilla con el dorso de la mano, bajando hasta el mentón y el cuello—. Un ser puro. Místico. Misterioso. Poderoso.

Estremeciéndose de placer ante su contacto, Brigit se recordó que supuestamente debería estar haciéndole perder el juicio de deseo, y no al revés. Y sin embargo no podía apartarse de él. No si quería continuar con su engañoso juego. Los otros tenían que seguir creyendo que ella formaba parte de aquella ridícula farsa. Si hacía algo raro, fuera de lugar, el hechizo de glamour que seguía proyectando sobre ellos fallaría. Y ella solo llevaba un cuarto de sangre vampira en las venas. Esclavizar la voluntad de una sala llena de mentirosos estaba exigiendo por su parte un esfuerzo colosal.

Sobre todo con Utana distrayéndola de aquella forma.

—Además —dijo él—, presumo que no quieres que mi visir sepa quién eres en realidad. Has corrido un gran riesgo al venir aquí. Incluso cubierta con el velo, eres una mujer que muy pocos hombres podrían olvidar fácilmente.

—Tenía que volver a verte —susurró.

—Y me verás —inclinó aún más la cabeza, hasta tocarle casi el cuello con la nariz, y aspiró profundamente su aroma.

Brigit sintió que las rodillas se le volvían de gelatina.

—Continuarás danzando para mí hasta que yo diga lo contrario. O les contaré a todos quién eres y haré que te detengan.

Brigit abrió mucho los ojos.

—No te atreverías.

—¿Quieres ponerme a prueba? —se la quedó mirando con mayor intensidad, desafiante.

Dulcemente, casi contra su propia voluntad, Brigit se oyó a sí misma responder:

—No...

Desvió la vista con rapidez. Sí que era poderoso...

—Tus ojos seguirán fijos en los míos. No mirarás a ningún otro.

Se mordió el labio para evitar expresar su absoluto consentimiento. Pero él lo sintió de todas formas: Brigit pudo verlo en su sonrisa de satisfacción.

–Vuelve al escenario, entonces –le dijo, deslizando una mano todo a lo largo de su espalda, deteniéndose en sus nalgas y apretándoselas con fuerza–. Y no dejes de mover esas monedas durante todo el camino… –le dio un azote, y ella se volvió para obedecer.

Regresó al escenario bailando todo el tiempo, y preguntándose a la vez en qué clase de lío se había metido ella misma…

Capítulo 8

Brigit mantenía la mirada fija en Utana, hasta el punto de que era incapaz de desviarla. Bailaba como nunca había bailado antes, con un poder que nacía de algún lugar desconocido e insondable de su ser. Y bailaba solo para él. Pese a su misión, pese a sus mentiras, tenía la extraña sensación de que su actuación era real. Como si él fuera realmente su amado rey; como si realmente debiera obedecerlo. Como si su más profundo anhelo y único objetivo fuera darle placer con los sensuales movimientos de su cuerpo.

Cuando el grupo de bailarinas dio por terminada su actuación y abandonó el escenario, Utana se levantó y la señaló con el dedo.

–Que se quede solo ella –anunció, y se volvió hacia los percusionistas–. Seguid tocando.

Los músicos se miraron entre sí, nerviosos, y luego al hombre de la cicatriz.

–Ya habéis oído el rey. ¡Tocad!

Así lo hicieron. Y Brigit continuó bailando, retorciéndose, convulsionándose como si estuviera poseída por un hechizo, manejada como una marioneta por un invisible poder.

Utana seguía clavando los ojos en los suyos, transmitiéndole mentalmente su orden. *Así, para mí. Baila solo para mí.*

Se le secó la garganta mientras se preguntaba por aquella extraña fuerza que se había apoderado de su cuerpo, de su mente. Pero seguía bailando frente a él, para él, y se dio cuenta de que no lo hacía enteramente contra su voluntad. Amaba la pasión que veía en sus ojos. El deseo que le estaba inspirando. Era una sensación que aturdía. Y, como resultado, se sentía fuerte, poderosa.

Utana se acercó a ella para sentarse en el suelo, sobre un enorme cojín. Parecía estar disfrutando de la comida y del vino, pero Brigit sabía que era mentira. Porque estaba únicamente concentrado en ella, en el contoneo de sus caderas, en su rostro.

No sabía durante cuánto tiempo podría seguir bailando. Su cuerpo estaba bañado por una fina película de sudor. Llevaba bailando unas dos horas sin cesar, quizá algo más. Por fin, Utana se volvió hacia el tal visir y le dijo:

—Que la lleven a mis aposentos. Y que la aten.

Brigit perdió el aliento, abrió la boca para protestar y se mordió el labio, deteniéndose en el último momento. No importaba. No necesitaba tener las manos libres para fulminarlo con su poder. Le gustaba usar las manos para concentrar y dirigir mejor su energía, pero en realidad no lo necesitaba.

Gravenham-Bail enarcó las cejas, pero al final asintió y se levantó para obedecer y tomarla del brazo. Brigit dejó por fin de bailar, exhausta.

Abandonaron la sala de baile, atravesaron un atrio y subieron luego por la escalera curva hasta la primera planta. Una vez allí giraron a la izquierda, para continuar por un pasillo que terminaba en una doble puerta: la que comunicaba con los aposentos del rey. En el camino el hombre de la cicatriz se detuvo para hablar en susurros con otro, que asintió con la cabeza y se alejó apresurado.

El hombre de la cicatriz abrió las puertas y le hizo entrar.

—Te han pagado muy bien.

Aunque no era el caso, Brigit había hecho un buen trabajo a la hora de convencerlo de que era una de sus contratadas.

—Sí.

—Y estabas avisada de que podía ocurrir esto.

—Sí, pero de atarme no me dijisteis nada.

—Bueno, tampoco tienes elección, cariño. Diablos, si prácticamente estabas pidiendo que sucediera esto, con tu manera de bailar...

A su espalda, el hombre con quien había estado hablando antes reapareció con un par de juegos de esposas y varios metros de cuerda.

El hombre de la cicatriz lo aceptó todo sin mirarlo. En ese momento saltaron las alarmas de Brigit.

—Dame tus manos.

—Mire, no estoy seguro de que esto sea...

La agarró de las muñecas y tiró de ella hacia sí.

Brigit habría podido liberarse sin problemas. Habría podido hacerle estallar en mil pedazos o, sencillamente, romperle el cuello. Pero eso habría significado descubrirse. Aquel hombre trabajaba para la DPI y además la conocía. Si se quitaba el velo o atenuaba el hechizo de glamour que seguía proyectando sobre él, el tipo la reconocería como el líder del movimiento de resistencia de vampiros que lo había capturado, aunque hubiera sido por tan poco tiempo.

Si se descubría, era seguro que acabaría encerrada en un laboratorio del gobierno como su conejillo de indias favorito. La DPI llevaba décadas persiguiendo a los «gemelos opuestos», o «mestizos», como solía llamarlos. Y, lo que era aún más importante: si se traicionaba, perdería la oportunidad de salvar a su gente.

Así que relajó los brazos y se dejó poner las esposas. Y continuó con el rostro vuelto hacia otro lado, cubierto por el velo.

—Acércate a la cama –le ordenó el hombre de la cicatriz, señalándola.

Así lo hizo, maldiciéndolo para sus adentros pero sin pronunciar una sola palabra.

Desde algún lugar lejano de aquellos aposentos, escuchó la voz de Utana, hablándole con la mente: *Si se atreve a tocarte, llámame y lo mataré.*

Bueno, al menos eso resultaba reconfortante.

El hombre de la cicatriz aseguró una esposa del segundo juego a su tobillo izquierdo y la otra a una de las patas de león del lecho. Tuvo que retirar los pesados cortinajes del dosel para encontrarla.

—Esto servirá.

Brigit se recordó que podía levantar en vilo aquella cama y aplastarlo con ella, si así lo quería.

El hombre le lanzó una mirada cargada de deseo. Ella desvió la vista y masculló:

—Ni se te ocurra, amigo…

—Ante mi rey no me atrevería, desde luego –sonrió.

Una vez que se hubo marchado, Brigit sonrió de alivio. No la había reconocido. Probablemente no habría podido describir su rostro a nadie ni aunque su vida hubiera dependido de ello. Porque no había sido precisamente su cara lo que más había llamado su atención…

Algo de lo cual se sentía agradecida.

Brigit quedó pues entregada a sus reflexiones, mientras esperaba a que apareciera Utana. Disponía de ese tiempo para pensar en lo que haría cuando llegara la ocasión. Aunque en realidad no tenía nada que pensar. Simplemente tenía que matarlo. Y eso podía hacerlo tanto atada como sin atar.

No lo haría inmediatamente, sin embargo. Debería esperar al menos hasta que le quitara las esposas, para poder huir después.

Pero era su corazón el que estaba hablando, no su cerebro. Perfectamente podría derretir las esposas con su tremendo poder de destrucción. Podría liberarse y destruir a cualquiera que osara interponerse en su camino mientras escapaba de aquella casa de mentiras. No necesitaba esperar. Debería matarlo en el preciso instante en que...

La doble puerta se abrió de pronto y entró Utana, mirando a su alrededor. Y transmitiéndole su pensamiento con la misma claridad que si hubiera hablado en voz alta:

No digas nada, rayo de luna. Creo que estoy siendo observado incluso aquí, aunque todavía tengo que averiguar cómo. Aunque me veneran como rey, no confío del todo en mis nuevos súbditos.

Oh, por favor, no me digas que te has creído todas estas mentiras, le contestó ella mentalmente, distraída con lo que estaba viendo. No pudo evitar quedárselo mirando asombrada. Vestido con aquella espléndida túnica blanca, con elegantes pliegues color rojo burdeos cayendo sobre un hombro, parecía el rey que había sido.

Ante su atónita mirada, se soltó el cordón de la túnica y se despojó luego de la túnica misma... Debajo no llevaba nada. Absolutamente nada. Brigit no pudo reprimirse y recorrió su cuerpo con la mirada, de arriba abajo. Su piel era del color del azúcar moreno, algo más claro, tersa y probablemente igual de dulce. Su pecho era ancho y musculoso, esculpido como a golpes de hacha. Cuello poderoso, bíceps abultados. No parecía un hombre normal... y tampoco un vampiro. «Porque no lo es», se recordó. Era algo completamente diferente. Tenía aspecto de culturista. Bajo su piel dorada podía distinguir el dibujo de hasta el último de sus músculos mientras se acercaba lentamente a ella, sin dejar de mirarla a los ojos.

«Mátalo», le ordenaba su cerebro. «Invoca tu poder vampírico y mátalo. Acaba con él de una vez».

Estaba ya muy cerca de ella, y la tomó de los hombros para deslizar las manos a lo largo de sus brazos.

—Eres tan hermosa —pronunció las palabras en un susurro, para que ningún micrófono pudiera capturarlas.

Brigit se estremeció ante su contacto, pero al mismo tiempo anheló más.

—Somos mortales enemigos —continuó él, inclinando la cabeza para acariciarle la oreja con los labios y bajar hasta su cuello—. Has venido a matarme, ¿verdad? A terminar lo que empezaste en aquellos bosques del norte, donde al final acabaste durmiendo en mis brazos...

Brigit tragó saliva mientras se ordenaba a sí misma retirarse, apartarse de su contacto. Pero en lugar de ello ladeó la cabeza para facilitarle el acceso y gozar mejor del contacto de sus labios en su piel. Se estremeció cuando él le apartó el velo y le besó el cuello. Adoraba las sensaciones que la recorrían, que le hacían temblar de delicioso placer.

—Yo... no tengo elección, Utana.

Él suspiró, acariciándola con su tórrido aliento. Brigit tuvo la sensación de que la sangre que le corría por sus venas se había transformado en lava ardiente.

—A no ser... a no ser que tú renuncies a esa enloquecida pretensión de exterminar a mi pueblo.

—Al igual que tú, hermosa mía, yo tampoco tengo elección. Cada vez que pienso en la sangre que mancha mis manos, se me desgarra el corazón como si me clavaran un puñal.

Un fulgor ardió en los ojos de Brigit.

–No puedo dejar que los mates.

–Y yo no puedo dejar que vivan.

–Utana, por favor...

–Sshhh –le retiró el velo de la cara–. Esas no son las palabras que quiero que crucemos en este momento, mi encantadora y sensual bailarina. Lo que deseo escuchar son palabras de pasión, de placer. No de muerte.

–Yo... –se mordió el labio.

–Dilo. No me niegues la verdad. No si realmente estaba destinado a volver de la muerte en vida de la que me despertó tu hermano.

Temblando, asintió con la cabeza.

–Yo también te deseo. Que Dios me ayude, Utana. Te he deseado desde el primer momento en que te vi.

–Loados sean los dioses –la besó por fin, y ella se abandonó completamente, alzando los brazos con las muñecas esposadas para bajarlos sobre su cabeza.

Abrazándolo de aquella manera, se entregó a su beso y se sintió como si se estuviera precipitando por el pozo de un insondable anhelo.

Utana levantó un brazo y la liberó de las esposas con un simple movimiento de sus dedos, sin dejar de besarla. Arqueó entonces las caderas hacia ella, y el nudo que Brigit tenía en el estómago se apretó aún más cuando sintió su miembro presionando contra su vientre.

Mientras le acariciaba el cuello con la nariz y los labios, Utana fue bajando la mano hasta romper la cadena que le ataba el tobillo: un acto que le recordó a Brigit agudamente el motivo por el cual no lo había hecho ella misma.

–Puede que nos estén observando, Utana. Tú mismo dijiste que aquí te sentías observado –comentó mientras se dejaba tumbar en la cama.

La mano que le estaba acariciando la pantorrilla empezó a ascender lentamente por toda la cara exterior de la pierna, alzando las faldas y velos que encontraba en su camino. Con un enérgico movimiento de su otra mano, cerró los pesados cortinajes de la cama, que parecieron agitarse por una repentina ráfaga de viento, proporcionándoles la intimidad que necesitaban y ocultándolos al resto del mundo. A la guerra que estaban librando vampiros y humanos. A los horribles actos que Utana había cometido. Y al acto odioso que ella debería cometer muy pronto. Todo aquello se desvaneció de golpe.

–Esto es como un oasis en medio del más terrible desierto –comentó él–. Este lugar, este momento entre nosotros. Un paraíso que deberemos saborear al máximo, porque no volverá a repetirse.

–Sí –susurró. Sonrió contra su pelo mientras él se concentraba en besar sus senos por encima de su diminuto top.

–Jamás asistí a una danza tan... encantadora. Tan mágica. Tan poderosa. Algo que por cierto pertenece... a mi época, que no a la tuya.

–Como la mujer que me la enseñó –musitó ella–. De unos cuantos miles de años de edad.

–Tendré que darle las gracias algún día.

Aquellas palabras le provocaron un violento escalofrío, al tiempo que evocaron cierta imagen en su mente. La imagen de Utana encontrándose con su amada tía Rhiannon... y fulminándola luego con el rayo de sus ojos, como había hecho con tantos otros.

Su pasión se enfrió de pronto, y se vio asolada por la culpa.

–¿Le darás las gracias antes o después de asesinarla?

Lo empujó y se dio la vuelta hacia el otro lado de la cama, parpadeando con expresión confusa. Cerró los ojos.

–No puedo hacer esto. Apártate de mí.

–Brigit...

–Que te apartes –lo empujó con fuerza, utilizando parte de sus poderes sobrenaturales.

Utana quedó tumbado de espaldas junto a ella, sin tocarla. Jadeaba. No era el único.

Brigit procuró sobreponerse, evocó de nuevo la imagen de Rhiannon fulminada por su rayo para reforzar su resolución y se levantó del lecho.

–¿Vas a dejarme, entonces? –le preguntó él mientras la veía atravesar la habitación hacia la puerta.

–Sí. Dentro de un momento, pero antes... –no podía mirarlo a los ojos–. Lo siento, Utana, pero no tengo más remedio –levantó una mano, con la palma hacia arriba, las puntas de los dedos tocando apenas su pulgar, e invocó su poder.

–Tu corazón es más duro de lo que había imaginado.

–No tanto –replicó ella con el rostro bañado en lágrimas–. Esto me lo va a destrozar. Pero no tengo otra elección –en un acto de pura fuerza de voluntad, abrió la mano de golpe y dirigió su rayo. Lloraba, pero en ningún momento desvió la mirada ni pestañeó siquiera.

Solo que nada sucedió.

Frunciendo el ceño, miró su mano y luego a Utana tranquilamente sentado, mientras asimilaba lo que acababa de suceder. Él no había hecho el menor movimiento para defenderse. Se había quedado allí sentado, esperando. Y ahora parecía estar furioso con ella.

–¿Qué...? ¿Cómo...? –miró de nuevo su mano abierta. No sentía el menor rastro de la energía con la que había convivido a lo largo de toda su vida.

¿Tú... me arrebataste mi poder?

Aquella noche en el bosque, admitió él, respondiéndola también con la mente. *Como tú misma has dicho, Brigit, no tuve elección. Me habrías matado, como ahora mismo acabas de demostrarme, o me habrías obligado a que te matara yo a ti, y yo no quería eso.*

Brigit soltó el aliento que había estado conteniendo en una mezcla de suspiro exasperado y amarga carcajada, bajando la cabeza.

—Pero ahora vas a hacerlo de todas formas. Tus desquiciados dioses imaginarios te lo han ordenado, ¿verdad? Y tú no eres lo suficiente hombre para plantarles cara.

Se quedó callado, pero cuando ella se atrevió a mirarlo de nuevo, se dio cuenta de que estaba hirviendo de ira. Esa vez había ido demasiado lejos.

—Yo supliqué a los antiguos y poderosos dioses que hicieran contigo una excepción a su orden. Aunque tal vez no seas tan merecedora de ello como pensé en un principio.

—No lo soy. De todo mi pueblo, soy la que menos lo merece. Yo soy la malvada, la destructora... o al menos lo era. Yo soy la primera a la que deberías matar, Utana, porque te juro por Dios que si me dejas viva, yo te mataré a ti. Ya encontraré alguna manera.

—¿A qué dios estás jurando, Brigit? ¿A otro imaginario, solo que de tu propia cosecha?

Entrecerrando los ojos, ella comenzó su transformación en vampira. Le crecieron los colmillos mientras se lanzaba hacia él, con un sordo rugido.

Pero Utana la sujetó de las muñecas, inmovilizándola y apretando su cabeza contra su cálido pecho.

¡Basta ya!, le dijo mentalmente, y añadió: *No te traiciones a ti misma, Brigit de los Vampiros. Nashmun te hará matar en cuanto descubra quién eres.*

Brigit no se movió, tensa y temblorosa. *No, no lo haría. Me encerraría en algún laboratorio, para que sus científicos experimentaran conmigo. Sabes perfectamente que mi hermano y yo somos especiales.*

Retrajo los colmillos. Segundos después se apartó, enjugándose las lágrimas, para dirigirse hacia la puerta.

Con su visión periférica, vio que él hacía un gesto con la mano y oyó el ruido del cerrojo.

—Me temo que no puedo dejarte marchar.

Brigit se quedó inmóvil. Fue como si un dedo de hielo le recorriera la espalda.

—Serás mi esclava personal. Obedecerás mi voluntad y harás todo lo que te diga, durante el tiempo que yo considere necesario.

Volviéndose lentamente, Brigit replicó:

—¿De verdad crees que tu mano derecha, ese que llamas «visir», te lo permitirá? Yo figuro como empleada suya. O al menos eso cree él. Su responsabilidad es protegerme.

—Me es leal y me venera como a su rey. Hará todo lo que yo le ordene. Al igual que tú, mi pequeña.

Te está utilizando, te está mintiendo. Está jugando contigo, Utana.

¿Crees que no soy consciente de ello? Me trata bien, y su nación me honra, porque me necesita para que haga algo que debo hacer de todas formas.

No. Mirándolo fijamente, negó con la cabeza. *No, Utana. Escúchame. Todos esos dignatarios del banquete de hoy eran falsos. Aquellos no eran los principales líderes de nuestro mundo. Eran actores a sueldo de Nash, y tampoco muy buenos. Y yo estoy segura al noventa y nueve por ciento de que nuestros gobernantes no tienen la menor idea de lo que está haciendo ese tipo.*

Utana se quedó callado durante un buen rato, hasta que finalmente asintió.

Yo fui uno de los mayores reyes de mi tiempo, Brigit. Sacerdote de los más poderosos dioses de la creación. No soy ningún estúpido.

Brigit sacudió la cabeza, incrédula. *Si sabes que te está utilizando, entonces... ¿por qué diablos estás aquí?*

Frunciendo el ceño, abarcó con un gesto el lujo que lo rodeaba.

¿No te parece evidente?

No: Brigit sabía que estaba mintiendo. Tenía que disimular para no quedar como un imbécil ante ella.

Mientras tanto, Nashmun tiene que seguir convenciéndome y haciendo que yo me crea sus mentiras, ¿verdad?, continuó Utana. *Él tiene que jugar su papel, y por eso hará lo que yo le ordene. A ti te retendrá aquí, cargada de cadenas en caso necesario, para que atiendas mis necesidades, con tal de mantener su engaño.*

Brigit escrutó su rostro, buscando en vano alguna forma de llegar hasta él, de convencerlo.

Cuando consiga lo que quiere de ti, Utana, te matará. Y a mí mandará que me torturen en nombre de la ciencia.

Ningún mortal es capaz de quitarme la vida, le aseguró él, transmitiéndole toda su confianza y su poder con el pensamiento. *Y, sin embargo, una vez haya acabado con la tarea que me encomendaron los dioses, no tendré deseo alguno de seguir viviendo. Mejor será que me reúna con mi gente en la Morada de los Muertos, con aquellos a los que haya enviado allí. No merezco más. Pero por lo mismo también te prometo que nadie, mortal o inmortal, te hará el menor daño.*

Claro, replicó ella, transmitiéndole a su vez toda su furia con aquella palabra. *Hasta que no te decidas a hacérmelo tú mismo.*

Utana no dijo nada; simplemente pasó de largo a su lado y abrió la puerta. Brigit no se sorprendió de ver a Nash Gravenham-Bail al otro lado, simulando que se disponía a llamar. Rápidamente se volvió para ocultarse la cara con el velo, mientras el hombre de la cicatriz entraba en la habitación.

–Esta mujer se quedará a mi lado en calidad de esclava personal –le informó Utana–. Necesitaré abundancia de cojines y cobertores para que pueda dormir cómodamente en este mismo dormitorio, aunque no en mi cama. Y, Nashmun, que sepa todo el mundo que no le será permitido abandonar este lugar bajo ninguna circunstancia sin mi consentimiento. Y también que a cualquier ser vivo que se atreva a hacerle daño o a tocarla siquiera... lo borraré de la existencia. ¿Está claro?

–Como tú gustes, mi rey –respondió, humillándose con una exagerada reverencia.

El muy canalla mentiroso...

El hombre de la cicatriz la miró brevemente, y ella correspondió lanzándole una vitriólica mirada. En seguida abandonó la habitación, cerrando la puerta a su espalda.

Negándose a mirar a Utana, Brigit se dirigió al asiento que había junto a la ventana y se dejó caer en sus cojines de rico terciopelo rojo. Allí quedó contemplando a través del cristal la ansiada libertad que todos parecían tan empeñados en negarle.

No la conocían bien, desde luego. Evidentemente tendría que quedarse un tiempo allí. Simularía y mentiría de tal forma que el hombre de la cicatriz y la DPI al completo parecerían unos aficionados a su lado. Fingiría haber sido derrotada. Pero en el fondo no albergaba duda alguna de que abandonaría aquel lugar en cuanto así lo decidiera.

Y lo haría. Justo después de haber asesinado al hombre que tenía el mayor ego del mundo. Utana era un estúpido al retenerla allí. Debería haberla expulsado de su lado lo antes posible. En lugar de ello, le había ofrecido en bandeja la oportunidad de estudiarlo, de observarlo, de descubrir sus debilidades. Porque alguna debía de tener. Y cuando averiguara cuál era, la utilizaría para borrarlo de la faz del planeta de una vez por todas.

Sería su prisionera, sí. Su esclava de harén, si era necesario. Pero solo hasta que descubriera la forma de matarlo.

Capítulo 9

Su preciosa Brigit dormía en el suelo, en una especie de bien acomodado nido de colores tornasolados. Los enormes cojines y almohadones eran de seda, terciopelo y satén. Las mantas eran las más finas que existían. De *chenille*, según le había dicho el sirviente cuando se las llevó al dormitorio. A Utana le gustaba mucho aquel tejido.

Lo que no le gustaba tanto, reflexionó, era el hosco silencio de la encantadora guerrera y la falta de contacto visual. Había permanecido meditando junto a la ventana durante un buen rato, para luego pasar casi una hora en el cuarto de baño contiguo. Lo suficiente para que él hubiera empezado a inquietarse. Pero cuando llamó a la puerta, ella le había recordado de mala forma que escapar de aquella suite era absolutamente imposible: algo que probablemente él era demasiado obtuso para adivinar por sí mismo, con lo que no tenía por qué preocuparse de nada.

Había estado rumiando aquellas palabras desde entonces. ¿Por qué su visir habría de tomar precauciones para evitar la evasión de su real huésped de sus propios aposentos? ¿Acaso no era libre para marcharse tranquilamente por la puerta, si así lo deseaba?

Luciendo un corto camisón, Brigit había salido por fin del cuarto de baño, con el pelo húmedo y fragante. La había deseado más que nunca, pero ella simplemente se había arropado en la manta de *chenille* y se había instalado en el nido de cojines. En cuestión de minutos, se había quedado dormida. No era de extrañar. Su agotamiento había resultado evidente.

Quizá, si era sincero consigo mismo, podría llegar a admitir que se había equivocado al retenerla allí en calidad de prisionera. Era una mujer demasiado importante para ser tratada de aquella forma. La potencial salvadora de su pueblo, que seguro la tenía en una gran estima. Solo podía imaginar con qué propósito supondría ella que la estaría manteniendo prisionera. Porque el verdadero no se lo había revelado.

La necesitaba allí, con él. Brigit había descubierto casi instantáneamente lo que él había tardado casi tres días en empezar a sospechar... y aún no estaba del todo seguro de ello. Que Nashmun lo estaba engañando, sirviéndose de él para alcanzar sus propios fines. Brigit había descubierto al instante que todos los reputados huéspedes que le habían presentado como líderes del mundo durante el banquete de aquella noche habían sido unos impostores, también. Actores, los había llamado ella. Simulando ser reyes, presidentes y dignatarios extranjeros de toda clase.

Se había dejado engañar. Y la fuerza que lo había engañado no había sido tanto su visir de viperina lengua como su propio ego. Había *querido* creer que el mundo moderno lo honraba y respetaba. Y se lo había creído realmente.

Aunque le había dicho a Brigit que había sabido la verdad desde el principio, no era cierto. Si bien habría *debido* saberla. Se sentía avergonzado y furioso.

Ella sí que la había sabido. Y no solo eso: había logrado asimismo engañar a Nashmun, que la tenía por un elemento de la farsa, uno de los actores que había contratado. Porque todavía no la había visto sin velo, y por tanto no la había reconocido de aquel breve encuentro que habían tenido en el pasado. Nashmun creía que ella estaba de su parte. Y si seguían creyendo eso, Brigit podría muy bien tener acceso a determinadas informaciones a las que él mismo nunca podría acceder por sus propios medios.

No tenía deseo alguno de permanecer en aquel lugar durante más tiempo del estrictamente necesario. A esas alturas ya se había aburrido del lujo, con anterioridad incluso a saberse engañado. Solo quería recuperar sus fuerzas y ya estaba en camino de conseguirlo del todo. Luego necesitaría localizar a los escurridizos vampiros y cometer el odioso acto que los dioses le habían encomendado. Tenía que exterminarlos.

Aunque quizá, si tuviera suerte, los Anunaki atenderían su desesperada súplica y le permitirían dejar a uno vivo. Y tal vez también a su hermano. Porque Brigit nunca aceptaría vivir si su hermano no lo hacía también.

Sí, decidió. Pediría a los dioses que la vida de James fuera asimismo respetada. Mientras tanto, Brigit se quedaría allí con él, para ayudarlo. Tanto si le gustaba como si no. Porque una grave sospecha había empezado a cobrar forma en su mente. Cuando llegara la hora de abandonar ese lugar, Nashmun se empeñaría por todos los medios a su alcance en mantenerlo bajo su control. En retenerlo allí. Como prisionero.

Y a Utana no le gustaba ser prisionero de nadie.

Observó a Brigit durante un rato más mientras dormía, tentado de reunirse con ella en su nido de blandos cojines. La doncella le había proporcionado el camisón que llevaba en ese momento. Un fino camisón blanco que dejaba sus largas y esbeltas piernas al descubierto, con bordados en los hombros y el borde de la falda.

En un principio había pensado en pedir que le trajeran más ropa, pero en ese momento se alegraba de no haberlo hecho. Él personalmente se encargaría de elegir su atuendo. Pero eso sería por la mañana.

Se despojó de sus ropas y se metió desnudo en la cama. Solo. Y durante dos horas enteras estuvo intentando dormir, hasta que renunció con un gemido de frustración.

Decidió salir a dar un paseo por los jardines de la parte trasera del palacio, para despejarse la cabeza. Necesitaba respirar aire fresco.

Levantándose del lecho, descolgó una rica túnica de satén rojo y se la puso. Se anudó con fuerza el cordón mientras se dirigía con paso enérgico hacia la puerta.

—¿Adónde vas? —le preguntó ella de pronto.

Se quedó paralizado. Había sentido su voz acariciándole la piel como si fuera un contacto físico.

—¿Puedo ir yo también?

—No.

Ella se levantó, con la manta resbalando por su cuerpo.

—¿Por qué no?

—Brigit —su mano se detuvo en el picaporte de la puerta—, no estoy acostumbrado a explicar mis decisiones, sino a ser obedecido sin discusión.

—Bueno, pues será mejor que te vayas *acostumbrando* a ello, amigo —se plantó delante de él. La escena resultaba casi graciosa, con ella tan pequeña y menuda, frente al hombretón de Utana, privada ya de su poder destructor—. Te acompaño.

—El motivo de mi paseo, Brigit, es desahogar mi frustración. Dado que tú eres la causante de la misma, tu compañía sería contraproducente. ¿Entiendes?

—Pero eres tú quien me está reteniendo aquí —lo miró ceñuda—. ¿Cómo es posible que yo te esté frustrando?

Utana le agarró bruscamente una mano y se la puso sobre su entrepierna, solo por un instante, el suficiente para que ella sintiera su excitación. Vio que abría mucho los ojos.

Cuando volvió a soltarle la mano lo hizo apresuradamente, como si le hubiera quemado su contacto.

—He podido comprender que tomar a una mujer por la fuerza está considerado un comportamiento intolerable, un delito, de hecho, en tu extraño y desquiciado mundo. Incluso para un rey, según me han dicho.

Brigit retrocedió un paso, y él pudo ver que se había quedado estremecida por sus palabras, pese a que puso los ojos en blanco y soltó un comentario despreciativo:

—Eres un cerdo.

—No soy un cerdo, soy un hombre. Y te deseo mucho. Me desagrada profundamente la insistencia de vuestra sociedad en que no te tome mientras no cuente con tu consentimiento. Es desesperante, sobre todo teniendo en cuenta que es solo cuestión de tiempo que lo consiga.

—Ni en sueños.

Utana sonrió al tiempo que le acariciaba la mejilla con un dedo.

—Serían indudablemente sueños muy placenteros, rayo de luna.

Brigit se volvió a su nido de cojines.

—Muy bien, vete entonces. Para tu información, en mi tiempo, las duchas frías constituyen una aceptable alternativa a la frustración.

—Mientras esté fuera, ordenaré a Nashmun que te envíe a alguien con ropa. ¿Hay algo en particular que necesites?

Mis maletas están en mi coche. Lo tengo aparcado a un par de kilómetros al norte. Pero si se lo dices a ellos, descubrirán que no llegué en aquella furgoneta llena de bailarinas de danza del vientre...

Yo mismo recuperaré tus pertenencias, y les diré luego que las he comprado.

Nunca te dejarán marchar. ¿Es que todavía no lo entiendes, Utana? Estás tan prisionero aquí como yo.

Utana disimuló sus sentimientos al respecto, aunque sus palabras le habían afectado, confirmando de hecho lo que había venido a sospechar. *Aunque eso fuera cierto, no podrían retenerme contra mi voluntad. Me subestimas, esclava de harén.*

Vio que ella ahogaba una exclamación, indignada, estaba seguro, por la forma en que se había referido a ella.

Volveré dentro de una hora. Te traeré tus cosas y te demostraré que mi situación no es tan crítica ni mi visir tan traicionero como supones. Hasta luego, y le hizo una reverencia con exagerada cortesía.

Ella lo llamó algo, una palabra que Utana no había oído antes: «imbécil». Tomó nota mental de buscarla en el diccionario que había visto en la biblioteca de la planta baja antes de volver. Salió, cerró la puerta a su espalda y echó la llave.

—¿Rey Utana? —le preguntó el asistente que hacía guardia en el pasillo.

Siempre había alguien allí, nunca el mismo, todos hombres. Todos aquellos porteros parecían compartir un mismo aire de fuerza y energía, como si fueran matones, o soldados. Y su aspecto también era similar. Llevaba el pelo cortado a cepillo y un diminuto artilugio en la oreja, con un cable que se perdía bajo el cuello de la camisa. Siempre iban vestidos de traje, como si fuera un uniforme: camisa blanca y chaqueta y pantalón azul oscuro. Se adornaban con lazos al cuello, siempre azules o rojos. ¿Cómo los había llamado Nashmun…? Corbatas. Por lo que Utana sabía, todas aquellas cosas extrañas servían únicamente de adorno, algo que no entendía en absoluto, ya que él no las encontraba ni siquiera remotamente atractivas.

No importaba.

–Voy a salir a dar un paseo por los jardines –le dijo al hombre que entonces había tenido por un guardia personal, un guardaespaldas. En ese momento, sin embargo, sospechaba que si estaba allí era realmente para impedir que se marchara–. Que nadie entre en mis aposentos hasta que yo vuelva –le ordenó, a la espera de su reacción.

–Mi rey, no creo que sea una buena idea…

–No te he pedido tu opinión –señaló con la cabeza la puerta de la suite–. Cuida de ella. Volveré en una hora.

–Sí, señor.

Después de asentir enérgico con la cabeza, Utana recorrió el largo pasillo hasta el rellano de la escalera curva. Pudo sentir durante todo el tiempo los ojos del guardia fijos en su espalda, pero el hombre no hizo el menor intento por detenerlo. Experimentando un cierto alivio de que Brigit hubiera estado equivocada con sus sospechas, bajó las escaleras… pero se detuvo al oír al guardia hablando otra vez.

Se quedó muy quieto, escuchando. Y le sorprendió no oír a su interlocutor, como si el guardia estuviera hablando solo.

–El Primero se mueve.

El Primero. Obviamente se refería a él. ¿Pero con quién estaba hablando?

Oyó un crepitar extraño, y de repente comprendió. Había oído aquel ruido antes, cuando los sirvientes de aquel palacio se comunicaban entre sí por medio de ingeniosos artilugios fijados a las mangas de sus chaquetas.

–Dice que va a pasear por los jardines –dijo el guardia un segundo después–. Que volverá en una hora –más ruido, y luego–: de acuerdo, así lo haré.

Utana frunció el ceño, escuchando, pero ya no hubo mayor discusión. Y el guardia no salió en su busca sino que permaneció en su puesto, tal y como le había ordenado él.

¿O acaso tal y como le había ordenado la persona con quien había estado hablando?

Utana continuó bajando las escaleras, ya no tan confiado como antes respecto a su presunta libertad de ir donde quisiera. Estaba empezando a sospechar que las palabras de Brigit habían sido acertadas, y estaba deseoso de comprobarlo.

Cruzó la enorme sala abovedada del pie de las escaleras, que servía tanto de vestíbulo como de espacio nodular del edificio, del que partían varios pasillos. Era como el cuerpo de una gigantesca araña, con sus patas extendiéndose en todas direcciones.

Eligió el pasillo que llevaba a la parte trasera, y atravesó incontables salas hasta llegar a las puertas del fondo, que estaban abiertas. Salió al jardín y se detuvo para mirar a su alrededor: ni vio a nadie ni sintió presencia alguna allí. Los únicos sonidos eran el rumor de la hermosa fuente en forma de cascada y los graznidos de las aves nocturnas, llamándose unas a otras.

El aire de la noche acarició su rostro, y se llenó los pulmones del perfume de las flores tardías. Se estaba bien allí. Y no percibía presencia alguna. Nadie lo había seguido. Nadie había intentado impedir su marcha. Era un alivio saberlo. Ciertamente Nashmun tenía sus razones para querer congraciarse con él. Estaba claro que era su deseo de librar al mundo de la raza de los vampiros lo que lo motivaba. Pero eso no lo convertía en el ser malvado que Brigit pensaba que era.

Estuvo vagando por los caminos pavimentados del jardín durante cerca de una hora, lamentando que no fueran de tierra apisonada o hierba, o incluso arena. Aquella falsa y dura piedra sobre la que caminaba, que ellos llamaban «asfalto», le resultaba poco natural y nada reconfortante. Necesitaba el contacto de la tierra bajo sus pies.

No importaba.

Al fondo del jardín distinguió el alto arco de la entrada. Lo atravesaría, y rodearía luego las bien cuidadas praderas del frente del palacio hasta la calle de detrás. Buscaría después el coche de Brigit y recuperaría su ropa. Pero antes...

Se detuvo en un punto cercano al centro del jardín, que le pareció especialmente aislado y recogido. Saliendo del camino, suspiró de alivio al sentir la tierra fresca bajo sus pies desnudos.

Mucho mejor. Unos pasos más fuera del camino y se encontró rodeado de una abundancia de rosales, con un pequeño círculo de césped en su centro, que impregnaban el aire de la noche con su aroma.

Perfecto.

Una vez allí, abrió los brazos. Echando la cabeza hacia atrás, alzó la mirada al cielo, salpicado de tantas estrellas como rosas tenía aquel jardín. Las estrellas y las rosas blancas se parecían tanto... Unas y otras eran sagradas para la luna, unas y otras habían sido creadas en honor de la Reina de los Cielos, Inanna, a su imagen y semejanza. Como la propia Brigit. Su cabello era tan claro... No negro, como el de Inanna, ciertamente. Pero su belleza, valentía, carácter... incluso su mal genio rivalizaban con los de la Estrella de la Mañana.

—Arcanos y poderosos Anunaki —pronunció en voz baja Utana—, escuchad mi súplica. Yo, Ziasudra, Utanapishtim, el Superviviente del Diluvio, vuestro fiel esclavo, sacerdote de los antiguos y poderosos dioses, os invoco. ¡Escuchad mis palabras!

Se interrumpió al sentir algo en el aire, percibiendo que sus dioses estaban cerca. Lo habían oído. Podía sentir la vibrante energía de su atención.

–¡Enki, Señor de la Tierra! ¡Enlil, Señor del Aire! ¡Escuchadme! ¡Anu, dios de los Cielos, Utu, dios del Sol! ¡Nanna de la Luna, Inanna, Reina de los Cielos y de la Estrella de la Mañana, Ninmah, Dama de las Montañas! ¡Prestad oídos a mi súplica!

De pronto se levantó un fuerte viento, arrastrando un pequeño remolino de pétalos que se alzó girando frente a él, antes de volver a caer al suelo.

Estaban allí. ¡Lo estaban escuchando!

–Os pido de nuevo misericordia para mi gente, que no os ha hecho daño alguno. Ciertamente que el pecado cometido ha sido únicamente mío. Y por ese pecado he sufrido seguramente más que ningún otro hombre ha sufrido nunca. Os lo ruego de nuevo, ancianos y poderosos dioses, los Siete que Decretan los Destinos, os lo suplico humillado como esclavo que soy vuestro, a vuestros pies –pronunciadas esas palabras, cayó de rodillas. Sentía que el corazón se le henchía en el pecho, las lágrimas le quemaban los ojos–. Salvadles la vida. Ahorradme la sangrienta tarea que me habéis impuesto. Agravad mi castigo, si así lo deseáis. Pero salvad a los vampiros. O, al menos, a la dama del rayo de luna y a su hermano James, que solamente cargan con una leve parte de su estigma, y que no tienen culpa de nada.

Inclinó la cabeza. El deseo que lo consumía era tan intenso que lo dejaba débil, vacío.

–Haré lo que queráis con tal de que me concedáis eso. Enviadme una señal, para que pueda conocer vuestra voluntad. Como siempre, os obedeceré humildemente.

Abrió los ojos y asintió con la cabeza, confiado en que los dioses lo hubieran escuchado al fin, complacidos con su plegaria, las rosas, el fragante aroma. Sí, tenían que haber quedado muy complacidos. Muy pronto le enviarían una señal. Su respuesta.

Utana regresó por el camino pavimentado y se acercó al arco de la entrada. Se dispuso a abrir el cerrojo.

Pero cuando su mano tocó el metal, un chorro de energía lo golpeó con una lluvia de chispas. El impacto lo proyectó hacia atrás, levantándolo del suelo, y fue a aterrizar de espaldas, sin aliento. Allí quedó tumbado boca arriba, intentando recuperar el resuello y sintiendo que le ardían las palmas.

Su cuerpo parecía vibrar con una centelleante energía casi imposible de soportar. La cabeza le latía dolorosamente mientras chispazos de luz blanca explotaban ante sus ojos.

¿Sería esa la respuesta que le habían enviado los dioses? No era precisamente la que él había esperado.

Capítulo 10

Brigit esperaba su regreso. El dormitorio estaba a oscuras a excepción del tenue resplandor dorado de la lámpara de noche, al lado de la cama.

Había transcurrido ya casi una hora. Y estaba preocupada. Utana se mostraba demasiado confiado con Nash Gravenham-Bail y sus esbirros de la DPI. Ignoraba de lo que eran capaces aquellos canallas.

Ella sí que lo sabía. Lo había visto de primera mano. Su propia madre... No, no pensaría en eso ahora. ¿Y por qué estaba perdiendo el tiempo preocupándose por su enemigo? Por el hombre al que supuestamente debería matar.

Y, sin embargo, cuando diez minutos después, Utana seguía sin volver, se preocupó todavía más. Incorporándose de la montaña de mullidos cojines, se acercó a la ventana y apartó las cortinas.

Desgraciadamente, desde aquel dormitorio no se dominaban los jardines que se extendían detrás de la mansión, y no vio nada más que la luna menguante y el cielo salpicado de estrellas.

Pero entonces, de pronto, surgió un resplandor, un fogonazo, y todo volvió a quedar oscuro. Y a continuación otro, aún más intenso que el primero. Finalmente se oyó un chasquido, como el de un resorte al saltar, y la habitación quedó a oscuras.

Frunciendo el ceño, incapaz de esperar por más tiempo, Brigit se dirigió hacia la puerta y estaba a punto de abrirla, sin detenerse a pensar siquiera que pudiera estar cerrada con llave, cuando su oído sobrehumano captó el ruido del transmisor del centinela al otro lado. Se detuvo a escuchar.

–Aquí zona tres. El primero está tumbado. *Bien* tumbado.

–Diablos –masculló el guardia–. Zona uno en camino. ¿Qué ha pasado?

–Unos veinte mil voltios: eso es lo que ha pasado –fue la respuesta–. Tocó la verja de entrada.

Lo siguiente que oyó fue un ruido de pasos a la carrera por el pasillo. No lo dudó: abrió la puerta y lo siguió. Y el guardia, que rápidamente descubrió su presencia, pareció decidir en un instante que no merecía la pena perder su precioso tiempo con ella. Afortunadamente, no se preguntó cómo había logrado abrir la puerta.

Estaban todavía a mitad de la escalera cuando vieron llegar a cuatro tipos, transportando a Utana: dos agarrándolo de los brazos y los otros dos de las piernas, gruñendo mientras comenzaban a subir los escalones. Por un instante, Brigit fue incapaz de retirar los ojos de Utana inconsciente, quizás muerto. Pero entonces tuvo un presentimiento, fruto de su sobrehumana sensibilidad, y desvió la mirada para descubrir al hombre de la cicatriz apresurándose tras ellos.

Rápidamente giró sobre sus talones y subió de nuevo las escaleras para correr a su habitación.

Apenas unos segundos después irrumpían todos en el dormitorio y tumbaban al hombretón en la cama, que se hundió bajo su peso. Rápidamente Brigit localizó uno de los velos de su atuendo de bailarina y pensó en cubrirse la cabeza y el rostro, dejando únicamente los ojos al descubierto. Pero eso habría sido sospechoso. La habitación estaba a oscuras, apenas iluminada por el resplandor de la luna al otro lado de las ventanas. Y Nash estaba concentrado en Utana, no en ella. De todas formas, intentó proyectar un hechizo de glamour para que no la reconociera en caso de que mirara en su dirección.

–¿Está... vivo? –preguntó mientras los guardias se retiraban de la cama, dejando al hombre de la cicatriz que se acercara.

El tipo ni siquiera la miró.

–Tu falsa preocupación es admirable, pero se supone que eres una prisionera suya, ¿no? ¿No deberías pues alegrarte?

Tragando saliva, asintió con la cabeza y se acercó al lecho, corriendo esa vez el peligro de que pudiera reconocerla.

–Silencio, está volviendo en sí –Gravenham-Bail se inclinó sobre él–. ¿Utana? Mi rey, ¿puedes oírme?

Los ojos de Utana se movieron bajo los párpados cerrados. Sus labios también, y su falso amigo acercó la oreja a su boca, escuchando con atención.

–Te electrocutaste –le informó su visir, mirándolo con falsa expresión preocupada–. Lo siento mucho, majestad. Yo tengo la culpa por no haberte advertido antes de las vallas electrificadas.

Utana entreabrió entonces los ojos, apenas unas leves rendijas.

–¿Por–por qué?

–Por tu protección, amigo mío. Eres un hombre importante. En estos tiempos, los líderes del mundo no están seguros en sus propias casas –miró rápidamente a Brigit, y luego a los hombres que habían cargado a Utana–. Quiero que se marche todo el mundo. Hay una doctora en camino. Traedla aquí en cuanto llegue.

–No... no –Utana agarró la mano de Brigit cuando ya se disponía a apartarse de la cama–. Ella se queda.

Humedeciéndose los labios, Nash frunció el ceño.

–De acuerdo. Está bien.

–Y tú, Nashmun... vete.

Nash parpadeó asombrado. Miró a Brigit antes de que ella pudiera bajar la mirada, entrecerró los ojos y asintió con la cabeza. Se dirigió luego hacia la puerta, indicándole con un gesto que lo acompañara.

–Lillian llegará en enseguida.

–¿Lillian? –inquirió Brigit, intentando concentrar su energía en su hechizo de glamour.

–La médica. La misma que hizo la revisión de vuestra *troupe* de bailarinas. Estará aquí en cualquier momento. Intenta que se calme hasta entonces.

Brigit asintió, sabiendo que ello iba a constituir otro problema, y esperó hasta que hubo abandonado la habitación. Cerró la puerta a toda prisa y, volviéndose, regresó junto al lecho.

–Utana, ¿estás bien?

–Sí. La explosión... no fue como la tuya. Esa puerta del jardín ha estado a punto de ahorrarte el trabajo, Brigit –alzó una mano para acariciarle tiernamente una mejilla– ¿No te ha reconocido?

–No, pero creo que sospecha –tomó su mano, le volvió la palma y examinó la negra quemadura–. El don de curación de mi hermano. Tú se lo arrebataste. Utilízalo para curarte a ti mismo.

–Lo... intenté. Pero no sé... manejarlo.

–Entonces dámelo a mí.

–¿Tú... –frunció el ceño– me curarías?

–Te quiero en buena forma para poder matarte después –contestó, antes de recordar que probablemente los estarían vigilando. Por lo menos había hablado en voz baja... esperaba que lo suficiente. Aun así, añadió en un murmullo casi inaudible–: ¿Puedes hacerlo? ¿Puedes dar poderes de la misma forma que los arrebatas?

–Sí.

–Entonces hazlo. Y date prisa –musitó, acercándose más–. Al parecer, esa doctora que va a venir estuvo haciendo la revisión médica de las bailarinas. En cuanto me vea, descubrirá que yo no soy una de ellas.

–Aturde su mente, como has hecho con la de Nashmun.

–Puedo intentarlo, pero no siempre funciona. No todos los humanos son tan débiles de voluntad como él –lo cual constituía precisamente un motivo de inquietud, reflexionó Brigit. ¿Cómo había podido poner la DPI a un hombre de mente fácilmente manipulable al frente de un caso relacionado con los inmortales, auténticos maestros en el control mental? Aquello no tenía sentido.

Utana asintió con la cabeza.

–Aguantaré este dolor hasta que... la médica se marche. Si me encontrase bien, sospecharía. Luego ya veremos. Ahora vete. Escóndete. Me equivoqué al retenerte aquí y, de esa manera, obligarte a correr el riesgo de que te descubrieran. Yo no pretendo hacerte ningún daño, Brigit.

Brigit asintió y recogió luego la túnica que había a los pies de la cama. Sus dedos rozaron su piel mientras se la ponía, y los ojos de Utana relampaguearon de manera automática, pese al dolor que debía de sentir. Finalmente, ella se dirigió hacia la puerta.

Cuando abandonaba ya la habitación, oyó el bramido de Utana:

–¡Y no vuelvas hasta que yo mande a buscarte!

Brigit arrugó la nariz.

–Malditos sean los hombres y maldito su ego –masculló. Acto seguido miró al guardia, de vuelta en su puesto de centinela–. Bueno, ya lo has oído. ¿Podría... utilizar alguna habitación libre para descansar un poco?

El hombre alzó la muñeca para comunicarse por el micrófono, transmitiendo su pregunta.

–Me encantan los tipos que toman sus propias decisiones –comentó, irónica.

El tipo se mostraba imperturbable, comportándose como si no la hubiera oído. Solo cuando recibió su respuesta, asintió con la cabeza.

–Las tres siguientes habitaciones están libres. Escoge la que quieras. Pero no te alejes más ni bajes las escaleras –de inmediato alzó la mirada al escuchar un rumor de voces–. Ahí viene la doctora.

Para cuando quiso volver a mirarla, Brigit ya había desaparecido.

Utana yacía en la cama, maravillado de la intensidad del dolor que sentía. La mano le ardía como si estuviera agarrando un atizador al rojo vivo. Y espasmos sucesivos, como potentes ecos del impacto inicial, recorrían el resto de su cuerpo, reverberando en su espalda y martilleándole la base del cráneo. Tenía la sensación de estar tocando aquella maldita puerta una y otra vez.

Poco después volvía a entrar Nashmun, acompañado esa vez de la médica, una mujer de larga melena negra con una guedeja blanca. Inmediatamente se inclinó sobre él al tiempo que presionaba un instrumento contra su pecho.

Cerró una mano sobre el objeto, sorprendido y desconfiado a la vez. Pero en cuanto su mano sana hizo contacto con el objeto, su naturaleza y sentido se representaron con toda claridad en su mente. Era una herramienta concebida para escuchar los sonidos internos de su cuerpo. De esa manera la mujer podía escuchar el latido de su corazón y el rumor del aire que entraba y salía de su pecho, dependiendo del lugar sobre el cual lo colocara.

–Tranquilo, no te haré daño –lo miró.

–Lo sé –repuso él, y retiró la mano para permitirle que continuara. Al cabo de un rato vio que se retiraba los otros dos extremos de los oídos y pasaba a palparle la muñeca con los dedos. Nuevamente quedó escuchando, con la mirada clavada en el artilugio para medir el tiempo que llevaba en la mano. «Reloj de pulsera», recordó que se llamaba.

Finalmente le soltó la muñeca para concentrarse en la quemadura de la palma.

–Tiene mal aspecto.

–Me... duele –dijo Utana, comprendiendo que estaba ante la versión moderna de un chamán de su tiempo, y preguntándose qué clase de oraciones, hierbas y cánticos emplearía para aliviar su sufrimiento.

Volviéndose, la mujer abrió la pequeña maleta negra que había traído y sacó varios objetos. Destapó un recipiente de agua y le acercó la mano a un pequeño cuenco de un extraño material que no había existido en su época. «Plástico», lo había llamado Nashmun. Todo parecía fabricado con ese material en esos tiempos. Una vez vertida allí el agua de la botella, la mujer procedió a lavarle la quemadura.

¡La mano le ardía como fuego! Siseando, retiró la mano.

–Si se infecta la herida, será peor –le advirtió ella con tono severo, para mirarlo a continuación con la expresión humilde y sumisa del más devoto esclavo–. Lo que estoy haciendo te duele ahora, mi rey, pero pasará rápido, y te sentirás mucho mejor cuando haya terminado.

Utana no veía otra opción a su alcance que la de dejarse curar las heridas. Se sorprendió deseando que Brigit estuviera allí, a su lado, para poder hablar mentalmente con ella y enterarse de si aquella gente le estaba diciendo o no la verdad. Porque ella los conocía más y mucho mejor que él.

Pero esa no era la única razón por la que anhelaba su compañía. No existía situación, ni tiempo, ni lugar, ni ambiente que no mejorara con su presencia. El anhelo que sentía por ella se estaba convirtiendo en una constante punzada. En una necesidad que reclamaba satisfacción.

Lentamente relajó la mano y se dejó hacer. Al menos sus cuidados lograrían distraerlo de sus pensamientos sobre su potencial asesina.

La mujer acabó con el doloroso lavado de la quemadura y abrió luego un tubo, del que extrajo, al apretar, una pomada de extraño olor. Rápidamente aplicó una gruesa capa del mismo sobre la piel abrasada. Utana abrió mucho los ojos cuando aquel curioso ungüento alivió su dolor y refrescó la quemazón, proporcionándole un inesperado alivio.

—¿Lo ves? —dijo ella—. Mejor ahora, ¿verdad?

—Sí.

—Ahora habrá que mantener limpia la herida. Para que pueda curar —estaba cerrando el tubo mientras hablaba; desenrolló luego una larga tira de tela blanca, con la que procedió a vendarle la mano.

—Tráeme un vaso de agua, por favor, Nash.

Nashmun asintió y entró apresurado en el baño. Mientras esperaba el vaso, la doctora sacó de la maleta una pequeña botella, de la que extrajo dos diminutos objetos blancos.

—Tómatelas. Te ayudará a aliviar el dolor que pueda quedarte.

Se los acercó a la boca, con lo que Utana supuso que esperaba que se los comiera. Aceptó las píldoras y las masticó mientras ella se giraba para recibir el vaso de agua de manos de Nash.

Cuando de nuevo se volvió hacia él con el vaso, Utana estaba esbozando una horrible mueca.

–Saben horriblemente mal... –se quejó–. ¿Qué son?

–No las escupas. ¡Toma, bebe! –le acercó el vaso a los labios, y Utana bebió hasta que logró tragar las píldoras.

Cuando pudo volver a hablar, preguntó:

–¿Qué clase de veneno me has dado?

–Es medicina. Lo llamamos «aspirina» –le dijo antes de mirar con expresión de disculpa a Nashmun–. Es lo único que me atrevo a darle. Al fin y al cabo, ignoramos cómo reaccionará su fisiología a cualquier medicación.

–Entendido. Gracias, Lillian.

–De nada –miró de nuevo a Utana–. Necesitarás descansar. Estarás cansado, y te dolerán los músculos durante unos cuantos días. Si sientes que el dolor empeora, díselo a Nash y él me avisará, ¿de acuerdo?

–Sí.

Asintiendo, la mujer empezó a guardar sus cosas.

–¿Adónde ibas, Utana? –le preguntó de repente Nashmun–. ¿Acaso pretendías huir de nosotros?

Utana entrecerró los ojos, preguntándose una vez más si podría confesarle la verdad a su supuesto visir.

–Había pensado en ir a buscar ropa para Bri... para mi esclava –se dio cuenta de que ignoraba el nombre con que Brigit se había presentado ante Nashmun, que por fuerza tenía que ser distinto.

Lillian alzó rápidamente la mirada, dirigiendo una tácita pregunta a Nashmun.

–Es una de las bailarinas –explicó el visir–. Le gustó y decidió tomarla como su... criada personal.

Lillian enarcó una ceja.

–Eso es extremadamente inapropiado, Nash.

–Lo discutiremos fuera.

–No puedes pedirle a la chica que...

–He dicho que lo discutiremos fuera.

Lillian se mordió el labio. Resultaba claro para Utana que ella sabía mucho más que él sobre lo que estaba sucediendo allí. Sobre la identidad de las bailarinas, por ejemplo, y las responsabilidades que tenían encomendadas. Vio que miraba a su alrededor y que sus ojos se detenían en el lecho de cojines donde había dormido Brigit, y luego en la ropa que había lucido para bailar para él, colgada del respaldo de una silla.

–Quiero hablar personalmente con esa chica.

Nashmun no respondió, sino que se volvió hacia Utana:

–Ahora mismo volvemos, mi rey –se dirigió a la puerta del dormitorio, la abrió y se quedó allí, esperando.

Lillian resopló disgustada, cerró su pequeña maleta y abandonó la habitación. Nashmun salió con ella y cerró la puerta.

Rápidamente, Utana apartó la manta y se levantó. La debilidad lo golpeó como una alta ola en pleno océano. Tuvo que agarrarse al cabecero de la cama para no caer, cerró los ojos y esperó a que pasara el mareo.

Cuando se sintió algo mejor, se dirigió lo más rápidamente que pudo hacia la puerta. Su paso era débil, vacilante. ¿Por qué tenía que sucederle aquello ahora, justo cuando había empezado a recuperar las fuerzas? Maldijo de nuevo el poder de aquella puerta, hasta que recordó que había pedido a los dioses una señal. Y, aparentemente, se la habían enviado.

Se detuvo ante la puerta e, inclinándose, pegó la oreja a la madera.

–… creo que te estás olvidando de quién está al mando de esta operación –estaba diciendo Nashmun.

–Y yo creo que *tú* te estás olvidando –replicó Lillian– de que tengo órdenes de informar personalmente al director. Y no creo que vaya a gustarle esto. En el plan no pone nada de proporcionarle una mujer, por el amor de Dios.

—Soy muy consciente de cuál era el plan. Diablos, *yo* redacté el maldito plan.

—Entonces lo sabes de sobra.

—Lo que sé es que está funcionando —repuso Nashmun—. Mira, él confía en ella, incluso tienen una relación especial. Ella puede ser nuestra mejor arma. Podemos utilizarla para controlarlo.

—¿Y por qué habría de aceptar ella que la utilizáramos de esa forma? ¿Te has preguntado eso?

—Quiere hacer méritos y prosperar. ¿Qué otra cosa podría querer?

Utana percibió el cambio en el tono de Nash. Estaba mintiendo a la médica. Él sabía sobre Brigit algo más que lo que le estaba diciendo.

—¿Que qué otra cosa podría querer? —replicó la mujer, suspirando—. Tú eres un hombre, de modo que quizá no lo hayas notado, pero este rey tuyo es un hombre muy guapo. Un hombre hermoso, fuerte, sexy. Estás jugando con fuego, Nash. Esta chica podría convertirse de nuestra mejor arma en nuestro mayor problema, y más rápidamente de lo que te imaginas.

Nash se quedó callado, cerrada su mente al poder clarividente de Utana. La mujer volvió a suspirar.

—Aunque, por otro lado, si es tan ambiciosa y tan ferozmente leal a nosotros, podría resultarnos extremadamente útil a la hora de controlarlo —admitió.

—Eso es lo que estoy diciendo. Además de que no lo necesitaremos durante mucho más tiempo. El proyecto Dymphna está casi listo. Solo necesito solventar algún problema que otro para pasar a la fase dos. Si queda todavía algún vampiro vivo, este plan hará que vengan directamente a nosotros. Y una vez que los tengamos a todos concentrados en un solo lugar, entonces... –no dijo más.

Utana se estremeció. La mujer soltó un suspiro.

–Solo para asegurarme, me gustaría revisar los datos que tenemos sobre esa bailarina: su perfil psicológico, su historial con la División. Si no encuentro ninguna luz roja, entonces... te apoyaré en esto ante el director.

–Me parece justo.

–¿Qué chica es?

–Yo... diablos, no recuerdo su nombre.

–¿La has visto... durante el día?

Nash soltó una corta carcajada.

–Sí, la he visto durante el día. Si fuera una vampira lo sabría, por el amor de Dios. ¿Me tomas por un novato?

–Está bien. Entérate de su nombre y envíamelo con un mensaje de texto. Mañana, nada más llegar a la oficina, revisaré los archivos.

Utana ya había escuchado suficiente. Y la cabeza volvía a darle vueltas. Se las arregló para arrastrarse hasta la cama y caer como un fardo. Tenía un problema muy grande.

La identidad de Brigit estaba a punto de descubrirse.

Brigit no salió de su escondite hasta que vio alejarse por la ventana el todoterreno marrón de la doctora. Había escuchado hasta la última palabra.

Y se alegraba enormemente de ello.

Tenía que salir de aquel lugar... y tenía que hacerlo esa noche. Pero antes tenía que averiguar exactamente en qué consistía aquel... proyecto Dymphna. ¿Qué estarían tramando?

Sabía que lo inteligente sería conseguir lo que pudiera necesitar para su marcha y abandonar aquel lugar sin volver a poner un pie en la habitación de Utana. De hecho, buscando en el dormitorio contiguo, había encontrado ropa que ponerse: unos vaqueros que le quedaban algo grandes y una sudadera, incluso calcetines y unas ligeras zapatillas de tenis. Debería marcharse, sin más. Encontrar una manera de fugarse y largarse de una vez.

Y, de hecho, eso era lo que pretendía hacer. Hasta que oyó a Utana llamándola mentalmente:

Brigit. Vuelve conmigo, rayo de luna. Tengo una información que debes conocer.

Frunció el ceño y se quedó quieta, deseosa en parte de bloquearlo de su mente y ansiosa a la vez de correr hacia él lo más rápido posible. Y curiosa, sobre todo. ¿Qué información podía tener para ella?

¿Habría escuchado también la conversación entre Nash y la médica? ¿Querría acaso advertirla? ¿Ayudarla para evitar que la capturaran? Y si ese era el caso... ¿por qué lo hacía, cuando había jurado matarla ante los dioses?

Dentro de la túnica se metió la ropa que había encontrado y, de puntillas, abandonó la seguridad del dormitorio que había quedado vacante para dirigirse al de Utana. El mismo guardia seguía apostado en la puerta. Desde el rellano, vio a Nash Gravenham-Bail entrando por una puerta situada en el extremo más alejado del gran espacio central del vestíbulo, en lo que parecía un despacho. Se detuvo a observarlo. De un rápido vistazo, durante el tiempo en que estuvo abierta la puerta, alcanzó a distinguir un escritorio, estanterías, una pantalla de ordenador y una fila de armarios archivadores.

Necesitaba entrar allí, pensó de pronto. Y siguió caminando por el pasillo, hacia la habitación de Utana.

El guardia la vio acercarse y ella sonrió nerviosa, preguntándose si habría seguido la dirección de su mirada hacía unos segundos. Tocó dos veces la puerta, la entreabrió y dijo:

—Tu esclava ha vuelto, mi rey.

–Bien.

Asintiendo, el guardia empujó del todo la puerta y le franqueó el paso. Brigit no pudo deducir nada de su expresión.

–¿Te sientes mejor? –le preguntó a Utana.

–La médica alivió mi sufrimiento, sí. Pero estoy... debilitado. E inquieto. *Necesitas salir de aquí, Brigit. La mujer sanadora va a revisar tu nombre y descubrirá que no eres una de ellas.* Y te he echado de menos –añadió en voz alta.

Aquello la conmovió. Sin embargo, seguía sin encontrar respuesta a sus preguntas. *¿Por qué me avisas? Tú eres mi enemigo.*

Yo no quiero seguir siendo tu enemigo, Brigit de los Vampiros.

Si eres enemigo de mi pueblo, lo eres mío. No es posible separar eso, Utana.

Esperó, no sabía bien qué. ¿Confiaba acaso que él traicionara a sus dioses por culpa de una pasajera atracción, que probablemente habría sentido un centenar de veces antes por un centenar de otras mujeres? Las esclavas de su verdadero harén. Sus bailarinas verdaderas. ¿Sus esposas, quizás?

–Siéntate aquí, a mi lado –palmeó la cama–. Por favor.

Se volvió para quitarse la túnica, dejando que la ropa que había recogido antes cayera al suelo, donde con una patada la escondió debajo de la cama. Se sentó luego a su lado, consciente del peligro que estaba corriendo.

–Por supuesto, mi rey.

¿Has escuchado alguna otra cosa de la que yo debería estar enterada?

Utana desvió la mirada de sus ojos.

Necesito que me cures, Brigit. No confío en ellos.

Si lo que pretendía era distraerla, lo estaba haciendo

terriblemente bien. Finalmente creía en lo que ella le había dicho. Aunque pocas opciones le habían quedado, después de que sus supuestos amigos lo hubieran electrocutado por intentar marcharse de allí. *¿Me devolverás también mi poder, junto con el de mi hermano?*

No, solo te daré el poder que le arrebaté a tu hermano. El don de curar, no el de destruir. Porque, si lo hago, temo que me destruyas a mí.

Brigit lo miró rápidamente, dispuesta a mentirle en voz baja y prometerle que no lo mataría. Pero él se apresuró a sacudir la cabeza, al tiempo que le decía con el pensamiento: *Te han dicho que yo soy el enemigo de tu pueblo, y por tanto tu enemigo. Y yo valoro tu sinceridad.*

—No te ayudaré si no me devuelves mi poder —musitó ella, con los ojos llenos de lágrimas.

—Entonces sufriré el dolor —susurró a su vez—. Pero al menos no moriré... para volver a quedar encerrado en un cuerpo putrefacto, con mi conciencia eternamente prisionera por una maldición de los dioses. No puedo volver a ese estado.

Brigit lo miró con expresión culpable, porque sabía que eso era exactamente lo que le sucedería si lo mataba. Una perspectiva que a ella misma le resultaba casi insoportable. ¿Cómo podía sentenciar a alguien a una pena tan atroz?

Pero, al mismo tiempo... ¿cómo podía dejarlo vivir, sabiendo que terminaría asesinando a todos y cada uno de sus seres queridos?

Eso era imposible.

Utana tenía una mano sobre su brazo, y a continuación sus dedos rozaron su mejilla, obligándola a que lo mirara. Cuando lo hizo, estaba mucho más cerca de lo que había imaginado, con su rostro apenas a unos centímetros del suyo.

La tomó entonces de la nuca y la besó en los labios.

Aquello fue como el cielo y el infierno a la vez. ¿Cómo podía desear tan desesperadamente a un hombre sabiendo que pretendía destruir a toda su familia?

¿Cómo podía ser tan débil?

¿Y cómo podía sentir tanto deseo?

Abrió la boca y se vio envuelta por sus fuertes brazos, estrechada contra su pecho, besada como si quisiera robarle el alma. O quizá ya lo había hecho. Quizá de alguna manera había tomado posesión de su alma cuando le arrebató sus poderes.

Lo deseaba tanto...

Enterró los dedos en su largo cabello mientras paladeaba su sabor. Jamás había probado nada tan sabroso. Ni nada le había provocado nunca un deseo tan salvaje.

Sentía sus brazos envolviéndola en un gesto posesivo, protector. Tan poderosos y fuertes... Se sentía protegida, algo que jamás había buscado ni querido, y mucho menos necesitado. Siempre había sido fuerte y autosuficiente, y se sentía orgullosa de ello.

¿Por qué entonces estaba disfrutando tanto dejándose abrazar de aquella manera, sintiéndose tan deliciosamente segura?

Cuando él le alzó la cabeza para mirarla, Brigit supo que los ojos le ardían. Lo supo porque vio el reflejo de su fulgor en los de Utana, y su reacción de sorpresa. La inconsciente pasión había hecho aflorar su parcial naturaleza de vampira. Los colmillos se le habían alargado, su boca sentía verdadera hambre por saborearlo. La necesidad le quemaba las entrañas, exigiendo satisfacción, mientras clavaba los ojos en el pulso que latía en su poderoso cuello.

—Hermosa —susurró él—. Incluso esta parte de tu naturaleza es bella. Tan preciosa...

Brigit se obligó a desviar la mirada. Aquel no era el momento.

–Todos los de mi raza son igualmente hermosos. ¿Por qué no les respetas la vida?

–Eso mismo fue lo que supliqué a los dioses. Les pedí una señal. Y luego aquella puerta estuvo a punto de matarme. Ya tengo la respuesta.

–Eso no fue una respuesta de los dioses, Utana. Fue una trampa preparada específicamente para ti por los malvados de este lugar –bajó la cabeza, parpadeando para contener las lágrimas –. Dame el poder y te curaré.

–Ya te lo he dado –le confesó él en voz baja–. ¿Me ayudarás ahora, mi rayo de luna?

Brigit asintió con la cabeza.

–Te debo un favor. Por haberme advertido antes. Gracias –se frotó las palmas de las manos hasta que las sintió calientes y vibrantes de energía. Las levantó luego, mirándoselas fijamente–. No estoy muy segura de cómo funciona esto, pero...

Utana la tomó de pronto de las muñecas y le plantó las manos sobre su pecho. Acto seguido se tumbó en la cama y cerró los ojos.

Si hubiera tenido una hoja de acero cerca, una daga, nada habría resultado más fácil que hundírsela en el corazón, reflexionó Brigit. Fue entonces cuando descubrió el abrecartas que descansaba sobre la mesilla. Su hoja era aguda y lo suficientemente larga como para alcanzar su objetivo. Estiró una mano para recogerlo, prácticamente inmóvil el resto de su cuerpo, la mirada fija en su ancho y hermoso torso que se expandía a cada respiración, tentándola a explorarlo y saborearlo...

Su mano se cerró sobre el abrecartas... y el dolor que de repente sintió en su pecho fue tan intenso que fue como si se lo hubiera clavado ella misma en el corazón.

Capítulo 11

La senadora Marlene MacBride se hallaba sentada en el sofá de su apartamento de Washington D.C., toda rodeada de papeles y carpetas. Era perfectamente consciente de que Gravenham-Bail solamente le había dejado ver lo que quería que viera, y hasta esa mínima parte la había dejado horrorizada. Informes sobre vampiros mantenidos en cautividad, muertos en cautividad, en instalaciones de la DPI. Habían sido tratados como conejillos de indias.

Lo aprendió todo sobre su raza en aquellos informes. Se enteró de su aversión a la luz solar, de su necesidad de alimentarse de sangre humana, de su fuerza y velocidad sobrehumanas, de sus sentidos agudizados y de sus otras facultades, como la telepatía. Pero nada de lo que leyó la llevaba a creer que eran una banda de monstruos asesinos.

Se sentía más inquieta que nunca.

El vino ayudó, ya que iba por su tercera copa, en un intento por relajarse. La visita al hospital St. Dymphna la había dejado muy afectada. Todo el mundo parecía estar recibiendo un buen trato. Pero había niños allí...

Una niña, en particular, le había tocado una fibra sensible. De unos siete años, rizos rubios y ojos azules que parecían traspasarle el alma.

Procuró sobreponerse al estremecimiento que le suscitó aquel recuerdo. La decisión estaba tomada. Iba a retirar el apoyo y la financiación al St. Dymphna. No veía evidencia alguna de que la gente allí retenida se encontrara expuesta a riesgos, como tampoco de que los vampiros fueran gente peligrosa.

Su primer informe recomendaría también que Nash Gravenham-Bail fuera retirado de cualquier tipo de operación que tuviera que ver con los vampiros. Su actitud estaba fuertemente prejuiciada y no era un sujeto de confianza en aquel asunto.

El informe ya estaba redactado y listo para ser despachado. Se lo entregaría a su ayudante por la mañana, para que enviara una copia al senador Polenski. Luego se tomaría unas vacaciones de dos semanas: tenía un crucero reservado, y a su marido esperando. Durante su ausencia, Polenski tendría que decidir si seguía queriendo que ella encabezara un comité para profundizar en las investigaciones.

Mientras tanto, el sol y el mar la esperaban.

Apuró la última copa y decidió dejar todo como estaba hasta el día siguiente. Apagó todas las luces y entró en el dormitorio.

De repente algo duro y pesado la golpeó en la cabeza. Una luz explotó detrás de sus ojos y perdió el conocimiento.

Utana seguía tendido en el lecho, vulnerable, con los brazos pegados a los costados, cerrados los ojos. Confiando en ella. Deseándola. Con la misma desesperación con que ella lo deseaba a él.

Brigit retiró la mano que había estirado hacia el abrecartas, dejándolo donde estaba. Ya habría más ocasiones, se dijo a sí misma, aunque sabía que muy bien podría estar mintiéndose.

Cerró los ojos mientras invocaba el poder que nacía

de lo más profundo de su ser. Lo recibía de la tierra que sentía bajo sus pies, del cielo que se elevaba sobre su cabeza. Lo sentía fluyendo hacia ella, verde y dorado, concentrándose en su vientre e irradiándose hasta que sintió que su plexo solar vibraba de poder. Partió mentalmente aquella esfera en dos ramas que fueron circulando cada una por un brazo, hasta las palmas de sus manos.

El calor que sentía en las manos se incrementó. Le ardían tanto que abrió los ojos, sobresaltada, y fue entonces cuando vio el cálido y dorado resplandor que despedían sus palmas, transmitiéndose al cuerpo de Utana.

—Está funcionando —susurró con tono urgente—. Puedo sentirlo...

Shhhh, lo acalló mentalmente él. Brigit podía sentir cómo su poder se comunicaba a su corpachón, siguiendo toda la red de venas y de nervios.

Al cabo de un momento, Utana deslizó su mano vendada bajo la suya, con sus palmas en contacto. Le entrelazó fuertemente los dedos, reteniéndola.

La energía subió de temperatura, pulsando con mayor fuerza, pero solo momentáneamente. Y luego empezó a apagarse, a remitir.

Brigit inspiró profundamente y alzó la cabeza.

—Guau —susurró.

Utana le sonrió:

—Gracias.

—De nada.

Y, por un breve instante, fueron dos personas normales. Y no dos enemigos, ni dos inmortales enfrentados en aquel Armagedón.

Simplemente un hombre y una mujer.

De pronto, Utana subió las manos por sus hombros, la atrajo suavemente hacia sí y volvió a besarla. Con un rápido movimiento corrió del todo las cortinas de la cama, como había hecho antes.

«No fue culpa suya», pensó Brigit mientras Utana se colocaba sobre ella, se movía contra ella, profunda y apasionadamente. No había sido culpa suya. Se estaba volviendo cada vez más cuerdo, más lógico. La estaba escuchando, haciendo caso. Había creído por fin en lo que ella le había contado sobre Nash Gravenham-Bail, la DPI y sus mentiras. Y cuando su mente hubiera curado del todo, creería también el resto. Entendería que había una explicación para su condición, más allá de una maldición divina. La creería cuando ella le dijera que sus dioses no podían desear que exterminara a su propia familia.

La creería: estaba segura. Si podía mantenerlo apartado de ellos el tiempo suficiente para que su mente curara del todo.

Para que su mente… se curara.

Fue entonces cuando se dio cuenta de que quizá ella pudiera acelerar también *ese* proceso.

Pero él la distrajo de aquellas reflexiones. La distrajo meticulosamente, subiéndole el camisón y sacándoselo por la cabeza. Brigit se encontró de pronto sentada a horcajadas sobre aquel hombretón, que la miraba fijamente en la oscuridad de su improvisado refugio. Se apoderó de sus senos, que amasó y apretó suavemente. Deslizó luego las manos a lo largo de su espalda y la atrajo hacia sí, para pasar a acariciarla con los labios. Y se concentró en succionar y mordisquear sus pezones. La respiración de Brigit se fue acelerando, abrumada por aquellas sensaciones. Casi como si se estuviera ahogando en ellas, y le impidieran subir a la superficie.

Mientras torturaba deliciosa e implacablemente sus senos, le agarró las nalgas: alzándolas, abriéndolas, apretándolas. Introduciendo de repente una mano entre sus cuerpos, encontró el centro de su feminidad y se dedicó a explorarlo. No se tomó su tiempo, no se condujo con lentitud ni esperó su consentimiento: deslizó un dedo en su interior. Y cuando Brigit se retrajo, sobresaltada por lo repentino de la invasión, la retuvo, la abrazó, la obligó a recibirlo. El dedo se convirtió en dos, que empujaron con fuerza, hundiéndose cada vez más profundamente. Así una y otra vez. Hasta que segundos después ya no pudo soportarlo más y cabalgó literalmente sobre su mano, yendo a su encuentro.

Era un hombre diferente, de una época diferente. Una época que no entendía de cortejos. No la estaba cortejando: la estaba tomando. Poseyendo. Y se descubrió a sí misma no solo consciente de que no había vuelta atrás, sino contenta de ello.

Utana retiró los dedos. Sus manos se cerraron sobre su cintura y la alzó en vilo para volverla a bajar... pero no ya sobre sus caderas o su abultada erección, sino sobre su rostro. No hubo tiempo de pensar ni de objetar, ni manera de librarse de su poderoso abrazo. La estaba devorando. Le introducía la lengua, cerrando los labios sobre ella. Incluso la mordisqueó con los dientes, provocándole punzadas de delicioso dolor que se dispararon por todo su cuerpo antes de lamerla meticulosamente. Repitió el tormento, alternando placer y dolor hasta confundirlos, y Brigit se abandonó por fin, anegada por olas de éxtasis.

Pero no: aún no había terminado. La levantó de nuevo, con las manos todavía en su cintura. La manipulaba con facilidad, como si no le costara ningún esfuerzo. Y un momento después se cernía nuevamente sobre ella, penetrándola en esa ocasión con su miembro.

Era grande. Enorme. Brigit desorbitó los ojos ante la profundidad de su empuje y la sensación de su grosor. Su cuerpo se dilató para recibirlo. No hubo tiempo para adaptarse a la sensación de plenitud. Parecía alzarla a cada embate, mientras arqueaba las caderas para percutir una y otra vez contra ella, hasta que una vez más la arrastró al borde del éxtasis. Solo que esa vez no solo la empujó al éxtasis, sino que cayó con ella.

La abrazó con fuerza, gimiendo. Brigit le mordió el hombro, y cuando sintió el sabor de la sangre, sus colmillos se alargaron y los hundió en su carne. Se embebió de él, y el clímax que sacudía su cuerpo se multiplicó por diez, interminable.

Solo cuando yacía sobre él, toda lánguida de alivio, recordó que había dejado interrumpida su tarea: la de curar su mente. Acunándole con ternura la cabeza, invocó su poder. Pudo sentirlo alzándose y creciendo en su interior, y mientras lo canalizaba hacia él, hacia aquel hombre bello y poderoso, ansió con todo su corazón que produjera el efecto deseado.

Un tenue rayo de luz blanca brotó entonces de sus palmas.

Anunaki, si de verdad existís, curad a este hombre y salvad a su pueblo. Y, al hacerlo, salvad su alma. Porque creo que su alma es efectivamente merecedora de ser salvada.

Nash utilizó agujas hipodérmicas y dos tubos gemelos, que fue desenrollando desde la bañera de la senadora hasta la cabecera de la cama. No fue tan difícil. Dos rápidos pinchazos en la yugular y un poco de esparadrapo para sujetar las agujas. Hundió luego los extremos de los tubos en el desagüe de la bañera a la profundidad suficiente para que la sangre no resultara visible.

Mientras la senadora yacía en la cama, inconsciente del golpe recibido en la cabeza, desangrándose, recorrió su apartamento y lo dispuso todo para que la escena resultara creíble. Tenía que parecer que se había producido una lucha. ¿Cómo si no habría podido resultar herida en la cabeza y desangrada por un vampiro, demostrando así al mundo que aquella raza era tan peligrosa como él siempre había mantenido?

Volcó algunos muebles. Derribó los armarios de archivador, con lo que su contenido quedó regado por todas partes.

Recogió después su informe y lo sustituyó por el que se había tomado la libertad de redactar él mismo. Su versión decía que la senadora aprobaba plenamente su trabajo, pero que era consciente de que, al hacerlo, corría un gran peligro. Según el texto, los vampiros querían pararle a Nash los pies, algo que de ninguna forma debía suceder.

Aquello iba a causar un gran revuelo en la prensa. Como si la senadora hubiera tenido la premonición de que fuera a ser liquidada. Los medios, siempre tan sensacionalistas, se relamerían con la noticia. Todo había quedado demasiado tranquilo para su gusto desde que el movimiento de los vigilantes había sido aplastado, gracias a Brigit y a su pequeño grupo de resistencia.

Pero ahora ella estaba bajo su control: la pequeña gemela mestiza. Se creía que no había descubierto aún quién era. Lo seguía tomando por un imbécil.

—Sorpresa, pequeña Brigit Poe… —murmuró mientras volvía a la habitación de la senadora para observar cómo la sangre bombeaba por los tubos, hasta que solo quedó un hilillo y por fin dejó de circular—. Mi mamá no crió a ningún imbécil, antes de largarse con uno de tus parientes —bajó la cabeza y se acarició la cicatriz de la mejilla, escondida en ese momento bajo el pasamontañas negro que llevaba. Él mismo había intentado impedir que aquel vampiro se la llevara... lo había intentado con un hacha. Pero su propia madre se había revuelto contra él, enseñando sus recién estrenados colmillos y siseando como una gata salvaje. Sus garras habían relampagueado por un momento en el aire. Agudas y duras como el diamante, se habían hundido profundamente en su piel.

Y luego se había evaporado en la noche, protegida por su canalla inmortal. Lo había dejado sangrando, y a su padre desconsolado de dolor. El muy debilucho... Si hubiera sido la mitad de hombre que él, habría disparado la escopeta que había sostenido en sus manos temblorosas. Él lo habría hecho, ciertamente. Sin dudar ni un segundo.

Cincuenta y dos puntos de sutura después, Nash había aprendido una cosa: que destruir a los vampiros se convertiría en la empresa de su vida. Que unos pocos humanos inocentes tuvieran que morir en el proceso resultaba indiferente.

Bajó la mirada al cadáver exangüe que yacía sobre la cama. Lástima. Le sacó los tubos del cuello y los fue enrollando cuidadosamente de camino hacia el baño. Sin derramar una sola gota los guardó en su bolsa junto con el informe original.

Antes de salir, abrió las puertas ventana que ofrecían una vistosa panorámica de las calles del D.C., veinte plantas más abajo. Salió por el sótano y fue a parar a un oscuro callejón trasero entre edificios, de la misma forma que había entrado. Nadie lo había visto llegar y nadie lo vio marcharse. Y diez minutos después estaba de regreso en el palacio, con el engañado rey y su confiada amante, a quien no se atrevía a dejar sola mucho tiempo.

Brigit estaba destrozada.

No había otra palabra que pudiera describir lo que sentía. El hombre que yacía en ese momento en la cama a su lado, roncando suavemente, envolviéndola en sus poderosos brazos como si fuera un preciado tesoro que temiera perder, y que la acariciaba con ternura incluso dormido... aquel hombre no se parecía a ningún otro.

Había conseguido que su cuerpo se derritiera literalmente bajo su contacto. La había hecho sentir cosas que jamás antes había experimentado. La había enloquecido hasta el punto de hacer aflorar su naturaleza de vampira. Ella lo había mordido, había saboreado su sangre.

Todavía podía sentir su sabor en la lengua, acre y salado. Y las diminutas marcas de sus colmillos en su cuello y hombros, que se desvanecerían con las primeras luces del alba, brillaban en aquel momento como balizas que señalaban lo muy lejos que él la había arrastrado...

Tenía que recabar ayuda. Tenía que hablar con Rhiannon. O con su madre, o quizá con su hermano... Sí, con James. James la entendería. Él era todo sentimiento, emoción, bondad, ternura... y todas aquellas repugnantes estupideces.

No estaba enamorada. Sería ridículo pensar que aquello era amor. Era sexo. Sexo tórrido, increíble, absolutamente maravilloso... pero sexo al fin y al cabo.

Y quería más: lo anhelaba como anhelaba la vida misma. Y sin embargo tenía que matar al único hombre que se lo había proporcionado. Maldijo para sus adentros: estaba metida en un buen embrollo.

Quizá... quizá su intento por curar su trastornada mente tuviera al fin éxito. Ojalá.

Suavemente se escabulló de su abrazo. Cuando sus pies desnudos tocaron el suelo, sintió hasta la última fibra de la mullida alfombra bajo sus plantas, y con una agudeza y precisión que jamás había experimentado antes. Sus sentidos se habían agudizado de manera extraordinaria, sin duda debido al poder de la sangre de Utana que en ese momento corría por sus venas.

Cuando se agachó para recoger la ropa robada de debajo de la cama y se puso los calcetines, que no los zapatos para hacer el menor ruido posible, no pensó en la cámara que debía de estar controlando hasta el último de sus movimientos, captando su desnudez. No le importaba. Su atención estaba completamente concentrada en Utana. Cada paso que daba mientras se alejaba de su persona la costaba más, como si una gruesa banda de goma los mantuviera ligados, estirándose y estrechándose por momentos.

Y amenazando con volver a unirlo a él.

«Tengo que irme», se recordó. Sí. Antes de que llegara la mañana, antes de que la doctora con aspecto de Cruella de Vil que atendía por Lillian revisara su ficha de empleada en los archivos de la CIA y descubriera que no existía.

Pero antes de abandonar el palacio, tenía que introducirse en la oficina de la planta baja, porque sabía que era el lugar idóneo si pretendía averiguar todo lo posible sobre el tal proyecto Dymphna. Un proyecto que tenía todo el aspecto de trampa dispuesta por la DPI para atrapar a los vampiros.

¿Qué estarían haciendo allí que se suponía funcionaría como cebo para sacar a los vampiros supervivientes fuera de su escondite?

Tenía que descubrirlo. Tenía que advertir a su familia.

Segura de que el matón de expresión pétrea seguiría montando guardia al otro lado de la puerta del dormitorio, fue hacia la ventana, la abrió y se apoyó en el alféizar para asomarse. La fresca brisa que anunciaba el alba le acarició el rostro, y se llenó los pulmones de los aromas del jardín. Abajo, a la derecha, doblando la esquina, estaba el jardín donde Utana había resultado herido. La puerta, con toda probabilidad, seguiría cerrada. Pero no era eso lo que la preocupaba en aquel momento.

Quería alcanzar la planta baja del palacio sin ser vista, y quizá aquellas puertas laterales que comunicaban con el jardín constituyeran su mejor opción. Estuvieran o no cerradas, las abriría de todas formas.

El problema era hacerlo sin hacer saltar las alarmas.

Se encontraba en ese instante al otro lado de la cama, donde sospechaba estaba montada la cámara oculta. Con las cortinas cerradas, nadie podía verla. Con el mayor sigilo posible, se subió al alféizar: acto seguido, subió las piernas y las pasó al otro lado. Inspirando profundamente, lanzó una última mirada al dios durmiente que yacía en la cama: boca arriba, la manta apenas le cubría las caderas, exhibiendo su poderoso torso. Tuvo que reprimir el impulso de volver para acariciarlo una vez más.

«¿Que diablos me sucede?», se preguntó. «Recuerda que quiere asesinar a todos tus seres queridos». Pero por culpa del trastorno de su mente. Una mente que había permanecido atrapada durante miles de años, enterrada viva.

Lo deseaba. Y se estaba desgarrando a sí misma en sus esfuerzos por racionalizar sus sentimientos y sus sensaciones.

Sin embargo, aquel no era el momento adecuado para hacerlo. Le faltarían años para reconciliarse con lo que sentía por él. Tendría que hacer a un lado aquellos sentimientos y seguir adelante con lo que tenía entre manos.

Saltó del alféizar. Por una fracción de segundo el viento hizo ondear su melena, hasta que sus pies tocaron el suelo. La flexión de sus rodillas absorbió el impacto antes de incorporarse nuevamente de un salto, mirando a su alrededor sin ver a nadie. Bien. Pan comido.

Por ahora.

Recorrió sigilosamente todo el muro del edificio y dobló la esquina hacia el jardín. Siguiendo el sinuoso sendero que terminaba en las dobles puertas que llevaban a la casa, buscó una alarma, un cable, un panel, cualquier cosa que pudiera traicionar su presencia. Al no ver ninguna, cerró los dedos sobre el adornado pomo de latón y cerró los ojos, esperando.

Había una alarma en aquella puerta, pero no estaba

conectada. Tenía cerradura, aunque eso no constituía ningún problema. Edge, su padre, era reputado como uno de los mejores cerrajeros *mentales* entre los inmortales. Con el pensamiento, era capaz de abrir cualquier cerradura. La había enseñado bien.

Se concentró en el cerrojo, que se abrió como si tuviera voluntad propia. Un juego de niños.

Abrió lentamente la puerta y avanzó por el largo pasillo abovedado que llevaba al atrio, el nudo central de aquel palacio con forma de rueda. Cuando ya se acercaba, volvió a pegar la espalda a la pared y aminoró el paso, vigilante.

El atrio parecía vacío. Y la energía del sueño parecía impregnar aquel lugar. No sentía a nadie alerta ni despierto por ninguna parte, aunque sabía bien que había centinelas montando guardia en la puerta principal. En la entrada del jardín no necesitaban vigilantes. Bastaban los veinte mil voltios de electricidad conectados a la verja.

Se recordó que solo había un guardia en el piso superior, el que vigilaba el dormitorio de Utana. Con que avanzara un par de pasos y se asomara a la barandilla, podría dominar la mayor parte del atrio. Y eso sería lo que haría en cuanto escuchara el menor sonido.

Tendría que llevar cuidado y guardar un absoluto silencio.

Saliendo por fin del pasillo, alzó la mirada en dirección a la habitación de Utana, pero el guardia no estaba a la vista. Rápidamente revisó los otros pasillos y puertas que daban al atrio.

La puerta que buscaba estaba justamente en la dirección opuesta al dormitorio de Utana. La buscó: tenía que estar entre dos corredores. Sí, tenía que ser aquella…

Aspiró profundo y contó: tres, dos, uno… Rápidamente atravesó de puntillas el impresionante atrio, consciente de que hasta el ruido más leve resonaría como si estuviera en medio de un desolado museo. Gracias a sus calcetines, sin embargo, no hizo el menor ruido sobre el suelo de mármol, y se mantuvo lejos de los muebles para evitar tropezar con alguno.

Le pareció, de manera irreal, que tardaba minutos enteros en cruzarlo. Por fin se encontró ante la puerta de la oficina y pegó la oreja a la puerta, esforzándose por escuchar algo. Por sentir, por percibir lo que fuera.

No había nadie dentro.

Cerró los dedos sobre el picaporte. Con la mente bien abierta, escuchando a sus sentidos.

Cerrada. Miró fijamente la puerta al tiempo que giraba el pomo a uno y otro lado. Oyó como la cerradura obedecía a sus movimientos y a sus órdenes mentales. El sonido que hizo al abrirse la sobresaltó, y alzó rápidamente la mirada hacia la barandilla mientras empujaba la puerta y entraba. Acababa de cerrarla cuando el guardia apareció en lo alto, mirando al atrio.

Brigit esperó al otro lado de la puerta, apoyada la frente contra la madera, mientras se preguntaba si la habría visto. O si habría alcanzado a ver cerrarse la puerta, aunque solo fuera por una fracción de segundo. Maldijo para sus adentros. No podía saberlo.

Sería mejor que se diera prisa, entonces. Volviéndose, barrió con la mirada la habitación a oscuras, agradecida de poseer la visión nocturna de los vampiros. Tres paredes estaban forradas de libros, y la cuarta con armarios de archivador. En una esquina se alzaba una gran mesa de escritorio, con un ordenador.

No tenía tiempo para registrarlo todo, y menos los archivadores. En lugar de ello, se acercó el escritorio mientras se esforzaba por pensar a fondo en Nash Gravenham-Bail. Vio su rostro, la cicatriz que le nacía de un ojo para morir en el centro de su mentón. Los ojos grises, fríos y sin brillo. El pelo castaño. Su mandíbula cuadrada.

Acto seguido agudizó y profundizó su visión interna, hasta que pudo distinguir su aura. Un aura anaranjada de ambición, roja de violencia y negra de odio. Llena de manchas, pero toda ella con un fondo amarillento. No de un amarillo luminoso, sino apagado, como el de una flema o una mucosa infectada.

Porque era aquella infección lo que lo estimulaba, lo que lo empujaba en la vida. Ahora lo sabía sin la menor duda. Una infección del alma.

Sí: era el color amarillo el que debía seguir. La parte más poderosa y relevante de aquel hombre era esa infección. Sentía curiosidad por conocer su origen, pero lamentablemente no tenía tiempo para indagar. Así que abrió los ojos, pero sin enfocar la mirada en nada concreto... hasta que comenzó a captar manchas de amarillo.

En todo aquello que había tocado, había dejado su impronta. La siguió desde el umbral hasta el sillón del escritorio, y desde allí hasta los archivadores... hasta uno en particular. El cajón que había abierto recogía su repugnante esencia: se notaba que había manoseado muchas de las carpetas. Pero una tenía un residuo todavía mayor que el resto, y fue esa la que sacó.

Al principio no halló sentido alguno en las hojas que contenía. Parecía una lista de correos electrónicos... pero no, no solo había nombres, sino también direcciones, filiaciones, edades...

¿Quién sería toda esa gente?

No eran vampiros. Si lo hubieran sido, le habría sonado algún nombre.

Algunos estaban escritos en tinta negra, otros en azul y unos pocos en morado. La mayoría tenían símbolos en negrita junto a los nombres.

Hojeó las páginas. Había al menos una docena de

ellas, con unas tres entradas por página, en dos columnas. Unos ciento veinte nombres, aproximadamente. Y no fue hasta que llegó al final del documento que encontró una pequeña anotación:

<u>Clave</u>

Negro = Sujeto inconsciente de que posee el antígeno Belladona
Azul = Sujeto consciente de que posee el antígeno Belladona, pero inconsciente de su conexión con los no-humanos hostiles
Rojo = Sujeto consciente de que posee el antígeno Belladonna así como de su conexión con los no-humanos hostiles
Morado = Se desconoce si el sujeto es o no consciente de poseer el antígeno Belladonna
> = Bajo custodia
** = Arresto pendiente*
O = Paradero desconocido
X = Fallecido

Había una lista de seres humanos portadores del muy escaso antígeno Belladonna en la sangre. Una lista de los Elegidos. Y la mayoría tenían marcas al lado de los nombres, unos cuantos tenían asteriscos y solo un puñado presentaban el círculo que los identificaba como de «paradero desconocido», o la equis de los «fallecidos».

Estaban acorralando y concentrando a los humanos poseedores del antígeno. Los propios inmortales se habían preguntado por lo extraño de la situación, porque los humanos poseedores del antígeno habían estado desapareciendo desde que la existencia de los vampiros había pasado a ser de conocimiento público.

Ahora no cabía duda alguna sobre el motivo. El gobierno los había estado deteniendo y llevándolos... ¿adónde? Claramente aquello formaba parte de la trampa que el hombre de la cicatriz estaba preparando a los inmortales. Él sabía de la conexión, del vínculo existente entre los vampiros y los Elegidos: la pulsión de los primeros a proteger y velar por los segundos, por los poseedores del antígeno que podía convertirlos en vampiros.

No era algo que los vampiros pudieran elegir libremente. Era un acto reflejo, una necesidad. Nada tenía que ver con la libre voluntad.

Volvió a guardar la carpeta en el armario y continuó registrando la habitación. ¿Dónde podría encontrar el resto de la información? ¿Dónde estarían siendo retenidos los humanos inocentes? El escritorio parecía atraerla y hacia allí se dirigió: empezó a abrir cajones mientras encendía el ordenador. Revisó el escritorio al mismo tiempo, y se concentró luego en el teclado esperando encontrar restos de la huella amarillenta. Había en las teclas G, B y N... Claro. Su contraseña era NGB, las iniciales de su nombre y apellidos. Era de prever, dado su carácter arrogante. Finalmente entró en internet y miró el historial de visitas.

Recorrió con la mirada la columna de las páginas visitadas recientemente, deteniéndose en una que le resultó familiar: una de mapas. Clicó en «búsqueda anónima» para que el ordenador no guardara un registro de sus movimientos y entró en una popular red de contactos. Dejándola abierta, regresó a la ventana anterior y rastreó las últimas direcciones localizadas en el plano.

Hospital Psiquiátrico St. Dymphna. Mount Bliss, V.A.

La cortó y pegó en la casilla de búsqueda. Esperó. Los resultados aparecieron casi en el preciso instante en que la puerta se abrió de golpe.

Allí estaba el hombre de la cicatriz, acompañado de dos hombres que la apuntaban con sus armas.

Capítulo 12

–¿Qué estás haciendo aquí, Brigit? –le preguntó Gravenham-Bail con tono suave.

Estaba atrapada, y lo sabía. Pero ni siquiera esa convicción la impidió fijarse en la manera en que estaba vestido. Pantalón negro, suéter de cuello alto, guantes de cuero y deportivos igualmente negros. ¿Qué diablos...?

–Andas espiando para los vampiros, ¿verdad? –continuó él.

–¿Espiando? Oh, no. Soy tu leal bailarina a sueldo de la Agencia... Mira, precisamente estaba consultando en el ordenador... mis mensajes de FaceSpace.

Desvió la mirada hacia la pantalla mientras cerraba con un golpe de ratón la ventana del portal, dejando únicamente la de FaceSpace. Inmediatamente alzó las manos y se apartó del aparato.

–Compruébalo tú mismo.

No se sentía en absoluto confiada cuando lo miró a los ojos, pero se esforzó por disimular lo mejor posible.

–¿Qué estás haciendo realmente aquí, Brigit?

Retrocedió involuntariamente, pero en seguida se detuvo, consciente de que constituía una señal de debilidad que no pasaría desapercibida.

–Sabes bien que ese no es mi nombre, Nash. Tú me

contrataste personalmente –reforzó sus palabras con el pensamiento, bombeándolos hacia su cerebro con todo el poder de su fuerza mental.

–Cariño, tu truco no te funcionó ya desde el principio. ¿De veras creías que me habrían encargado la misión de exterminar a los inmortales si hubiera sido tan fácil de manipular? Además, ya nos conocíamos de antes, tú y yo.

Brigit asintió, aparentemente resignada.

–Está bien, está bien... No soy quien te dije que era... Sí, estuve trabajando para la resistencia. Soy una humana, como bien sabes, ya que me viste a plena luz del día. Pero una humana que cree que los vampiros tienen los mismos derechos que nosotros y que...

–Basta ya de mentiras –Nash se dirigió a sus acompañantes–. Esta mujer es uno de los sujetos más buscados en toda la historia de la DPI. Es como si nos hubiera tocado la lotería. Detenedla.

Los dos hombres entraron en la habitación. Brigit alzó entonces una mano con la intención de dispararles un rayo, con las puntas de los dedos tocando levemente el pulgar, pero de repente se detuvo. Se había olvidado de que había perdido su poder: ya no lo tenía. Y en aquel momento se encontraba inerme.

Los dos hombres la agarraron de los brazos para sacarla de nuevo al atrio central. Se resistió algo, pero no lo suficiente como para descubrir los poderes que aun le quedaban. Mejor sería que reservara esa última carta para tomarlos por sorpresa cuando llegara la ocasión adecuada. Aunque la estaban poniendo furiosa, y le costó conservar el control para no convertirse en vampira y degollarlos con sus colmillos.

Pero eso, lo sabía bien, habría significado su condena a muerte. Aquellos hombres querían exterminar a los de su raza. Y utilizar a Utana para... *Utana*. ¿Podría él ayudarla? ¿Se molestaría siquiera en intentarlo?

Cerró los ojos. *Me han atrapado, Utana. Saben quién soy. Me van a llevar... a alguna parte. No se adónde y no puedo...*

Se escuchó un estruendo en el piso superior, el de la puerta de su habitación al abrirse de golpe, y los guardias se quedaron paralizados. Todas las miradas se alzaron para ver a Utana, gloriosamente desnudo. Había agarrado al centinela del pescuezo y lo mantenía en vilo con un solo brazo, por encima de la barandilla.

—¿Os atrevéis a poner las manos encima a mi mujer?

—Ahora no, Utana. Esta mujer no es quien dice ser. Es una espía —el hombre de la cicatriz sacudió la cabeza—. Pero tú eso ya lo sabías, ¿verdad?

Utana arqueó las cejas.

—Una espía, una esclava, una bailarina: no importa lo que sea. Me pertenece mientras esté aquí, y por tanto no supone ninguna amenaza. Soltadla.

—Sacadla de aquí —musitó Nash a sus hombres antes de alzar nuevamente la mirada hacia Utana—. Me temo que no hay discusión posible, mi rey. Nos hallamos ante una criminal que mi gobierno lleva años buscando, y tú te encuentras demasiado débil para...

Utana desvió la vista hacia la puerta principal del palacio... que de pronto quedó reducida a cenizas por el rayo láser que brotó de sus ojos. Soltó luego al centinela, que emitió un leve grito antes de precipitarse contra el suelo del atrio y quedar inmóvil.

Los otros hombres soltaron instantáneamente a Brigit para apuntar con sus armas a Utana. El tiroteo ahogó el grito de «¡No!» que lanzó ella mientras se lanzaba sobre su captor más cercano. El disparo de este último impactó en la barandilla, haciendo saltar astillas en todas direcciones. Rápidamente, Brigit desvió el cañón de su pistola hacia el suelo, al tiempo que pateaba al otro directamente en la zona testicular.

–¡No hagáis fuego! –rugió el hombre de la cicatriz, y se detuvo para mirar a sus matones.

Uno estaba doblado de dolor, mientras que la pistola del otro descansaba en el suelo bajo el pie de la mujer. Brigit la levantó hábilmente en el aire y la atrapó para encañonar con ella a Nash.

Él la miró con los ojos entrecerrados.

–Acabas de traicionarte a ti misma.

Pero Brigit no lo escuchaba. Lanzó una rápida mirada a la barandilla del primer piso.

–¡Utana!

No estaba allí.

–Maldita sea, si tus matones lo han asesinado, yo...

–Estoy aquí.

Estaba bajando las escaleras, vestido únicamente con un quimono de satén rojo burdeos, atado con un cinturón, y con una abultada funda de almohada al hombro.

–Gracias por tu ayuda, Nashmun, pero creo que mi estancia aquí ha tocado a su fin.

Había otros guardias, media docena por lo menos. Aparecieron de repente, todos de traje y armados, y los rodearon.

–Si intentan impedirme que me lleve a mi mujer, Nashmun, saltarás hecho más trizas que la puerta principal de tu palacio. Y ahora nos vamos. Adiós.

Nash inclinó la cabeza, humilde.

–Si me permites tener unas palabras contigo, mi rey, antes de que te marches... Me gustaría explicarte lo cerca que estamos ambos de conseguir nuestro común objetivo y...

–No necesito la ayuda de los humanos para hacer aquello que me ordenaron los dioses –se interrumpió, frunciendo el ceño–. Al fin y al cabo, sobreviví al Diluvio Universal sin ella.

–Está bien –volvió a bajar la cabeza–. Vete entonces.

Demasiado fácil, le transmitió Brigit mentalmente a Utana. *Vigila tu espalda cuando salgamos.*

Luego, juntos, caminaron hacia la puerta principal esquivando las astillas de madera y salieron al pasaje de soportales.

Los guardias los siguieron, hablando en susurros. De espaldas a ellos, Brigit invocó sus poderes vampíricos, bajando la cabeza para esconder el rostro: el fulgor de los ojos, la tez pálida, los largos colmillos... pero aguzó sus sentidos para escuchar sus murmullos y leer su pensamiento.

–¿Los seguimos, jefe?

–No –*no hay necesidad*–. Todos adentro, vamos. Beckwith, llama a una empresa para que nos repare esa puerta cuanto antes.

–Sí, señor.

Cuando los sintió retroceder, retrajo los colmillos y sus ojos perdieron su fulgor de vampira. Habían llegado al final del pasaje y ella se apresuró a cruzar la calle, deseosa de alejarse todo lo posible de aquel edificio lleno de hombres de la DPI. Giró luego a la derecha, siguiendo el arcén de la carretera, mientras se preguntaba si su coche seguiría allá donde lo había dejado, unos tres kilómetros más arriba.

La mano que bruscamente se posó sobre su hombro sirvió de recordatorio físico del gigante que caminaba a su lado. No era necesario: como si hubiera podido olvidarse de su presencia siquiera por un segundo.

–¿Estás... bien?

–No me han herido –alzó la mirada hacia él–. No estaba segura de que fueras a ayudarme. Gracias.

–Tú eres mi...

Se interrumpió, pero ella sabía exactamente lo que había querido decir, o lo que había pensado. Terminó la frase con la insípida palabra «amiga». Pero había estado a punto de decir «mujer». No le cabía la menor duda sobre ello.

Esa vez no fue capaz de sostenerle la mirada.

–No soy tu amiga, Utana. Necesitas dejar de pensar así. No soy tu amiga –insistió–. Tarde o temprano, terminaré matándote.

–Tú no me vas a matar.

–De lo que sí que estoy segura es de que lo intentaré.

–No lo creo.

Brigit puso los ojos en blanco y miró luego por encima de su espalda.

–¿Nos seguirán? –preguntó él.

–No. Oí a Nash pensar que no era necesario. Lo que me pregunto es por qué está tan seguro de ello.

–Yo no lo sé.

Caminaron en silencio durante un buen rato hasta que, movida por la curiosidad, le preguntó:

–¿Por qué estás tú tan seguro de que no intentaré matarte?

Se volvió para mirarla. El color de sus ojos le recordaba el del chocolate derretido, con aquellas largas pestañas negras que le daban un aspecto casi aniñado... nada que ver con el resto de sus rasgos: la mandíbula cuadrada, el cuerpo enorme y musculoso. Aquel cuerpo que tenía... Pero sus ojos eran la esencia de la inocencia. Incluso del amor.

Engañosos: esa era la palabra.

–Hace un momento impediste que me mataran –le recordó él–. Los desarmaste, los pateaste... y les gritaste como una loca. Arriesgaste tu vida para salvar la mía. ¿Por qué lo hiciste?

Brigit bajó la cabeza y clavó la vista en sus pies enfundados en los calcetines, caminando por la gravilla del arcén de la carretera. Arrastraba por el suelo los bordes de los vaqueros que le quedaban demasiado grandes.

–¿Brigit?

–Necesitaba tu ayuda para salir de allí.

Utana sacudió la cabeza.

–Era más que eso y lo sabes. No me mientas, Brigit. Dime: ¿por qué me ayudaste?

–Yo me he estado haciendo esa misma pregunta, Utana. Y la única respuesta que se me ocurre es... que actué por instinto. Por puro instinto. Quiero decir que... anoche tuvimos sexo, ¿no? Es normal que luego sintiera... algo.

–Yo también siento algo.

–No me refería a eso. No es que yo sienta algo por ti, es que me sentí impulsada a protegerte. Y supongo que es natural, dado que yo, er... probé tu... –cometió el error de clavar la mirada en su hombro y en su cuello, mientras hablaba–. Tu grande, musculoso, duro y salado cuello.

Utana se la quedó mirando fijamente y ella bajó los ojos, aclarándose la garganta.

–Imagino –continuó– que debe de ser parecido a lo que los vampiros sienten por los Elegidos... ya sabes, los humanos portadores del antígeno Belladonna. ¿Te he explicado alguna vez la conexión que existe entre ellos, el vínculo que los une?

–Sí. Y también que los vampiros se sienten obligados a protegerlos y a velar por ellos. Lo entiendo.

–Pues se trata de eso. *Exactamente* de eso.

–¿Eso?

Brigit dejó de caminar y lo agarró del brazo.

–Utana, antes estuve escuchando la conversación de Lillian y Nash. Nash mencionó que estaban preparando una trampa para vampiros. Luego logré entrar en su oficina, con la intención de averiguar algo. Y encontré una lista de hombres y direcciones... Esos nombres eran todos de humanos que poseían el antígeno Belladonna. Eran los nombres de los Elegidos. Y al lado de cada uno había un símbolo que marcaba a los que estaban o no «bajo custodia».

Utana parpadeó sorprendido. Su poderosa inteligencia procesó sus palabras con gran rapidez.

–Nashmun está haciendo cautivos a todos esos Elegidos. Como hizo conmigo. Y contigo.

–Sí. Tiene que haber una manera de poder desactivar esa trampa. Piensan usar a los Elegidos para atraer a los vampiros supervivientes fuera de su escondite.

Utana la miró ceñudo.

–Si tienen miedo, esos humanos Elegidos... ¿llamarán en su ayuda a los vampiros?

–No. La mayoría ni siquiera saben de su vínculo con los inmortales.

–¿Entonces cómo sabrán los vampiros que corren peligro?

–De la misma manera que lo sabrías tú, si yo estuviera en peligro. O sufriendo. ¿Verdad que lo sentirías, Utana?

Él asintió lentamente.

–Incluso antes de conocerte, cuando estuve con tu hermano James, a bordo del barco, y tú estabas gritando pidiendo ayuda, yo te escuché. Te sentí. Incluso entonces –la miró a los ojos–. Te sentiría incluso aunque estuvieras al otro lado del mar, Brigit. Tu alma y la mía...

–Para. No digas más.

Utana se interrumpió. Brigit sintió un delicioso cosquilleo por todo el cuerpo, odiándose precisamente por ello.

–Los vampiros –continuó él, retomando el tema anterior– oirán la llamada de los Elegidos cuando sientan miedo o dolor.

–Sí –buscó la mirada de sus ojos y se lo quedó mirando con fijeza, como para subrayar la importancia de lo que estaba a punto de decirle–. Utana, tengo el presentimiento de que Nash y sus hombres pretenden hacer algo terrible a esa gente inocente. Algo tan maligno que sus gritos de miedo y dolor serán lo suficientemente potentes como para que los escuche hasta el último vampiro vivo.

–Y luego los vampiros aparecerán para ayudarlos. En el mismo lugar, al mismo tiempo. Todos a la vez.

–Y Nash podrá exterminarlos.

–O encargarme a mí que lo haga por él –repuso Utana, pensativo.

–Seguro que ese era su plan original. Solo que ahora tendrá que hacerlo él solo.

–¿Sabes dónde está ese lugar, allí donde los Elegidos están cautivos?

–Sí que lo sé. Pero no puedo decírtelo.

–Tienes que decírmelo, Brigit. De lo contrario, ¿cómo podré ayudarte a liberarlos?

–¿Quieres ayudarme a liberar a los Elegidos?

Utana asintió, sosteniéndole la mirada.

–Yo no soy un rey que permita que sufran inocentes, ni que los manipulen como peones en juegos de guerra. Tales prácticas son aborrecibles, merecedoras de la muerte.

–¿Y si todos los vampiros se presentan en el mismo lugar y al mismo tiempo? ¿Aprovecharás entonces la oportunidad de terminar lo que estás decidido a hacer, Utana? ¿Los matarás a todos?

–Te prometo que no mataré a ninguno de los vampiros hasta que todos los Elegidos se hallen a salvo.

–No me basta –replicó Brigit, y continuó caminando.

Capítulo 13

No tardó en descubrir el coche justo donde lo había dejado, algo retirado de la carretera y cerca de la orilla de un río. Era una especie de aparcamiento concebido para pescadores; hacía tiempo que había pasado la temporada de pesca, y no había ningún otro vehículo cerca. Las huellas de sus neumáticos en la grava eran las únicas que había, de cuando lo dejó allí unos días antes.

Apresuró el paso. Utana se había colocado a su lado, y se disponía a abrir la puerta del pasajero cuando ella lo detuvo:

–Espera. No lo toques todavía.

Utana frunció el ceño: se notaba que no le gustaba aceptar órdenes. Pero si pretendía acompañarla, mejor sería que se fuera acostumbrando, pensó Brigit. Ya no estaban rodeados de aquellos falsos admiradores suyos. Aun así, procuró suavizar su tono.

–Podría resultar peligroso –le explicó.

El gigantón asintió, retrocedió dos pasos y esperó con los brazos cruzados sobre el pecho, observándola.

–¿Qué es lo que tengo que prometerte para que me digas dónde están encerrados los Elegidos? ¿Qué es lo que sí te bastaría, como has dicho antes? –le preguntó de pronto.

Se quedó momentáneamente confusa mientras rodeaba lentamente el vehículo, poniéndose a cuatro patas para mirar detrás de las ruedas y examinar los bajos. Sin sacar la cabeza de debajo del coche, respondió:

–Quiero que me prometas que no los matarás. A ninguno. Nunca.

Utana se quedó callado, así que ella salió de debajo del coche y se incorporó para mirarlo. Se hallaba de pie, a unos pasos del capó. Tenía la cabeza inclinada hacia atrás, con los ojos escrutando el cielo.

–¿Cómo puedo prometerte que desobedeceré los dictados de los dioses?

Brigit puso los ojos en blanco y se agachó de nuevo para continuar con su tarea.

–Yo no creo que los dioses quieran que tú mates a seres inocentes, Utana. Y si lo quieren, entonces es que no son dioses, sino demonios.

–Brigit, ten cuidado con lo que dices, no vayan a descargar su ira sobre ti como hicieron conmigo.

Volvió a incorporarse, harta ya de la discusión.

–¿Quieres saber una cosa? Yo soy quien tiene la razón en esto, así que será mejor que me escojas. Tus dioses tienen que ser muy buenos para inspirar semejante devoción en ti. Y, sin embargo, tú vas por ahí proclamando que han ordenado el exterminio de una especie entera. Lo lógico sería que estuvieran enfadados contigo por ello.

Utana bajó la cabeza.

–¿Y si no hubieran sido los dioses? –le preguntó ella.

Él la miró desde el otro lado del coche, parpadeando extrañado como si no hubiera entendido las palabras.

–¿Qué quieres decir? Si no fueron los dioses... ¿quién pudo ser? ¿Quién pudo haberme condenado a una muerte en vida que duró siglos, trastornando de paso mi mente?

–Quizá nadie lo hiciera. Quizá fuera un imprevisto efecto colateral de lo que te paso: un ser inmortal al que decapitaron y quemaron. ¿Se te ha ocurrido pensarlo? Quizá si esa bruja del desierto no hubiera quemado tu cadáver para liberar tu alma hace cinco años, habrías podido revivir. Alguien habría podido curarte y coserte la cabeza, de manera que habrías vuelto a ser talmente el que fuiste.

Utana reflexionó sobre ello.

—Pero los dioses lo permitieron. Permitieron mi sufrimiento.

—Los dioses permiten toda clase de desgracias, Utana. Niños inocentes sufren horribles enfermedades, o mueren de hambre en guerras absurdas. Pero eso no quiere decir que los dioses los estén castigando. Simplemente... esas cosas pasan, Utana.

Volvió a quedarse pensativo y Brigit se acercó a él. Quizá el poder curativo de sus manos, recientemente adquirido, hubiera tenido algún efecto sobre su mente, después de todo. Nunca lo había visto reflexionar tan a fondo sobre la posibilidad de que hubiera podido equivocarse.

—O quizá —continuó—, solo quizá, todo ello forme parte de un plan más amplio. Quizá no permaneciste consciente durante todos estos años para poder asesinar a tus propios hijos, como tú siempre has pensado. En lugar de ello, quizá sobreviviste precisamente para poder ver a la hermosa raza que salió de ti. La poderosa, maravillosa, milagrosa familia que tú engendraste. Quizá los dioses te juzgaron merecedor de ese privilegio, justificado por tus años de sufrimiento.

Utana sacudió lentamente la cabeza al tiempo que se apartaba de ella, como si sus palabras resultaran demasiado difíciles de procesar.

Percibiendo una grieta en sus cerriles convicciones, Brigit se apresuró a rodear el coche y se plantó frente él. Alzó una mano hasta su mejilla y lo obligó a que la mirara a los ojos.

–Quizá era esa la única manera de que hoy pudieras estar aquí, Utana. *Conmigo.*

No había pretendido decir eso último. Le había salido solo, junto con el inexplicable acceso de lágrimas que inundaron sus ojos pese a su rápido parpadeo.

Él alzó una mano para retirarle el cabello de la cara, y la miró tan profunda y desesperadamente que Brigit pudo sentir su anhelo como si fuera suyo: el anhelo de que las respuestas que acababa de darle fueran las verdaderas. Y ella se dio cuenta en aquel instante, por primera vez, de que Utana ansiaba que ella tuviera razón. De que cualquiera tuviera razón... menos él.

Pero... ¿se atrevería a confesárselo? No. Era demasiado testarudo para eso.

–Pensaré sobre tus palabras, mi hermosa Brigit.

–Necesito que hagas algo más que eso –susurró ella–. Necesito que me prometas que no matarás a mi pueblo.

–Pensaré sobre tus palabras –repitió–. Solo puedo prometerte una cosa: no te haré ningún daño. Los dioses ya han visto que soy incapaz de ello –levantó la mirada al cielo, como esperando que un rayo divino lo fulminara de un momento a otro. Como eso no sucedió, pareció animarse más todavía–: Pero deseo hacerte otra concesión. No me serviré de esa trampa preparada por Nashmun y su gente para matar a los vampiros. Yo... firmaré una tregua con los vuestros hasta que este asunto esté arreglado y los Elegidos se encuentren a salvo.

Brigit escrutó su expresión, leyendo el alivio en ella. Como si acabara de quitarse un enorme peso de encima.

–¿Cómo podré estar segura de que no fulminarás a los vampiros con el rayo de tus ojos en cuanto los Elegidos hayan sido liberados?

Utana retrocedió entonces un paso, cerró un puño y se golpeó con fuerza el pecho, justo encima del corazón.

–Te lo juro, Brigit. Ayudaré a tu gente a rescatar a los

Elegidos. Y no les haré el menor daño. Una vez acabada la tarea, cada uno seguirá su camino: tu pueblo y yo. Y solo cuando volvamos a encontrarnos, retomaré la pesada misión que me encomendaron los dioses. Si incumplo esta promesa que te hago, que Inanna me castigue para siempre. Si la invoco a ella es porque te le pareces tanto que seguro que eres su favorita.

Aquello la tomó desprevenida.

–¿Yo soy... como Inanna? ¿Una diosa?

El gigante sonrió de manera imperceptible, aunque no cabía duda alguna sobre el brillo de diversión de sus ojos.

–Eres igual que ella. Diosa guerrera y hechicera, con una fuerza de carácter solo igualada por su hermosura.

Brigit se lo quedó mirando fijamente a los ojos, convencida de que jamás juraría en vano por Inanna.

–Te creo.

–Siempre deberías creerme, Brigit –alzó una mano para acariciarle tiernamente el cabello–. Porque contemplar tu rostro, o tus ojos, y pronunciar mentira al mismo tiempo, sería una tarea completamente imposible para mí.

Fue como si una fuerza atrajera inexorablemente sus cuerpos, hasta que entraron en contacto y él inclinó la cabeza para besarla. Su boca se apoderó de sus labios y comenzó a moverse sobre ellos. La besó largamente, con tanta morosidad como dulzura. Y ella se derritió por dentro.

Cuando él alzó por fin la cabeza, Brigit dijo:

–De acuerdo. Trabajaremos juntos –sintiendo el corazón mucho más ligero que antes, se preguntó si sería realmente capaz de hacerlo, si podría olvidar lo que Utana le había hecho a su pueblo, o lo que aún podría hacerle. ¿Podría olvidarse de todo ello mientras durara aquella especie de tregua?

Ciertamente, no había tenido problema alguno para

olvidar todo aquello la noche anterior. O cada vez que Utana la besaba. O tocaba. O la miraba a los ojos...

–Dime una cosa, Brigit. ¿Qué es lo que estabas buscando debajo de tu coche? –señaló el T-Bird.

–Aparatos de seguimiento o explosivos, cualquier cosa que esa gente haya podido instalar en los bajos, si es que descubrieron mi coche –al ver que fruncía el ceño, le explicó–: Artilugios capaces de seguirnos, de informar del lugar al que nos dirigimos.

–Increíble.

–O explosivos capaces de hacernos explotar en mil pedazos... como un rayo de tus ojos.

–Ah, entiendo. ¿Y has encontrado alguna de esas cosas?

–No, no veo nada –volvió a apartarse de él y extrajo las llaves de donde las había guardado: en una caja magnética oculta detrás de la matrícula trasera. Pulsó luego el botón de apertura del capó. Rápidamente se inclinó sobre el motor, sin detectar nada fuera de lo normal.

Cerró por fin el capó, asintiendo.

–Creo que es seguro. No siento que nadie lo haya saboteado, y tampoco veo evidencia alguna de que lo hayan hecho, así que...

–Así que vámonos.

–Eso, vámonos –se sentó al volante. Se estiró para empujar todo lo posible hacia atrás el asiento del copiloto, y le abrió luego la puerta. En cuanto Utana hubo subido al coche, arrancó y salió a la carretera.

Para Utana significaba un enorme alivio haber puesto en suspenso su implacable e inmisericorde misión. No tenía intención de romper la promesa que le había hecho a Brigit, y de hecho se sentía agradecido de tener una buena razón para postergar el mandato de los dioses.

La sangre que había manchado ya sus manos era una

carga que, por momentos, se iba volviendo cada vez más dura de soportar. Había matado a muchos. Y a esas alturas había dado en creer que al menos una de las afirmaciones de Brigit era cierta: que su cordura había quedado afectada por los cinco mil años que había pasado enterrado en vida. Porque había sido enterrado en vida, atrapado en los cenicientos restos de su cuerpo físico conservados dentro de una estatuilla de caliza, incapaz de sentir nada, pero consciente.

Y solo después, cientos de enloquecedores años después, cuando la estatua fue desenterrada por un hombre moderno, fue cuando descubrió que aún podía oír. Escuchar.

Y había escuchado mucho.

Las idas y venidas de gente en los variados museos donde había recalado la estatuilla mientras estuvo expuesta. Había escuchado sus conversaciones, sus discusiones, sus confesiones susurradas... Había sido llevado de una nación a otra, había oído a hablar a gente en lenguas extrañas. Y había absorbido aquellas lenguas, todas ellas: las había escuchado e intentado extraer un sentido a cada palabra, a cada frase. Los dioses sabían que había contado con pocas cosas más para llenar su tiempo.

Pero las noches, las interminables noches... Eso había sido lo peor de todo, los ecos de aquellos años sumido en el silencio de la estatua. Por la noche los museos se quedaban vacíos de visitantes, envueltos en un sudario de silencio mortal, sin medio alguno de medir o sentir el paso del tiempo. Y sin manera alguna tampoco de prever cuándo volverían las palabras, o si volverían alguna vez.

A veces escuchaba el rítmico sonido de lo que después adivinaría era el paso lento del vigilante: pasos medidos que al menos le recordaban que no estaba solo en el universo. Otras veces, nada en absoluto.

Durante aquellas incontables ocasiones, la locura se

había apoderado de él, aunque en aquel entonces no había sido consciente de ello, cuando los únicos pensamientos que habían asaltado su cerebro habían sido plegarias. Había suplicado a los dioses que lo rescataran de aquel pozo, de aquella prisión negra de eterna oscuridad. Una y otra vez les había prometido que haría todo lo que le ordenasen, con tal de que le proporcionaran el inefable don de la libertad.

Y al final lo habían hecho.

Había resucitado rabioso, enloquecido. Apenas unos instantes después de haber sido liberado, había escuchado a aquella que llamaban Lucy recitar las palabras de otro, de alguien que las había escrito, quizás en una de aquellas viejas tablillas de su época. Palabras que decían que había sido maldito por los dioses por haber compartido el don de la inmortalidad con el rey Gilgamesh, miles de años antes. Y algo más tarde había asimilado la información contenida en el diminuto artilugio que la tal Lucy llevaba guardado en su bolso: un libro titulado *La Verdad*, que afirmaba que los vampiros no eran más que bestias sedientas de sangre humana, que mataban a capricho, sin remordimiento alguno. Y había descubierto que aquella sanguinaria raza había comenzado con el propio Gilgamesh, el mismo al que Utana había entregado el don de la inmortalidad, contraviniendo las órdenes de los dioses.

Había llegado a creer que solo deshaciendo el pecado que había cometido en aquel entonces, el pecado de compartir la inmortalidad con el rey Gilgamesh, que a su vez la había compartido con otros, durante siglos, creando así la raza de los propios inmortales... que solo deshaciendo aquel pecado, podría ser finalmente perdonado. Y, a partir del mismo momento de su resurrección, solo había tenido un objetivo en mente: matar a todos los vampiros y redimirse así ante los ojos de los dioses.

Pero lo que desde entonces había aprendido sobre la

raza de los vampiros había hecho que lamentara profundamente su apresurado comportamiento. Como resultado, en ese momento no podía evitar preguntarse si no tendría razón Brigit. ¿Y si todo había sido un error? ¿Y si había malinterpretado lo que los dioses habían requerido de él? ¿Y si todo lo que había hecho a los vampiros había carecido de sentido alguno?

¿Y si había masacrado a inocentes?

¿Y si había asesinado a sus propios hijos, inducido por un gravísimo error?

¿Había pues aniquilado a los amigos y seres queridos de Brigit... para nada?

El simple pensamiento le revolvía las tripas, le desgarraba el corazón. ¿Cómo podría vivir consigo mismo si todo aquello resultaba ser cierto?

Aun así, rezaba para que lo fuera. Porque aunque no podía deshacer el daño que ya había hecho, al menos no haría más. Había empezado a dudar de su propia capacidad para seguir matando. Aunque los dioses se lo ordenaran explícitamente, temía no estar ya a la altura de la tarea. Asesinar a la gente que Brigit quería tanto, cuando él mismo se sentía impelido a protegerlos... dudaba que pudiera hacer algo así. Con lo que, en consecuencia, quizás se estuviera condenando a volver a la muerte en vida... algo que podía suceder en cualquier momento, en cuanto los dioses descubrieran lo mucho que se había debilitado su resolución.

Intentó consolarse contemplando el escenario por donde le llevaba Brigit, por la llamada «autopista», maravillándose de todo lo que desfilaba ante sus ojos. Una ciudad enorme, con edificios tan altos como zigurats y monumentos que parecían clavarse en el cielo. Que los humanos hubieran sido capaces de construirlos tan altos era algo que se le escapaba completamente. Los zigurats que había conocido tenían la base ancha y se estrechaban de manera escalonada hacia la cúspide, donde residían los dioses. Algunos de aquellos edificios eran en cambio tan anchos por la base como por la cumbre. ¿Cómo era que no se derrumbaban?

Atravesaron luego un paisaje de campo. Anchos prados, bosques, altas montañas.

—Tu tierra es tan verde —comentó al fin, necesitado de distraerse de los pensamientos que acribillaban su cerebro.

—Es preciosa, ¿verdad? También tenemos desiertos, lejos, hacia el oeste. Pero aquí, en la Costa Este, todo es verde. Esas montañas de allá son las Blue Ridge —dijo, señalando los altos picos que los rodeaban.

—Ah. Blue Ridge. «Ridge» significa «cresta», ¿verdad? Buen nombre.

—Sí, les cuadra bien.

—Y esta carretera... ¿acaso no tiene fin? ¿Cómo ha podido construir tu gente un camino tan liso y perfecto para tanta distancia como la que llevamos recorrida?

Brigit lo miró de reojo, divertida.

—Solo llevamos unos ochenta kilómetros, Utana.

Utana desconocía la medida del «kilómetro», pero tampoco le importaba. En aquel momento estaba deslumbrado por la sonrisa que veía en los ojos y en los labios de Brigit. Aquellos ojos del color azul del cielo se entrecerraban ligeramente cuando sonreía, y despedían fulgores cuando se veían acosados por el miedo, la preocupación o la ira.

—Tenemos mucha gente y grandes y poderosas máquinas. Carreteras como estas hay por todas partes en nuestra nación.

—Increíble. ¿Y que son esas... líneas pintadas sobre su superficie? —le preguntó, señalándolas.

Brigit le explicó las reglas básicas de tráfico, así como el significado de las señales que fueron viendo durante los siguientes veinte minutos, hasta que Utana se dio por satisfecho.

–Lo intentaré.

Brigit parpadeó confusa.

–Que intentarás... ¿qué?

Por toda respuesta, Utana golpeó el volante con un dedo.

–¿Quieres conducir? –sacudió la cabeza–. No. Escucha, Utana, estamos empeñados en una misión muy seria. Hay vidas que dependen de nosotros. Cientos de vidas inocentes. No tengo tiempo para darte clases de conducir.

–No perderemos tiempo –protestó, mirándola ceñudo–. Si voy muy lento, me lo dirás. Y si no puedo ir lo suficientemente rápido, entonces tú volverás a tomar el volante. Paremos a comer un poco. Cuando retomemos el viaje, yo quiero probar a... conducir.

Brigit cerró los ojos por un instante. Luego se estiró para abrir la guantera y sacar el manual del coche, que arrojó sobre su regazo.

–Léete eso. Pon después las manos en el coche y absorbe las vibraciones o lo que sea que utilices para absorber la información. Solo entonces te dejaré conducir, una vez que hayamos desayunado. Haremos la prueba en el aparcamiento: allí tendremos suficiente espacio.

–Pero eso... nos hará perder tiempo.

–No importa. Pronto se hará de día. De todas formas, hasta la puesta de sol no podremos reunirnos con los vampiros. Y no perderemos más de cinco minutos. Quizá diez.

Se quedó en silencio, mirándolo.

–¿Vas a llevarme a un encuentro con los vampiros?

–Creo que es lo mejor –lo miró rápidamente–. Si podemos convencerlos de que acepten tu oferta de tregua, elaboraremos un plan para liberar a los Elegidos sin poner al mismo tiempo a los vampiros en peligro.

A él se le secó la garganta de repente. La perspectiva de encararse con la gente a la que había hecho tanto daño, y que quizá muy pronto tendría que matar, le revolvía el estómago. Sintió una extraña opresión en el pecho.

—Utana, tarde o temprano tendrás que hacer las paces con ellos.

—¿Yo?

—Sí, tú. Yo los quiero, Utana. Con todo mi corazón. ¿Todavía no te has dado cuenta?

Utana asintió, víctima de una nueva punzada de culpa. Para distraerse, puso las manos en el manual del propietario del preciado vehículo... sí, ya sabía que ella los adoraba... y cerró los ojos mientras absorbía su contenido. No necesitó repetir la operación con la propia máquina, porque ya lo había hecho. Era muy probable que terminara conociéndola mejor que su orgullosa propietaria...

Brigit no pudo menos que alegrarse de que Utana hubiera guardado uno de los trajes que tanto detestaba en la funda de almohada que había sacado del palacio, junto con algunas de sus túnicas preferidas. Su atuendo de danza del vientre también estaba allí, según advirtió cuando lo vio rebuscando en su improvisado petate.

Insistió en que se pusiera el traje antes de bajar para desayunar, y desvió la mirada mientras él se esforzaba por cambiarse en tan exiguo espacio. Al menos tenía un aspecto pasablemente normal para cuando entraron en la cafetería, a las seis en punto de la mañana.

Llevaban dos horas conduciendo y en realidad apenas estaba a media del lugar del que habían partido. Pero Brigit había considerado necesario partir en dirección opuesta y cambiar luego varias veces de sentido antes de enfilar hacia su destino final: Maine, donde su familia se había concentrado. Habían seguido además una ruta que los había llevado cerca del hospital psiquiátrico de St. Dymphna, solo para echar un vistazo desde fuera.

Estaba terriblemente nerviosa ante la perspectiva de presentarse ante su familia con Utana. Sabía que le echarían en cara no haberlo matado. Pero cuando se lo explicara todo, lo entenderían. Utana había estado enfermo, trastornado. En realidad no había sido ni responsable ni consciente de lo que había hecho.

Lo entenderían. La perdonarían. Y al final también lo perdonarían a *él*.

Sí, no le cabía la menor duda al respecto. ¿Qué otra cosa podían hacer? Eran su familia. La querían.

Dejando de lado esos pensamientos, entró con Utana en la cafetería. Flotaban en el aire los suculentos aromas del beicon, del sirope de arce y del café recién hecho. Su estómago protestó de hambre.

El local no estaba abarrotado, pero tampoco tan vacío como había imaginado que estaría a una hora tan temprana. Nadie se fijó en ellos mientras la camarera los guiaba hasta su mesa. Error. Nadie se fijó en *ella*... porque *todo el mundo* se volvió para mirar a Utana. Y no porque lo vieran raro, sino por su envergadura... y su belleza. Los hombres lo miraban con suspicacia y desconfianza, percibiendo quizá el peligro asociado a su persona. Y las mujeres lo contemplaban con abierta admiración.

Se sentaron a la mesa. La jefa de camareros les entregó la carta y los cubiertos antes de alejarse apresurada, prometiéndoles que los atenderían en seguida.

En cuanto Brigit tomó una carta y la abrió, su estómago volvió a protestar. Otra camarera apareció casi al instante.

—¿Café? —les preguntó, con una jarra en la mano.

—Dios mío, sí —Brigit volvió su taza boca arriba y miró a Utana, que estaba contemplando el lugar con fascinado interés. Lo estaba mirando todo: la gente, las mesas, la comida, las cocinas. Era, de hecho, su primera visita a un restaurante... excepto aquel que había destruido en Bangor.

Había recorrido un largo camino. Qué viaje tan extraño debía de haber sido para él. Se estiró para volver su taza boca arriba.

—Él tomará también. Esto te gustará, Utana. Confía en mí.

Asintió, mirándola a los ojos mientras la camarera le llenaba la taza.

La mujer dejó un puñado de diminutos sobres de plásticos sobre la mesa y dijo:

—Vuelvo en un momento para tomarles la orden.

Utana se había quedado mirando el líquido negro que había en su taza. Levantándola, lo olisqueó y arrugó la nariz. Luego lo probó, solo un sorbo, y esbozó una mueca.

Brigit reprimió una sonrisa. Y ordenó a su corazón que dejara de acelerarse de aquella manera cada vez que lo veía hacer algo tan maravillosamente adorable.

—Mírame a mí.

Así lo hizo mientras Brigit rasgaba dos sobres de leche y los vertía en su taza. Él hizo lo mismo. Repitió la operación con dos sobres de azúcar.

Utana la imitó también, pero antes probó el sabor del azúcar con un dedo y abrió mucho los ojos:

—Esto... esto es dulce.

—Sí. De eso se trata —recogió su cuchara y empezó a remover el café.

Observando cada uno de sus movimientos, Utana hizo lo mismo.

Después de dejar por fin a un lado la cuchara, Utana bebió otro sorbo. Y volvió a hacer una mueca, arrugando la nariz.

—¿No te gusta?

–Es amargo. Quizá algo más de... –tomó otro sobre blanco y leyó la etiqueta–: *Azúcar* –acto seguido se echó cinco sobres más, probando el café cada vez, hasta que asintió con expresión aprobadora–: Ah. Ahora sí que sabe bien –lo apuró de un trago–. ¿Dónde está la comida?

–La prepararán en la cocina, que está allí al fondo –le explicó Brigit, señalando las puertas de detrás del mostrador–. Y luego nos la traerán, pero no hasta que le digamos a la camarera... la mujer que vino hace un momento... lo que queremos –le abrió la carta y se la puso delante–. ¿Ves? Esto es lo que tienen.

Utana miró las imágenes de comida y asintió.

–Estos dibujos son tan... reales.

–Son fotografías. Convincentes, ¿verdad?

–Mucho. ¿Qué es lo que está bueno?

–Todo, Utana. Confía en mí.

Parecía escéptico. Brigit imaginó que probablemente estaría dudando de sus gustos con la comida, después de lo del café.

–Bueno, entonces lo pediré todo.

Brigit arqueó las cejas.

–Te propongo una cosa. Dado que yo he probado casi todo lo que sirven aquí, ¿por qué no me dejas que pida por los dos? ¿Te parece bien?

–Me parece... muy bien –sonrió–. Pero ten presente que tengo mucha hambre, Brigit, y que mi estómago es mucho más grande que el tuyo.

–Entendido.

Hospital Psiquiátrico de St. Dymphna
Mount Bliss, Virginia

El turno de Roxy había empezado pronto: a las siete

en punto de la mañana. Pero no le importaba. Había pasado la mayor parte del tiempo en el hospital, solo para vigilar mejor a sus huéspedes. Se había enamorado de la pequeña Melinda Hubbard, una niña que, ahora estaba segura de ello, no solamente era una Elegida, sino que además poseía unos poderes psíquicos extraordinarios.

Ese no era el caso de su madre, por cierto: el único propósito que tenía Jane en la vida era proteger a su pequeña. Y sin embargo había cometido un enorme error al llevarla allí. Aunque... ¿quién habría podido culparla por confiar en su propio gobierno?

En aquel momento, Roxy estaba tomando una taza de café y haciendo un rompecabezas con Melinda mientras su madre se duchaba. Las habitaciones no estaban mal; de hecho, el edificio por dentro parecía más un hospital que un hotel. Cada habitación disponía de una mesa redonda y de un par de sillas. En las paredes había montados monitores de televisor. Las barandillas habían sido retiradas de las camas, y las mesillas estaban provistas de despertadores y bonitas lámparas de blonda. En realidad, eran muy agradables. Eso si se obviaba el hecho trascendental de que eran verdaderas celdas y que toda aquella gente se encontraba allí retenida.

Roxy sabía que la mayoría de los internos estaban empezando a sospecharlo: un aire de inquietud flotaba en el ambiente. Había gente que había pedido permiso para marcharse y se lo habían negado. Otros habían pedido permiso para pasear por el recinto exterior, y también se lo habían negado. Todo ello no había sentado nada bien.

Jane salió en ese momento del baño, con una toalla enrollada a la cabeza. De espaldas a la cámara oculta que Roxy le había señalado en la esquina más alejada de la habitación, le confesó en un susurro:

–No sé durante cuánto tiempo más podré aguantar aquí, Roxy.

–No será mucho –Roxy recogió el mando a distancia y subió el volumen del televisor, solo por precaución–. La senadora MacBride debería estar terminando su informe. Cerrarán este lugar muy pronto; acuérdate de lo que te digo.

–Siempre te estaré agradecida por tu ayuda –le dijo Jane.

–Ya, bueno. Todavía no cantes victoria.

Roxy había recogido el mando a distancia para bajar de nuevo el volumen cuando se quedó paralizada, clavada la mirada en la pantalla. El periodista estaba dando la triste noticia de que, esa misma mañana, la senadora Marlene MacBride había sido hallada muerta en su apartamento de Washington D.C. Los fotógrafos se empujaban por tomar instantáneas de la bolsa del cadáver cuando lo sacaban del edificio para cargarlo en la ambulancia.

–Oh, Dios mío… –musitó Jane.

El periodista continuó:

–Todavía no se ha informado del motivo de la muerte, pendiente como está la autopsia, pero una fuente cercana a la senadora ha apuntado que fue asesinada por un vampiro. La senadora MacBride acababa de ser nombrada presidenta del nuevo comité para las relaciones del gobierno de Estados Unidos con los vampiros, y varias fuentes han señalado que su primer informe recomendaba respaldar una ambiciosa operación destinada a contener y a reprimir a los inmortales al precio que fuera, sin traba alguna.

–No era eso lo que debía decir el informe –susurró Roxy–. Ella estuvo aquí. Ella lo sabía.

La niña alzó entonces la vista hacia ella, mirándola con los ojos muy abiertos.

–No te asustes, Melinda –la abrazó su madre–. Todo va a salir bien.

–Ya lo sé, mami. De todas formas, esa señora senadora no iba a poder ayudarnos. Pero hay alguien que sí. Un hombre muy grande. Vendrá muy pronto –suspiró y bajó la cabeza–. Y luego él morirá. Igual que la señora senadora. Y eso me pondrá muy, muy triste…

Capítulo 14

Una hora después, tras ver a Utana engullir tres desayunos enteros y un montón de platos más, Brigit volvió con él al aparcamiento. Para su consternación, vio que se disponía a sentarse al volante. Pero no llegó muy lejos, porque era demasiado grande y no cabía en el asiento tal y como lo había ajustado ella.

–Veo que no cabes. Lo siento –comentó. En realidad no lo sentía en absoluto.

Por la mirada que él le lanzó, no había logrado engañarlo. Agachándose, Utana encontró los botones de ajuste del asiento y, al cabo de unos cuantos intentos, consiguió moverlo en la dirección buscada: hacia atrás. Finalmente pudo sentarse al volante con un mínimo de comodidad.

–Nunca debí haberte dejado el manual –rezongó Brigit, pero subió al asiento del pasajero y le entregó las llaves, reacia–. Aquí tienes. Y ahora, despacio. Este coche me ha costado una pequeña fortuna y lo quiero. Mucho.

–Yo... tendré cuidado.

Siguiendo sus instrucciones, Utana pisó el embrague, encendió el motor, puso primera y fue soltando el embrague conforme empezaba a acelerar. Al principio el coche dio una brusca sacudida y se caló. Pero eso solo ocurrió una vez. Al segundo intento, arrancó con suavidad y puso la segunda y la tercera marcha sin problemas. Muy pronto estaba conduciendo en círculos por el extremo más alejado del aparcamiento.

Le sorprendió a Brigit lo muy rápido que aprendió el juego de marchas, o la sincronización del embrague con el acelerador. Después de dar diez vueltas, frenó y se volvió hacia ella, sonriente, sin olvidarse de mantener pisado el embrague para que no se le volviera a calar.

Mientras apagaba el motor, tenía la misma expresión radiante que un niño la mañana de Navidad.

—Me gusta... conducir. Quiero hacerlo más.

—La mayoría de la gente tarda varios días en aprender a manejar las marchas —le comentó ella—. Eres una especie de genio, ¿no?

—Yo no sé lo que es... «genio».

—Quiere decir una persona más inteligente o hábil que la mayoría.

—Ah —se encogió de hombros—. La inmortalidad proporciona mucha... inteligencia. Piensa que un recién nacido no puede ordenar a sus manos que hagan todo lo que desea.

—Cierto, los recién nacidos no tienen todavía la coordinación ojo-mano —señaló Brigit.

—Pero, con el tiempo, eso acaba por convertirse en algo natural —volvió a encogerse de hombros—. ¿No es normal, entonces, que cuanto más tiempo pase, más hábil se vuelva?

—Eso si la vejez no le merma facultades. Sí, tiene sentido lo que dices —bajó del coche, y él también, para cambiar de asiento—. Y supongo que la capacidad de absorber el conocimiento y aprender el funcionamiento de las cosas por contacto debe asimismo ayudarte mucho...

—Sí.

—¿Eso lo adquiriste con la inmortalidad? —le preguntó mientras volvía a arrancar el coche.

–No. Ya era así de niño.

–¿De modo que siempre has sido capaz de leer un libro con solo tocarlo?

–Nosotros no teníamos libros. Teníamos tablillas. Pero sí.

–Increíble –lo miró de reojo mientras se incorporaba al tráfico, rumbo a la autopista–. Háblame de tu infancia.

Vio que enarcaba las cejas, como sorprendido por su interés.

–Apenas la recuerdo. Yo viví unos... –se interrumpió, pensando. Brigit imaginó que estaría traduciendo su medida de contar el tiempo a la suya–. Unos novecientos... años después del Diluvio Universal. Los primeros recuerdos son...

–Borrosos –sugirió ella al ver que buscaba la palabra adecuada.

–Sí.

–¿Recuerdas a tus padres?

–Mi padre era más un jefe tribal que un rey. Todavía no había palacios, ni grandes ciudades-estado. Recuerdo a nuestro pueblo en movimiento, desplazándose detrás de las lluvias.

–Nómadas.

–Sí. Las imágenes de mi mente son... débiles. Sin color. Ha pasado tanto tiempo...

–¿Y qué me dices de tu vida adulta? —le preguntó Brigit–. Eras rey. Debiste de tener... una reina, ¿no?

–Tenía... un harén. Jóvenes esclavas que atendían mis necesidades. Yo las trataba bien. De no haberlo hecho así, los dioses no me habrían elegido.

–Así que... ¿no tenías reina? ¿Ninguna mujer que fuera especial, más que el resto? ¿Una que gobernara el reino contigo?

–Compartir el poder era algo que no se hacía en mi época. Y menos con una mujer.

Brigit percibió su incomodidad. Utana estaba intentando explicarle algo que sabía que ella no necesariamente aprobaría.

—Me hago cargo de que las cosas eran diferentes en aquel entonces —se esforzó por tranquilizarlo.

—Muy diferentes. Tanto que es como si nada fuera lo mismo.

Brigit asintió lentamente. Debía de sentirse alienado, extraño. Completamente fuera de lugar en aquel mundo.

—¿Y qué me dices del Diluvio? ¿Realmente construiste un arca y la llenaste de una pareja de cada animal del mundo?

—No. Simplemente interpreté las señales que me enviaron los dioses y llevé toda mi casa... mis mujeres e hijos, mis esclavos y mi ganado... al lugar más elevado que pude encontrar. Una vez allí construí un barco capaz de llevarnos a otras tierras que hubieran escapado del Diluvio, con otros supervivientes. Pero no llegamos a navegar. Un año entero pasamos en la cumbre de una montaña, mientras el agua rugía a nuestros pies. Con el tiempo fueron bajando las aguas y pudimos volver a bajar a los valles.

—¿Cómo es que fuiste recompensado con el don de la inmortalidad?

Utana se encogió de hombros.

—Supongo que porque me enviaron las señales adecuadas, las que vaticinaban mi supervivencia, y a otros no... En realidad no lo sé.

Brigit estaba fascinada por su historia, y sin embargo no podía dejar de buscar algún punto débil en ella, de manera casi inconsciente. Porque quería convencerlo de que la religión no era una buena razón para el genocidio: ninguna lo era, de hecho.

—¿Qué señales eran esas, Utana?

Se encogió de hombros.

–El sol quedó cubierto por la luna. Yo lo había visto antes, y siempre presagiaba desastres. También vi que los animales escapaban al desierto.

–¿Y nadie más vio esas cosas?

–Todo el que tuviera ojos pudo verlas.

–Entonces los dioses no te enviaron las señales solo a ti. Las enviaron a todo el mundo, esperando que alguien las viera y sobreviviera. ¿Es eso? –vio que se la quedaba mirando sorprendido–. Quiero decir que cualquiera habría podido interpretar todo eso como un aviso, un presagio. Dio la casualidad de que tú fuiste el único que lo hiciste –de repente frunció el ceño–. ¿O no fue así? ¿Hubo otros que se desplazaron a los lugares altos antes de que sobreviniera el Diluvio, Utana?

–No lo sé. ¿Cómo podría saberlo, cuando fui el primero en marcharme?

–Ya. Pero cuando volviste a bajar a los valles, ¿había otros allí?

–Sí. De otras tierras, que no de mi tribu.

–Así que tú no fuiste el único superviviente del Diluvio. Quizá fuiste el único que también era rey-sacerdote, lo cual, de alguna manera, te hizo famoso.

–¿Entonces por qué fui yo el único que recibió el don de la inmortalidad?

–Quizá los dioses querían que fundaras una nueva raza. O quizá fuera algo que comiste. O quizá ya eras inmortal, antes del Diluvio, sin ser consciente de ello.

Vio que abría mucho los ojos, estupefacto. Pero luego su asombro se tornó en dolor y cerró los ojos con fuerza, apretando los dientes.

–¿Qué pasa? ¿Qué te ocurre? Si es algo que he dicho, no tenía intención de...

–Miedo. Siento miedo –se llevó las manos a la cabeza–. Y no es de los vampiros, sino de... los mortales

–alzó la cabeza y la miró–. Los Elegidos. Están cerca, y tienen miedo.

–Tienes razón –dijo ella–. Yo también puedo sentirlos –miró su GPS–. Me quedé tan distraída con tu historia que no me di cuenta: nos estamos acercando al lugar donde los tienen retenidos, Utana. Lo siento. Debí haberte avisado.

–¿Has decidido no llevarme antes a ver a tu gente?

Brigit creyó haber detectado un timbre de esperanza en su tono.

–No. Simplemente pensé que podíamos echar un vistazo al lugar. Nos pilla de camino.

No era el momento ideal para un «reconocimiento», que era la palabra que había utilizado Brigit. Eso fue lo que pensó Utana mientras, desde el coche, contemplaban el edificio grande como un templo. Pero no era un templo. Era una hermosa estructura de pequeños ladrillos rojos, con arcos de piedra gris en las puertas y ventanas. Se alzaba sobre un gran prado de hierba y estaba rodeado por una valla, con una verja de entrada. La verja era, sin embargo, de otro material: hierro negro, no metal plateado como el resto. A la izquierda, al otro lado de la valla, había un pequeño bosque. A la derecha, una zona grande con un suelo como de carretera, donde estaban aparcados muchos coches.

Al frente, un sendero circular rodeaba la alta estatua de una mujer, quizá alguna diosa moderna, que sostenía una lámpara de aceite con una llama de verdad. Había centinelas apostados en la puerta principal, uno a cada lado. Llevaban trajes verdes con un dibujo como de manchas más oscuras, y portaban armas de fuego: rifles. Gorros diminutos adornaban sus cabezas.

–¿Son soldados? –inquirió.

–Sí. Y probablemente con tan poca idea como nosotros sobre lo que está sucediendo ahí dentro. Quizá aún menos.

–El trabajo de un soldado no es conocer, sino obedecer sin rechistar. Así era en mi época, al menos.

–Eso no ha cambiado nada –repuso Brigit con tono resignado mientras arrancaba el coche. Se disponía a alejarse de nuevo cuando él le puso una mano sobre la suya, en el volante–. ¿Qué pasa?

–No podemos marcharnos. Los Elegidos están dentro de ese edificio.

–Lo sé. Pero no podemos rescatarlos ahora mismo, y sería un error que nos descubrieran rondando la casa. Si nos detienen, nos encerrarán dentro, con los demás, y entonces... ¿de qué les serviría eso a ellos? –continuó conduciendo.

–Deberíamos quedarnos aquí –insistió Utana–. Deberíamos volver a ese lugar cuando se haga de noche y liberar a los Elegidos.

–Sabemos donde están. Y sabemos también que Nash no piensa matarlos ahora mismo –replicó ella–. No hasta que no los haya usado para atraer a cada vampiro vivo a la muerte, al menos.

Utana mantenía la mandíbula apretada, testarudo. Pero Brigit no se atrevía a acelerar del todo, como si también ella se mostrara reacia a marcharse.

–Nuestra prioridad no es otra que contactar con mi gente, advertirles de que piensan tenderles una trampa y convencerlos de que acepten tu ayuda. Luego elaboraremos un plan y rescataremos a los Elegidos. Es el curso de acción más lógico, Utana.

Utana sabía, por el temblor de su voz, que ella estaba experimentado el mismo impulso. Ella también quería rescatar a los prisioneros de inmediato. Dejarlos en aquel lugar le estaba costando tanto como a él.

–Sigue por allí –le dijo de pronto, señalando una carretera que giraba a la izquierda, rodeando la propiedad–. Dirígete a la parte trasera, para que podamos ver las puertas y centinelas que tienen apostados.

–De acuerdo –consintió–. No perdemos nada con ello –y viró a la izquierda, conduciendo a escasa velocidad, precavida.

No había accesos al edificio por aquel lateral: solo el gran aparcamiento. La valla lo rodeaba por entero.

–Me pregunto si estará electrificada –dijo Brigit.

Utana sabía lo que era la electricidad. Había sentido su violento poder cuando tocó la verja de la mansión. Podía sentir a los prisioneros dentro: su miedo e inquietud le hacían sentirse, a él también, temeroso e inquieto.

Volvieron a girar a la izquierda, esa vez hacia la trasera del edificio, donde se extendía un ancho prado. En la fachada posterior de la casa se distinguían grandes ventanas curvas que sobresalían hacia afuera. Altas y verticales, empezaban en el primer piso y descendían a ras de suelo, ensanchándose por su base.

–Extrañas ventanas –comentó Utana, señalándolas.

–Parecen claraboyas. Deben de servir para que la luz del sol penetre en el sótano.

Utana sabía lo que era un sótano: el nivel subterráneo de un edificio... que evidentemente carecía de luz natural. Aquellas ventanas semejantes a tejados resolvían ese problema. Indicaban también que la planta del sótano debía de ser ligeramente más ancha que la baja.

Seguían sin ver entrada alguna en el edificio. Volvieron a girar a la izquierda, pero la carretera, que llevaba a la que habían tomado primero, corría en paralelo al bosquecillo y tapaba por tanto la vista del edificio.

Muy pronto volvieron a pasar por delante de la puerta principal, para seguir nuevamente viaje hacia el norte.

–Si les hablamos a tu gente de este lugar –dijo Utana, eligiendo sus palabras con cuidado–, ¿no se sentirán impelidos a venir aquí? ¿No intentarán ayudar? ¿Y no es eso precisamente lo que Nashmun quiere que hagan?

Vio que Brigit fruncía el ceño mientras reflexionaba sobre sus palabras. Las finas arrugas que se delinearon sobre el puente de su nariz lo distrajeron, pero solo por un momento.

–Se enterarán de todas formas. Si Nash hace algo que pueda dañar o traumatizar a los Elegidos, mi gente lo sentirá. Tú puedes sentirlo ya, y yo también. Por muy lejos que se encuentren los vampiros, lo sabrán. Si esto empeora... quizá estén percibiendo ahora mismo la inquietud de los Elegidos. Y vendrán de todas formas –suspirando, asintió firmemente con la cabeza–. Pero es mejor que les avisemos cuanto antes de que se trata de una trampa. Al menos de esta forma estarán advertidos.

–Pero aun así vendrán, ¿cierto?

–Cierto –lo miró de reojo.

–Si fuera posible, ¿no preferirías evitar que vinieran aquí?

–Bueno, sí, pero no veo cómo...

–Yo te diré cómo. Saquemos a los Elegidos del edificio. Hagámoslo antes de que su inquietud y su sufrimiento sean más... escandalosos.

–¿Solos?

–Creo que tú y yo somos ahora mismo los dos seres más poderosos de este mundo, Brigit. Y creo también que no hay obstáculo que juntos no podamos superar.

Brigit parpadeó y bajó la cabeza, como si aquellas palabras le hubieran provocado una fuerte emoción.

–Bueno, antes lo éramos. Pero ahora... solo lo eres *tú*. Porque yo...

–Tú eres mucho más de lo que imaginas, Brigit Poe –mientras hablaba, alzó una mano para recogerle un dorado mechón detrás de la oreja, y poder contemplar así mejor su rostro.

Sus mejillas se encendieron ante su contacto.

–¿Me devolverás entonces mi poder?

Utana reflexionó sobre su respuesta durante un buen rato. El edificio que habían estado examinando quedaba ya muy atrás. El paisaje de campo se extendía ante ellos mientras continuaban viaje hacia el norte. Las colinas, de un verde exuberante, parecían elevarse conforme se acercaban a las azuladas cumbres que apuntaban al cielo.

Si le contaba la verdad, ¿retomaría Brigit su plan original de matarlo?

Miró a su alrededor, acostumbrado como estaba a buscar vías de huida antes de colocarse a sí mismo en una situación peligrosa. Reflejo automático del soldado que había en él, suponía. Un rey debía conducir ejércitos, y Utana había aprendido a conducirlos bien.

Mientras sopesaba sus posibilidades, sintió una sonrisa aflorar a sus labios. Ella no lo fulminaría... al menos mientras estuviera dentro de su preciado coche. De modo que estaba a salvo. Por el momento.

–Te he hecho una pregunta, Utana. ¿Me devolverás mi poder?

–Es que ya...

Brigit frenó el coche con tanta brusquedad que Utana se interrumpió a mitad de la frase. Se llevó las manos a las sienes, cerrando los ojos con fuerza.

–¿Brigit? –estaban en medio de la carretera, y no del todo en el carril que les correspondía–. Brigit, ¿estás bien? ¿Qué te pasa?

Parpadeó varias veces y clavó la mirada al frente.

–Es J.W. –susurró.

Utana siguió la dirección de su mirada. Allí delante estaba su hermano gemelo, James de los Vampiros: el mismo que lo había resucitado de sus cenizas.

Ante sus ojos atónitos, James echó a andar hacia ellos, por el medio de la carretera, y se detuvo apoyando una mano en el capó del coche. Sus anchos hombros bloqueaban el sol bajo de la tarde y la brisa hacía ondear su cabello dorado. Pero fueron sus ojos lo que más llamó la atención de Utana. Aquellos ojos expresaban bien a las claras su furia. Si hubiera poseído el poder de lanzar rayos con la mirada, seguro que lo habría practicado con él.

Al menos no había tenido tiempo de terminar la frase que había querido decirle a Brigit...

Un bocinazo sonó a su espalda y Brigit dio un respingo, saliendo momentáneamente de su estupor y poniendo nuevamente su coche en marcha. J.W. se apartó de la carretera para dirigirse al arcén, donde tenía aparcada su vieja camioneta. Brigit lo rebasó y aparcó también en el arcén, solo que a unos cuarenta metros más adelante. Quería guardar una prudente distancia entre su hermano y Utana. Por el bien del primero.

Se disponía a bajar cuando sintió la mano de Utana en su brazo. Cálida. Fuerte pero dulce. Cuando lo miró, leyó una pregunta en sus ojos de ébano.

—No sé lo que quiere —le explicó ella–. Probablemente se dirigía a echar un vistazo a St. Dymphna, como hemos estado haciendo nosotros. O quizá los demás le han enviado a buscarme, para saber por qué no he hecho lo que me mandaron que hiciera...

—O sea, destruir mi cuerpo —Utana la miró fijamente a los ojos– y devolver mi alma a una oscura y eterna prisión.

—Sí —no pudo menos que desviar la mirada–. No te preocupes. Hablaré con él, ¿de acuerdo? Tú espera aquí. Ahora vuelvo.

Le estaba pidiendo con los ojos que no fuera, pero Brigit sabía que no tenía elección. Era su hermano. Abrió la boca para decir algo más, pero volvió a cerrarla sin saber qué decir. En lugar de ello, le lanzó una reconfortante sonrisa.

–Vuelvo ahora mismo. Te lo prometo.

Utana no dijo nada. Solo la miró fijamente, con lo que le puso aun más difícil abrir la puerta y salir del vehículo. Lo hizo, sin embargo, y caminó hacia la camioneta de su hermano. De dos colores, roja por arriba y blanca por abajo, era un modelo antiguo, de finales de los setenta, muy descuidado.

–Necesita neumáticos nuevos, J.W. Y la tapa del depósito tiene óxido alrededor. Si no pones más cuidado en...

–¿Qué diablos crees que estás haciendo? –le espetó, interrumpiéndola a mitad de la frase.

Brigit bajó la mirada, asintiendo lentamente.

–¿No siquiera vas a decirme hola? ¿Piensas condenarme directamente?

–¿Qué estás haciendo, Brigit? –repitió él–. ¿Cómo es que ese monstruo sigue vivo? ¿Y por qué diablos...?

–Ni es un monstruo. Es un hombre, J.W. Y creo que él...

–¿Que no es un monstruo? –J.W. se la quedó mirando atónito, como si le costara hablar de puro asombro–. ¿Te has olvidado de la cantidad de hermanos nuestros que ha matado?

–Ni por un momento –susurró–. Pero es que no era él quien hizo eso... Está arrepentido. Estaba trastornado cuando hizo lo que hizo. Permaneció atrapado durante miles de años en una muerte en vida, resucitó a un mundo que no entendía... y se creyó lo que otros le dijeron: que volvería a aquella eterna prisión si no destruía a la raza que él mismo había creado. Se creyó todo eso como si se lo hubieran dicho los mismos dioses. Se lo *creyó*, J.W.

–Me importa un bledo lo que creyera o dejara de creer.

–Le engañaron. Primero se creyó ese maldito libro de propaganda de Folsom, y luego todo lo que le dijo ese canalla de la DPI. Nash Gravenham-Bail.

–¿Quién diablos...?

–El hombre de la cicatriz, ¿recuerdas? Yo le hice prisionero, pensando que era uno de los vigilantes. Cuando nos dirigíamos hacia el yate, consiguió llamar la atención de Utana. Le contó un montón de mentiras y Utana le dejó escapar. ¿Te acuerdas, J.W?

–Me llamo James.

Brigit habría imaginado que, a esas alturas, habría renunciado a aquel constante reproche.

–Y sí, me acuerdo de ese tipo –añadió él.

–Era un agente de la DPI, J.W. Estaba preparando el terrero para utilizar a Utana contra nosotros. Y casi le funcionó.

–Le funcionó, hermanita. Acabó con decenas de los nuestros. Y se suponía que tú tenías que matarlo, Brigit. Se suponía que tenías que hacerlo antes de que pudiera matar a más.

–Bueno, pues no lo he hecho.

Permanecieron uno frente al otro en un silencioso duelo de miradas, que ella perdió cuando J.W. le recordó:

–Él me arrebató mi poder. E hirió a Lucy.

–Fue un accidente y lo sabes.

–Ya. Intentó matarme, y ella se interpuso.

–Lo primero que Utana me preguntó cuando lo vi fue si Lucy se encontraba bien. Le torturaba la idea de haberle hecho daño. La aprecia.

–¿Y qué me importa a mí eso? –echó la cabeza hacia atrás, pasándose las manos por el pelo en un gesto de frustración–. Brigit, ¿qué diablos te pasa? ¿Te ha lavado el cerebro? ¿Te tiene sometida a algún tipo de control mental?

Ella se alejó unos pasos de él, fingiendo examinar la camioneta pero buscando en realidad una respuesta. Bajo la suciedad, la pintura estaba en buen estado. Un buen lijado y una nueva mano de esmalte y volvería a ser la impresionante antigüedad que era.

Los coches pasaban a su lado, levantando pequeños remolinos de aire.

Cuanto terminó de rodear el coche, se encontró de nuevo con la mirada de su hermano.

–¿Qué piensas hacer? –le preguntó él con tono suave.

–Creo que se merece otra oportunidad, J.W.

–Eso no te corresponde decidirlo a ti –repuso, sacudiendo lentamente la cabeza–. Te ordenaron liquidarlo, Brigit. Si no lo haces, los mayores enviarán a otro. Lo sabes perfectamente.

Brigit estuvo a punto de soltar una carcajada.

–No lo conseguirán. Es demasiado fuerte. Yo he estado buscándole un punto débil, su talón de Aquiles, durante todo este tiempo... y no lo he encontrado.

Su hermano enarcó las cejas, con un brillo de esperanza asomando a sus ojos.

–¿Es por eso por lo que estás con él? ¿Para encontrar su talón de Aquiles?

–Eso fue al principio.

–¿Y ahora?

Brigit señaló la carretera, en la dirección por la que había venido con Utana.

–Tú sabías que los Elegidos llevaban tiempo desaparecidos. Todos nosotros sospechábamos que el gobierno los estaba cercando. Utana y yo hemos descubierto dónde los tienen retenidos.

–Ya estamos al tanto de eso –le dijo James–. Se encuentran en St. Dymphna

–Veo que os habéis adelantado... Supongo entonces que sabréis también que la DPI los está utilizando como cebo para terminar cazándoos a todos.

Su hermano parpadeó asombrado. Evidentemente no había sabido nada de aquello.

–Van a hacerles algo, J.W. Van a hacerles daño, a asustarlos... algo que les ponga en un estado de angustia, de dolor o de miedo.

–Y de ese modo los vampiros acudirán en su ayuda –adivinó él.

–Eso es. Confían en atraer hasta el último vampiro vivo: para eso tienen que apretarles las tuercas a los cautivos. Y su intención final es matarlos a todos.

–¿Cómo? –preguntó J.W.

–Pretendían utilizar a Utana para ello –poniéndole las manos sobre los hombros, lo miró fijamente a los ojos–. Él se negó. En lugar de ello, se vino conmigo.

–Ya. ¿Para hacer qué? ¿Para fulminarnos a todos en el momento oportuno?

Brigit se apartó de él, exasperada.

–Yo quería reunirme directamente con vosotros, advertiros. Pero él no. Me propuso que rescatáramos los dos solos a los Elegidos, para que vosotros no pudierais caer en la trampa. Para ahorraros cualquier riesgo.

–Oh, ahora se preocupa por nosotros... ¿Se supone que tengo que creer que se burla ahora de esos supuestos dictados de los dioses y que ha cambiado de idea a la hora de exterminarnos?

Brigit se encogió de hombros.

–Todavía no.

–¿Estás de broma? –la miró boquiabierto–. ¿Todavía no ha decidido eso... y tú sigues estando de su lado?

–Créeme: en el preciso instante en que se sienta incli-

nado a tocaros un solo pelo de la cabeza, lo liquidaré
–no le dijo a su hermano que no tenía la menor idea de
cómo pensaba hacerlo, ni que había perdido sus poderes.
No pensaba darle más motivos para odiar a Utana de los
que ya tenía. Él no lo conocía... no al menos como ella.

–Fantástico. Sencillamente fantástico.

–Ahora que tú estás aquí, tenemos muchas más posibilidades –le recordó ella–. Los tres podremos liberar a
los Elegidos antes de que los del DPI pongan en marcha
su plan.

James se la quedó mirando fijamente, como buscando
en sus ojos alguna explicación de aquel cambio operado
en su persona. Pero Brigit sabía que no encontraría ninguna. Si ni siquiera ella sabía qué era lo que la había
cambiado tanto... ¿cómo iba a saberlo él?

Lo único que sabía era que no podía devolver a Utana
a su eterna y horrible existencia de enterrado en vida. No
podía hacerlo. No podía matarlo, sabiendo que ese sería
el resultado final. Como tampoco podía permitirle que
hiciera el menor daño a su gente. Se sentía dividida por
una contradicción que solamente podría resolverse si
Utana escogía traicionar a sus dioses por ella... y su gente escogía perdonar al hombre que los había diezmado.

Y las probabilidades de que ocurriera una cosa u otra
no eran muy elevadas.

Con un suspiro de furia y frustración, J.W sacudió la
cabeza.

–No. No aceptaré la ayuda de ese asesino. Si tú estas
con él, Brigit, tampoco aceptaré la *tuya*. Y puedes creerme cuando te digo que nuestra familia decidirá lo mismo.

–No –las lágrimas le quemaban de pronto los ojos–.
No me digas esas cosas, J.W.

–Tienes que elegir... en este mismo momento. O te
vienes conmigo ahora mismo, o te vas con él y dejas que

nosotros arreglemos solos nuestros propios problemas. Tú eliges, Brigit. O él o nosotros.

–Quiero que hables con él –le pidió–. Habla con él, por favor. Por favor, James...

–No –respondió mientras miraba algo detrás de ella. Entrecerrando los ojos, añadió–: Vaya, parece que ha decidido por ti.

–¿Qué diablos...? –y se volvió para ver su coche alejándose a toda velocidad.

Capítulo 15

–Deduzco que le enseñaste a conducir.

Brigit asintió, con la mirada clavada aún en la carretera vacía.

–Una mala idea. Supongo que no tienes otro remedio que quedarte conmigo, hermanita –le dio una fuerte y fraternal palmada en la espalda–. La única pregunta es: ¿quieres que asaltemos ese castillo los dos solos, o prefieres enfrentarte antes con Rhiannon y explicarle exactamente por qué te has vuelto tan blanda?

Se volvió para fulminarlo con la mirada.

–Ninguna de las dos cosas –abrió la puerta de la camioneta–. Siéntate al volante, J.W. Tenemos que ir tras él.

–Nunca lo alcanzaremos –repuso, pese a que rodeó el morro de la camioneta y subió de todas formas–. Tiene muchos más caballos de potencia que nosotros.

–Caballos de potencia, sí. ¿Gasolina? No tanta –subió y cerró la puerta, mientras su hermano arrancaba–. Los últimos treinta kilómetros los hemos hecho en reserva. Iba a parar a repostar cuando empezó a recibir vibraciones de los Elegidos.

–Y deduzco que no le has enseñado a llenar un depósito, pese a que sí le enseñaste a conducir en lugar de haberlo liquidado, como era tu obligación.

–No. Hasta ahí no llegamos.

–¿Hasta *dónde* llegaste?

Sintió la mirada de su hermano clavada en ella. Si lo miraba a los ojos, él descubriría la respuesta que no deseaba proporcionarle. Así que mantuvo la vista al frente y añadió:

–Se quedará seco en quince o veinte kilómetros. Si nos damos prisa, lo atraparemos.

J. W. suspiró, y ella supuso que ese silencio era la respuesta que necesitaba. Era su hermano gemelo, al fin y al cabo. La persona más cercana que tenía en el mundo.

Por eso mismo, su falta de fe en ella se le había clavado como un cuchillo en el pecho. No estaba segura de que pudiera perdonárselo, ni siquiera cuando finalmente descubriera que había tenido razón. De alguna forma había abierto una brecha entre ellos, y probablemente sin que se hubiera dado cuenta.

Pero no era aquel el momento adecuado de pensar en ello. Tenían cosas que hacer.

Conduciendo el coche de Brigit, Utana podía sentir cómo sus habilidades se incrementaban con cada kilómetro recorrido. El proceso no le resultaba difícil, de manera que no era algo de lo que se sintiera particularmente orgulloso. Él no era responsable del superior intelecto con el que había nacido, ni del don de la inmortalidad regalado por los dioses, como tampoco de los siglos que había pasado encerrado, entrenando sus habilidades. Nada de aquello era mérito suyo.

Conducir aquella máquina, sin embargo, le proporcionaba placer. Si en ese momento no hubiera tenido tantos problemas en la cabeza, la experiencia habría constituido una pura maravilla, en cierto modo semejante a la de poseer el hermoso cuerpo de Brigit, aunque ni mucho menos tan intensa. En aquel caso, ni siquiera sus peores preocupaciones se habían interpuesto en su placer.

Lo que no estaba sucediendo en ese momento. Porque eran muchas las preguntas que lo atormentaban.

Utana había sintonizado mentalmente con la hermosa Brigit mientras ella hablaba con su hermano. Su hermano gemelo. Había escuchado las palabras que habían intercambiado, sí. Pero también había sentido los sentimientos. La furia de James. El dolor de Brigit.

Su hermano, la persona que más amaba en el mundo, la había obligado a elegir entre él y su familia... y él mismo.

Utana había optado por no forzarla a una elección tan difícil. Y quizá su acto solo había sido desinteresado en parte. Era cierto que había querido ahorrarle semejante dilema. Pero también lo era que había temido su elección: la que hubiera tomado de haber dispuesto de tiempo para ello. Porque era seguro que no se habría alejado de su familia para formar pareja con él. No cuando la protección de su familia había sido precisamente la razón por la que había seguido a su lado.

No lo había matado. Quizá habría sido mejor para ambos que lo hubiera hecho. El caso era que sus sentimientos por ella no podían ser más confusos, con lo que no sabía qué hacer al respecto.

De una cosa estaba seguro, sin embargo. No había mentido cuando le dijo a Brigit que no podía matarla. Lo sabía sin la menor duda, y si los dioses insistían en ordenárselo, entonces estaría condenado efectivamente a regresar a la muerte en vida que había padecido.

De la misma manera, tampoco quería matar a los seres que Brigit tanto amaba. Y, si era sincero, no se creía ya capaz de hacerlo... y de causarle a ella semejante dolor. Y si los dioses le ordenaban que respetara su vida, pero inmolando al resto... bueno, dudaba también que fuera capaz de obedecerlos en eso.

Maldijo para sus adentros. Ya ni siquiera sabía si era capaz de seguir matando. A los vampiros. A la raza que había creado inadvertidamente, sin intención. Tal vez debería empezar a reconciliarse con ese hecho y renunciar a forzarse a sí mismo. Porque de alguna manera, en lo más profundo de su ser, su decisión ya estaba tomada.

Parpadeando lentamente mientras conducía, se oyó a sí mismo susurrar:

—Sí. La decisión ya está tomada. No puedo matarlos. No *puedo* —contempló el lejano horizonte—. Y no lo haré.

Llenándose los pulmones de aire, lo soltó en un largo suspiro de profundo alivio. Era como si se hubiera quitado un peso enorme de los hombros. Un peso que, sin embargo, permanecía suspendido sobre su cabeza, ominoso y amenazante. Sabía que la decisión que había tomado finalmente era la adecuada. Pero temía que, al haberla tomado, se hubiera condenado a sí mismo a un ineluctable e insoportable infierno.

—Eso solo sucederá cuando muera —se recordó—. Mientras tanto, buscaré simplemente alguna manera de seguir con vida. Durante todo el tiempo que pueda.

Una sonrisa asomó a sus labios mientras el ominoso peso parecía alejarse por momentos. Temporalmente, al menos.

De pronto el coche dio una sacudida y empezó a petardear. Así hasta que el motor se apagó por completo. Hundió el pie en el embrague para acercarse al arcén de la carretera, como había visto hacer a Brigit cuando se detuvo para hablar con su hermano.

Pero una vez que detuvo el vehículo en lugar seguro, lejos de los otros coches que seguían pasando a su lado, ya no pudo arrancar nuevamente el motor. Por mucho que lo intentó.

En seguida adivinó el motivo, lo sintieron sus manos aferradas al volante. El líquido denominado gasolina, del que se alimentaba el coche, se había acabado. Necesitaba más.

Bajó del vehículo, sintiéndose ligero pese a aquel último contratiempo. Era bueno haber tomado aquella elección. Se sentía casi hasta ansioso de contárselo a Brigit. Pero sabía también que sus problemas no terminaban allí.

El pueblo de Brigit, que también era el *suyo,* no le perdonaría fácilmente lo que había hecho. Quizá pudiera redimirse, sin embargo, rescatando a los Elegidos y protegiendo a los vampiros de la trampa que querían tenderles. Seguro que Brigit ya le habría hablado de ella, con lo que los vampiros no intentarían ir a St. Dymphna aquella noche. Optarían por tomarse su tiempo para elaborar un plan.

Por consiguiente, *él* iría a St. Dymphna esa noche. Liberaría a los Elegidos. Y, cuando lo hubiera conseguido, buscaría el perdón de los inmortales.

Intentaría después, a despecho de los resultados que cosecharan sus esfuerzos, vivir su vida con el mayor placer y felicidad. Y consciente en todo momento de que, cuando acabara, la ira de los dioses podría estar esperándolo.

Bajó del coche y lo dejó allí, con las llaves puestas. Echó a caminar por la carretera en la dirección por la que había venido, pero por el arcén y la cuneta, en un intento por no llamar demasiado la atención.

Cuando llegó a su destino, el hospital de St. Dymphna, el lugar donde se hallaban encerrados los Elegidos, se dirigió al bosquecillo que se alzaba a la izquierda del edificio. Agachándose entre los árboles, llegó ante la valla cubierta de hiedra. Una vez allí, se puso lo más cómodo posible y se dedicó a esperar, a observar, a escuchar. Y, lo que era más importante: a *sentir.*

Eso, pensó, sí que iba a ser fácil.

Brigit se encontraba al pie de su T-Bird, girando en redondo y mirando a su alrededor, toda despeinada por el viento.

—¿Dónde diablos se ha metido?

—Probablemente haya vuelto con el hombre de la cicatriz, para informarle —dijo J.W.—. Seguro que ha estado trabajando todo el tiempo para él, Brigit. Te ha engañado, para que pudieras llevarlo hasta nuestro escondite y así matarnos.

—Te equivocas.

«¿Estás segura?», le preguntó una voz interior.

—¿Tú crees? Era eso lo que estabas haciendo cuando te encontré, ¿no? Llevar a Utana, el tipo que supuestamente ha de aniquilarnos, directamente a nuestra casa.

Brigit cerró los ojos y bajó la cabeza.

—Sigue provocándome, hermanito, y te pegaré una patada en el trasero.

—Deja que te lleve a casa —le propuso James, acercándose a ella.

—Yo no tengo casa. ¿O acaso te olvidas de que hasta la última casa de seguridad de los vampiros ha sido incendiada por los vigilantes?

—Tu casa es donde está tu familia, hermanita. Todos te están esperando. Y te perdonarán por no haberlo liquidado. Diablos, hasta respirarán aliviados al descubrir que tienes tu corazoncito, después de todo... aunque hayas escogido la peor ocasión para demostrarlo.

—Que te den, J.W.

—James. Estoy harto de decírtelo: me llamo James.

Lo miró. Apretó luego los labios y sacudió la cabeza.

—No podemos viajar hasta Maine. A los Elegidos no les queda tiempo, y sospecho que a Utana tampoco.

–El hombre de la cicatriz no lo matará mientras no consiga lo que quiere de él. De eso no tienes que preocuparte –le aseguró su hermano mientras abría la puerta del T-Bird y sacaba las llaves. Volvió a cerrarla y pulsó el botón de bloqueo.

–De todas formas, no volverá con Gravenham-Bail –insistió Brigit–. Intentará rescatar solo a los Elegidos, y se meterá en un buen problema si lo hace. No tiene la menor idea del tipo de seguridad o de armamento que le estará esperando en aquel lugar.

J.W. se encogió de hombros, volviéndose hacia ella.

–Quizá eso no sea tan malo, Bridge. Quizá la DPI termine por hacer el trabajo que tú no fuiste capaz de hacer. Quizá lo devuelvan a la tumba, que es el lugar donde tenía que estar.

No pudo evitarlo: le soltó una bofetada. Y tan fuerte que James basculó hacia atrás y tuvo que apoyarse en su precioso coche. Se lo quedó mirando fijamente. Un fulgor fantasmal de rabia, de rabia vampírica, había empezado a arder en sus ojos. Los colmillos se le habían alargado automáticamente de furia y el corazón le martilleaba con fuerza en el pecho. Experimentaba el impulso de despedazarlo. Nunca se había sentido así antes... al menos con su hermano. Su hermano gemelo.

Aquello la asustó.

–Dios mío –murmuró J.W. mirándola como si la estuviera viendo por primera vez–. Lo amas.

–Tú no tienes la menor idea de lo que siento. O de quién es él, para el caso. Pero te diré una cosa, *James*. Sin él, tú no existirías. Ninguno de nosotros existiríamos. Él es nuestro creador, y ni tú ni nadie tiene derecho a juzgarlo. Y mucho menos a devolverlo a una interminable existencia de oscuridad, de parálisis, de privaciones sensoriales. Es la muerte en vida, el castigo más cruel e inhumano imaginable. Nadie se merece algo así.

¡Nadie! –se volvió para dirigirse de vuelta a la camioneta–. Voy a la gasolinera a conseguir una lata de combus-
tible y un embudo. Puedes venir conmigo o quedarte
aquí. A mí me da igual.

–¿Y luego? –le preguntó, apresurándose a alcanzarla
justo cuando había llegado a la puerta del conductor.
Apartándola de un empujón que ella no había esperado,
subió y se sentó al volante.

Brigit rodeó el morro de la camioneta y se sentó a su
lado.

–Luego iré tras Utana e intentaré que no lo maten.

J.W. arrancó el motor y, en medio de un hosco silencio, condujo hasta la gasolinera más cercana. Ninguno
de los dos abrió la boca.

Fue él quien bajó a comprar la lata, que dejó en la bañera de la camioneta. Brigit lo esperó en la cabina, furiosa consigo misma. Jamás se había sentido tan enfadada
con su hermano gemelo.

Cuando J.W. volvió a ponerse en marcha, se atrevió a
confesarle:

–No me gusta enfadarme tanto contigo, J.W.

Vio que él apretaba la mandíbula. Sin mirarla.

–A mí tampoco.

–Siento haberte pegado.

Permaneció callado durante un buen rato mientras
ella observaba su rostro y asistía a la lucha que estaba librando por dentro, con su nuez que se alzaba y bajaba
espasmódicamente cuando tragó saliva.

–Y yo siento haberte dicho lo que te dije. Por un momento me olvidé de... de que eres mi hermana. Mi hermana gemela. Y de que suceda lo que suceda... tenemos
que estar juntos.

Brigit sintió que las lágrimas le quemaban los ojos, y
pensó en lo estúpido que era llorar como una niña por
algo que debió haber imaginado que terminaría suce-

diendo. J.W. y ella siempre se habían tenido el uno al otro.

–¿Entonces? –inquirió.

–Entonces vayamos en busca de Utana. Cuando lo encontremos, le llevaremos a conocer a la familia... los mayores. Se pasará el día en los tribunales, como se suele decir. Tendrá mucho que responder, pero quizá...

–No podemos llevarlo a Maine, J.W. Tenemos que rescatar a los Elegidos antes de que la DPI o Nash les hagan algo horrible. Sabes que pretenden hacerles gritar, y cuanto más alto mejor, con el fin de atraer a los vampiros.

–Lo sé. Pero no tenemos que ir a Maine.

Enarcó las cejas y se lo quedó mirando asombrada.

–No entiendo.

–Todo el mundo estaba muy preocupado por ti. Y sentían también la energía de los Elegidos. Están aquí, en Virginia. En la plantación.

Utana seguía esperando en el bosquecillo que se alzaba más allá de la valla que rodeaba el recinto que llamaban de St. Dymphna. Todavía no había aprendido qué santa era aquella, pero sí que entendía lo que eran los santos en general: seres iluminados procedentes de otra época, favorecidos por los dioses de aquel tiempo. Los humanos les rezaban, y se decía que favorecían a aquellos que les eran fieles.

Si la tal Dymphna estuviera viendo lo que se estaba cometiendo en su nombre, Utana estaba seguro de que fulminaría con sus rayos el lugar entero. Lo que quería decir que no estaba viendo nada. O a lo mejor los dioses de aquel mundo eran falsos: hasta el momento, no había encontrado evidencia alguna de que existieran. En su propia época, los dioses se habían manifestado continuamente, interactuando con los humanos cada día de su vida. Los Anunaki habían estado siempre presentes. El extraño dios de ese tiempo, por el contrario, era invisible: presente únicamente de nombre. Como si no tuviera más vida que las estatuas que representaban a sus santos.

En su época, incluso las estatuas habían contenido la esencia de los Anunaki. Existía la costumbre de alimentar, lavar y vestir a las estatuas. La gente de los tiempos actuales, en cambio, parecía preocuparse muy poco de servir a su dios.

En cuclillas, expectante, admiró de nuevo la belleza del edificio. Si los edificios más modernos eran grises y fríos, grandes paralelepípedos carentes de adorno e imaginación, había otros, más antiguos, que resultaban impresionantes. No tan espectaculares, por supuesto, como los de su amada Sumer, sus templos, sus zigurats... pero hermosos también.

La puerta principal tenía forma de arco, con incrustaciones de aquel cristal que parecía omnipresente en aquel tiempo. Y, lo más importante de todo: estaban custodiadas por soldados.

Allí, en aquel lado de la alta valla, la hiedra se había enredado en el alambre, proporcionándole una buena cobertura. El bosquecillo estaba vacío y poco cuidado. Entre las irregulares filas de árboles crecían arbustos y malas hierbas que le servían asimismo de camuflaje. Estaba perfectamente escondido. Era un buen punto de observación, y no pudo evitar pensar que si él hubiera estado a cargo de la seguridad de aquel lugar, habría despejado el terreno. Ciertamente, Nashmun había descuidado un aspecto vital de su estrategia.

Delante del edificio no había casi tierra: una doble acera de cemento flanqueaba el sendero circular de entrada. En el centro del círculo se alzaba la estatua representando a la mujer con la lámpara de aceite. Pequeños pájaros, también de piedra, se posaban sobre sus brazos. Era hermosa. Y delante de la puerta exterior había un gran cuadrado con las palabras *Hospital Psiquiátrico St. Dymphna* grabadas en su superficie.

Continuaba en cuclillas, dominando desde aquella posición la parte frontal y el lateral izquierdo del edificio, que estaba desprovisto de guardias. Tampoco tenía entrada: solo las ventanas y una puerta de aspecto impenetrable. Las ventanas de la planta baja tenían barrotes, al contrario que las de los pisos superiores.

Observó durante un rato más y se desplazó luego en paralelo a la valla hacia la parte posterior. Prados de césped se extendían como una verde alfombra verde al pie del edificio. Había cuadros de flores, con estrechos senderos y pequeñas mesas aquí y allá, con lo que Utana dedujo que se trataba de un espacio de descanso para los internos.

Y era precisamente allí donde estaban las «claraboyas» del sótano, como las había llamado Brigit.

No vio señal alguna de que el jardín y el césped hubieran sido recientemente utilizados. Tampoco estaban bien cuidados: los senderos, bancos y mesas estaban cubiertos de hojas. El césped, irregular, distaba mucho de estar bien cortado.

Le dolían las piernas de tener que moverse todo el tiempo en cuclillas, y los pantalones que llevaba le incomodaban especialmente en esa posición. Se irguió por fin, pensando en cómo lograría meterse dentro: si sería mejor hacerlo a escondidas o reventando la puerta y fulminando a todo aquel que intentara detenerlo.

Prefería la primera opción. Estaba cansado de violencias, de muertes.

–Hola, amigo mío.

Sobresaltado, Utana se volvió rápidamente.

Nashmun estaba frente a él, mirándolo de arriba abajo, y Utana lamentó haber sido sorprendido de aquella manera tan notoria en su labor de reconocimiento. En ningún momento lo había oído o sentido aproximarse.

–¿Cómo me has encontrado? –le preguntó.

–Sabía que vendrías. Brigit estuvo curioseando en mi ordenador. No tuve la menor duda de que había localizado este lugar y sabido de la gente que buscó refugio aquí.

Utana parpadeó asombrado:

–Los Elegidos que están aquí son prisioneros, no refugiados.

–Es evidente que eso es lo que ella quiere que pienses. Sé perfectamente quién es, por cierto.

Utana desvió la mirada.

–Es una bailarina.

–Es el sujeto más buscado en este mundo, Utana. Es una mestiza, en parte vampira, en parte humana. Y necesitamos traerla aquí para estudiarla. Por el bien de la humanidad.

Utana sintió que le ardía la sangre ante ese simple pensamiento.

–Mantente alejado de ella, Nashmun, o te mataré.

Nash parpadeó varias veces, haciéndose el sorprendido.

–Veo que ella te ha confundido, Utana. Hasta al mejor de los nuestros le ocurre. Al fin y al cabo es una mujer muy hermosa, y tú eres un hombre, como cualquier otro.

–Yo no soy como cualquier otro.

–Ya sabes lo que quiero decir –le dio una palmada en un hombro–. Por lo que a las mujeres hermosas se refiere, todos los hombres somos muy parecidos, ¿no te parece? –sonreía como si no existiera enemistad alguna entre ellos, después de todo lo que había pasado–. Ven conmigo, ¿quieres? Hablemos un rato.

–No quiero oír nada de ti.

–¿No? Bueno, entonces quizá prefieras escuchar lo que ellos tienen que decirte –señaló el edificio mientras hablaba–. Los Elegidos. Vamos. Te llevaré a recorrer el lugar y te presentaré a algunos de los refugiados. Serán ellos mismos quienes te expliquen por qué están aquí. ¿Qué te parece?

La sospecha atronaba en el cerebro de Utana. Escrutó el rostro del hombre, sus ojos, intentó incluso escuchar sus pensamientos en busca de una explicación.

–¿Qué clase de truco estás intentando conmigo?

–Ningún truco, Utana. Simplemente quiero que conozcas la verdad, para que reconsideres tu misión y me ayudes a librar a la tierra del azote de los vampiros, de una vez por todas. Ese es tu destino y lo sabes.

–Solo los dioses pueden decir cuál es mi destino.

–Bueno, pues no puede decirse que hoy en día sean muy locuaces, amigo mío. Ven dentro conmigo. Escucha lo que tienen que decirte los Elegidos.

Al cabo de un momento, Utana asintió. Había querido entrar dentro. ¿Qué mejor manera que hacerlo por invitación?

–¿Qué diablos está haciendo con ese canalla? –susurró James.

Brigit esperaba en la carretera junto a la camioneta de su hermano. Se sentía como si le estuvieran machacando el corazón con un mazo mientras veía a Utana entrar en el hospital psiquiátrico de St. Dymphna… en compañía de Nash Gravenham-Bail.

Se habían detenido en el arcén, delante de la casa, y James había abierto el capó para hacer ver que habían tenido una avería. Brigit había dejado su coche a medio kilómetro de allí, bien cerrado, a la puerta de una cafetería de carretera. Había esperado encontrar allí a Utana, por supuesto, planeando rescatar a los Elegidos.

Lo que no había esperado era verlo confraternizando con el enemigo.

–¿Bridge? –J.W. le puso una mano en el brazo.

Parpadeó para contener las estúpidas lágrimas que le quemaban los ojos y sacudió la cabeza.

–No lo sé. No sé qué es lo que está haciendo aquí.

–Pero sabes quién es ese, ¿verdad?

–Claro. El hombre de la cicatriz.

–Estuvo allí cuando dispararon contra Lucy.

–Lo sé, J.W.

–Diablos, entonces... ¿qué está haciendo Utana con él?

Volvió a parpadear para enfocar la mirada, borrosa.

–Recogió a Utana en las afueras de Bangor hace unos pocos días. Lo convenció de que era una especie de diplomático, actuando en nombre del presidente. Yo los seguí hasta un pequeño aeropuerto, donde subieron a un avión privado. Luego lo condujo a una mansión de Washington D.C. reservada para la realeza del Golfo cuando recala en el país. Lo trataron como a un rey.

–Diablos.

–Yo logré convencer a Utana de que había sido víctima de un engaño. O... al menos eso fue lo que pensé. Se marchó conmigo. Pero ahora... ya no estoy tan segura. Yo... yo no sé qué diablos está pasando, J.W.

–Pues yo sí –bajó el capó de un golpe, agarró a su hermana del brazo y la llevó hacia la puerta del pasajero–. Utana sigue trabajando para ese canalla. Lo de abandonar la mansión contigo formaba parte del plan.

–Nash me capturó cuando me disponía a huir. Y Utana... me salvó.

–¿Te salvó él? ¿No pudiste arreglártelas sola? –vio que desviaba la mirada–. Te arrebató tu poder, ¿verdad, hermanita? Al igual que hizo conmigo. Te lo quitó, ¿verdad?

Bajando la cabeza, asintió solamente una vez.

–Solo porque temía que intentara matarlo...

–Pero si tanto confiabas en él, ¿por qué no te lo ha devuelto?

–Yo... De hecho, estábamos hablando precisamente de ello cuando apareciste tú y nos interrumpiste.

Se la quedó mirando fijamente durante un buen rato, hasta que lanzó un profundo suspiro.

–Mira, me doy cuenta de que te ha engañado bien, Bridge. Quizá te haya sometido a algún tipo de control o manipulación mental, pero te diré una cosa: ahora mismo no estás pensando con claridad. Estás demasiado comprometida para verlo, pero cuando tomes algo de distancia, te resultará más que evidente.

–No.

–Te engañó para que nos llevaras hasta nosotros. Y a punto estuviste de hacerlo. Él sigue trabajando para la DPI. Tú misma lo viste con tus propios ojos –la sacudió suavemente de los hombros–. Sigue empeñado en destruirnos, Brigit. ¿Es que no te das cuenta?

Las lágrimas se derramaron por fin de golpe, y se sintió furiosa: consigo misma, con su hermano y, sobre todo, con Utana, por haberla hecho creer en él hasta el punto de renunciar a toda lógica.

–Diablos –masculló su hermano, irguiéndose–. Tenía razón. Te has enamorado de él, ¿verdad?

No contestó. J.W. bajó la cabeza para buscar su mirada, y ella supuso que la respuesta estaría brillando en sus ojos.

–Maldita sea, Bridge, lo siento –atrayéndola dulcemente hacia sí, la abrazó–. Lo siento tanto... Sé lo mucho que duele eso. Y lo mucho que confunde. No puedes ver bien las cosas. Por algo dicen que el amor es ciego. Pero ahora tienes que confiar en mí, ¿de acuerdo? Yo soy tu hermano. De mí no tienes razón alguna para dudar. Confía en mí, ¿de acuerdo?

–Yo... confío en ti.

–Bien –soltándola, abrió la puerta–. Sube. Te llevo a casa. O al menos al lugar que por el momento estamos utilizando como tal. Necesitas estar rodeada de tu familia. Necesitas curarte y serenarte.

–Pero... ¿y si no estás en lo cierto?

James esbozó una mueca como si se hubiera vuelto loca, y suavizó el efecto con una amorosa sonrisa.

–Vamos, sube.

Y subió.

Capítulo 16

Utana caminaba al lado de Nashmun por los fríos y asépticos corredores del edificio que había estado acechando. Había gente en cada habitación, personas normales y corrientes, ninguna de las cuales parecía sufrir en absoluto. Y, sin embargo, él continuaba sintiendo su miedo y su creciente inquietud, sus preguntas.

–La mayoría de ellos ni siquiera eran conscientes de su potencial conexión con los inmortales –le estaba diciendo Nashmun, saludando con la cabeza y sonriendo a los empleados y a los internos de mirada recelosa con los que se cruzaba–. Hasta que nosotros se lo dijimos, claro. Si los hemos traído aquí ha sido para protegerlos.

–¿Y cómo es que necesitan protección?

–Bueno, los vampiros tienen un vínculo especial con esta gente. Pueden sentirlos, localizarlos a kilómetros de distancia. Tienden a actuar con ellos como ángeles de la guarda. Pero solo al principio, por supuesto. Su objetivo es mantenerlos a salvo hasta que alcanzan la primera fase de su transformación.

–¿Transformación?

–Sí, ese es su objetivo final. Los vampiros no pueden reproducirse... bueno, con algunas escasas excepciones, algunas de las cuales ya has conocido. Pero aparte de

Brigit Poe y de su hermano gemelo James, y de la madre de ambos, Amber Lily, que es medio vampira y medio humana, no sabemos que los inmortales hayan tenido descendencia. Y los humanos poseedores del extraño antígeno conocido como Belladonna son los únicos que pueden transformarse con éxito en vampiros –se encogió de hombros–. Aquellos que no se transforman son... bueno, para decirlo de una manera directa, devorados. Consumidos. El antígeno vuelve su sangre extremadamente potente. Constituyen el manjar favorito de los vampiros.

Utana reprimió un estremecimiento y se esforzó por mantener una expresión impasible. Nashmun lo estaba observando con atención, a la espera de sus reacciones, mientras recorrían los pasillos pasando por delante de una puerta cerrada tras otra.

–Todo esto que me dices... ¿se lo has contado a los Elegidos?

–En un principio, no. Nuestro objetivo es protegerlos, no asustarlos. Pero estaban empezando a sentirse inquietos, a hacer preguntas... Muchos querían abandonar la seguridad de este lugar. Así que esta misma mañana los hemos convocado a todos en el gran salón de actos de la planta baja para explicárselo. Al igual que yo te lo estoy explicando a ti ahora.

–Entiendo –pensó que eso explicaba el miedo que había visto en sus ojos.

–¿De veras? ¿Entiendes lo que te he dicho, Utana? Toda esa gente inocente habría sido transformada en... en vampiros sedientos de sangre, contra su voluntad, por aquellos monstruos. De resistirse, habrían sido devorados. Es por eso por lo que los dioses te ordenaron destruir a los vampiros.

Utana asintió como si al fin comprendiera, aunque su cerebro seguía hirviendo de preguntas. Ya no estaba tan seguro de que sus dioses le hubieran ordenado aniquilar a los vampiros. Eso era algo que había leído en el libro que le había robado a la compañera de James, Lucy, cuando estuvieron juntos en aquel barco. Pero aquel libro había sido escrito por un hombre, que no por los dioses. Era la interpretación que había hecho un humano de algo que había sido grabado en una tablilla de arcilla, siglos atrás, en su propia época. Además de que la misma tablilla también había sido grabada por un hombre.

Nada más que un hombre.

Y los humanos no eran perfectos, su comprensión de los Anunaki y de sus modos de actuar era limitada e incompleta. También lo había sido en su propia época y, por lo visto, así había seguido siendo hasta hoy.

–¿Qué les sucede a los Elegidos –inquirió– que no se convierten en vampiros ni mueren devorados?

–¿Qué quieres decir?

–Me han dicho que se debilitan, enferman, mueren antes de tiempo.

–Eso son tonterías. Infundios que difunden los vampiros para justificar sus crímenes contra la humanidad. No es cierto.

Utana estudió a la gente que vagaba por los pasillos, aparentemente sin restricción alguna, y se detuvo para asomarse al cristal de una de las numerosas puertas cerradas.

–No necesitas hacer eso, amigo mío. Podemos entrar –Nash se adelantó, tocó dos veces en la puerta y esperó un amable «adelante» antes de empujarla y pasar.

Utana lo siguió, curioso.

–Hola, Jane –saludó a la joven madre de cabello rubio que se hallaba sentada en la mecedora, y luego a la pequeña que estaba estirada en el suelo rodeada de libros y pinturas de colores–. Hola, Melinda. ¿Qué estás coloreando hoy?

Melinda alzó la vista, con los ojos muy abiertos. Utana se concentró intensamente en la niña, tanteando su mente, escuchando sus pensamientos.

No me gusta este hombre. Los pensamientos de la pequeña se referían evidentemente a Nashmun. *Es feo y me da miedo. Su sonrisa es falsa.*

Pero incluso mientras pensaba eso, la niña alzó obediente el libro para mostrarle el dibujo de un cuervo, que había rellenado de colores naranja, amarillo y violeta.

Aquellas pinturas de colores eran sorprendentes, y Utana se sorprendió deseando sentarse a su lado, para examinarlas y reunirse con ella en sus actividades artísticas.

—Qué bonito —comentó Nashmun.

Ni siquiera lo has mirado, mentiroso, pensó la niña.

Utana se sonrió ante su sinceridad.

—Un día serás una gran pintora —le dijo, agachándose junto a ella.

—Oye, qué grande eres...

—Y tú qué pequeña.

Su sonrisa es de verdad. Creo que es un hombre bueno. Me pregunto si será... él.

Nashmun estaba hablando con la madre, Jane.

—Este es mi amigo Utana. Está preocupado por vosotras y quiere asegurarse de que todo el mundo se encuentra cómodo y a salvo.

La madre miró a Utana, pero este se limitó a saludarla con la cabeza antes de concentrarse de nuevo en su hija, aunque atento en todo momento a la conversación.

—Tenemos todo lo que necesitamos. Pero, francamente, señor Gravenham-Bail, me gustaría saber cuándo estaremos lo suficientemente seguras como para poder salir de aquí.

Utana se esforzó por dirigir sus pensamientos hacia la pequeña, pese a no estar seguro de que pudiera escucharlos, aprovechando que Nashmun seguía conversando con la madre.

¿Se portan bien con vosotras aquí?, le preguntó.

No nos dejan volver a casa, le respondió la niña con el pensamiento. *Yo quiero irme a casa. Quiero mi habitación, y mis muñecas, y mi armario lleno de ropa bonita, y mi cama. Eso es lo que quiero.*

—Como puedes ver, Utana, hemos convertido todas las habitaciones en apartamentos en miniatura para nuestros huéspedes. Tienen televisores —le explicó Nashmun, señalando el que estaba montado en una esquina. Pueden hacer las comidas aquí o en grupo, en la cafetería.

—¿Se les permite salir al exterior? —quiso saber Utana, incorporándose de nuevo—. Los jardines traseros son muy... hermosos.

¡No podemos salir afuera!, refunfuñó Melinda con el pensamiento.

—Estamos trabajando en ello. Tan pronto como sea lo suficientemente seguro para ellos...

—Ahora ya lo es, Nashmun. Los seres de los que supuestamente los proteges no soportan la luz del sol.

—Sí, eso mismo es lo que le he estado diciendo yo —metió baza Jane.

—Si esta mujer deseara abandonar este lugar ahora mismo, conmigo, ¿se lo permitirías, Nashmun?

—Por supuesto.

El rostro de Jane se iluminó de esperanza, y la pequeña fue incapaz de reprimir su entusiasmo.

—¿Significa eso que nos vamos a casa, mami? ¿Ahora mismo? ¿Con el señor bueno?

—Eres absolutamente libre de marcharte, Jane. Si quieres correr el riesgo de verte separada de tu hija para siempre... y de ponerla a *ella* en riesgo de que se convierta para siempre en un vampiro de siete años de edad... Nunca crecería. Nunca vería la luz del sol.

Una expresión de horror se fue dibujando en el rostro de la niña a cada palabra que pronunciaba Nash, hasta que Utana lo aferró rabioso de un brazo, acallándolo.

–No tengas miedo, pequeña –volvió a ponerse en cuclillas, alzando una mano para acariciar el precioso cabello dorado de la niña, que tanto le recordaba al de Brigit–. Yo no dejaré que nadie te haga el menor daño, te lo prometo. Nada malo te sucederá.

No, sí que me sucederán cosas malas. Pero no serán los vampiros los que nos hagan daño, sino él. Igual que hizo con aquella señora senadora tan buena. Él la mató. Lo sé.

–Estoy al frente de la agencia del gobierno encargada de vuestra seguridad –dijo Nashmun, poniéndole a la mujer una mano en el hombro–. Jane, ¿realmente piensas que el gobierno de Estados Unidos habría financiado este lugar y respaldado este proyecto si no pensara sinceramente que los portadores del antígeno Belladonna necesitáis protección?

Jane los miró. Utana podía ver cómo se esforzaba por contener las palabras que deseaba decirle a Nashmun. Al final asintió sin más, simulando sin duda creer en sus transparentes mentiras.

–No será mucho tiempo –le aseguró Nashmun–. Te lo prometo.

–¿Cuánto? –inquirió Jane en voz baja.

–Otra semana, como mucho. ¿De acuerdo?

La madre volvió a asentir, pero la niña dio un pisotón en el suelo, enfadada:

–¡No! ¡Yo quiero irme a casa ahora mismo!

–Una semana no es tanto tiempo, corazón –se arrodilló para abrazar a la pequeña, que tenía los ojos llenos de lágrimas.

–Ya he visto suficiente –sentenció Utana. Y mirando a la niña, que tenía la cabeza apoyada sobre el hombro de su madre, le dijo con el pensamiento: *No te preocupes, pequeñita. Te devolveré a tu casa muy pronto.*

Melinda alzó la cabeza y lo miró con sus enormes ojos azules, confiada, antes de que Utana siguiera reacio a Nashmun fuera de la habitación.

Mientras se marchaba, la oyó llamarlo con la mente. Una mente tan pura y honesta como el viento: *yo no quiero que te mueras, pero sé que lo harás con tal de ayudarnos. Lo he visto.*

La advertencia le hizo detenerse en seco, justo cuando la puerta se cerraba a su espalda. No temía a la muerte. La aceptaría de buen grado, de hecho, si se tratara de una verdadera muerte. Pero volver al estado del que James de los Vampiros lo había despertado... La perspectiva lo llenaba de terror.

Pero su visir de negro corazón se estaba alejando, y se obligó a moverse de nuevo, siguiéndolo.

No le había pasado desapercibido que la niña había querido advertirlo sobre el peligro que conllevaría ayudarla. Y consciente, al mismo tiempo, de que él constituía su única esperanza.

Qué niña tan preciosa, tan buena y tan sincera...

–Por aquí –dijo Nashmun mientras lo llevaba hacia la especie de caja que ellos llamaban «ascensor».

Subieron al mismo, y Utana sintió que el estómago le daba un vuelco. Afortunadamente, el trayecto fue muy corto, casi instantáneo.

–¿Lo ves? Aquí todos están siendo tratados muy bien. Y tan pronto como hayan cumplido su misión...

De repente Utana sintió una punzada en un muslo. Bajó la mirada para ver una aguja allí clavada, y justo cuando tomó conciencia de lo que estaba sucediendo, la cabeza comenzó a darle vueltas, la vista se le nubló, las rodillas se le debilitaron.

–Tan pronto como hayan cumplido su misión... –repitió Nash mientras Utana caía al suelo como un fardo— que no es otra que servir de cebo a nuestra trampa, serán eliminados, al igual que los vampiros que hayan acudido en masa para rescatarlos. Hasta el último de ellos. Solo entonces sabremos exactamente cómo destruirlos en cada nación del mundo en la que existan y sobrevivan… hasta borrarlos por fin de la faz de la tierra.

«La Plantación» había sido antaño una extremadamente productiva plantación de tabaco, rodeada por un ancho y plácido río que servía de defensa natural.

Había sido propiedad de los vampiros durante generaciones, y era uno de los escasos lugares que aún no habían resultado destruidos por los vigilantes, deseosos de no dejar uno vivo. Su aislamiento ayudaba en ese sentido. El pueblo más próximo era diminuto, con gente discreta que solamente se ocupaba de sus propios asuntos.

Tarde o temprano sería descubierto, pero por el momento era un lugar seguro. Y la casa parecía salida de la película *Lo que el viento se llevó*. Altas columnas, una ancha veranda, una amplia escalera curva y una chimenea que ocupaba media pared del enorme salón.

Allí era precisamente donde su familia la estaba esperando aquella tarde, justo cuando acababa de ponerse el sol.

Brigit nunca había temido a su tía Rhiannon, y tampoco había tenido razón alguna para ello. Como protegida suya, a su lado había aprendido a ser fuerte, poderosa, implacable. A apreciar y a usar su don. A invocar y a gestionar su naturaleza vampírica.

Pero, por lo que se refería a Utana, había contravenido todos los consejos y enseñanzas que había aprendido de ella.

En ese momento, mientras atravesaba junto a su hermano el inmenso salón, un helado estremecimiento le recorrió la espalda y supo por primera vez lo que debían de sentir los enemigos de Rhiannon ante la imponente presencia de la reina vampira.

Como resultado se detuvo al pie de la escalera, incapaz de obligar a sus pies a seguir adelante. La cálida mano de su hermano en su espalda poco hizo para devolverle su coraje. De hecho, casi temió que fuera a empujarla, cuando lo único que ella quería era dar media vuelta y echar a correr.

–Ella te quiere, Brigit. Eso no ha cambiado –le dijo J.W. en voz baja.

–Yo la fallé –en vano intentó tragar el nudo que le apretaba la garganta y que hacía que la voz le saliera tensa y áspera–. Os fallé a todos.

–Esto no ha terminado todavía, Bridge.

–Para mí sí –se sorbió la nariz, luchando para contener las lágrimas–. Estoy enamorada de él, J.W. Estoy enamorada de mi enemigo.

En el primer piso se abrió una puerta, y una fracción de segundo después, Rhiannon voló más que bajó la escalera, en una nube borrosa, y se plantó ante Brigit. Su aspecto era tan majestuoso como siempre, aunque Brigit creyó haber distinguido, cuando se atrevió a mirarla, un brillo de preocupación en sus ojos.

–¿Vas a saludarme o piensas quedarte toda la noche mirándome como un pasmarote?

Brigit asintió, incapaz de mantener por más tiempo su impertérrita mirada.

–Hola, Rhiannon. Me alegro de verte.

A continuación otra vampira descendió por las escaleras solo que más lentamente, se detuvo a medio camino y abrió los brazos. Brigit subió los escalones que faltaban y se fundió con su madre en un fuerte abrazo.

Fue vagamente consciente de Lucy pasando a su lado

y dando apasionadamente la bienvenida a J.W. mientras otros vampiros se iban reuniendo en el salón. Roland, Eric y Tamara. Su padre, Edge. Y más, muchos más. Llegó a preguntarse si todos los vampiros supervivientes se habrían reunido allí, en aquel lugar.

Emocionada, se apartó por fin de su madre y la miró. *Aquella* mirada sí que podía soportarla.

—Lo siento, mamá. Lo he estropeado todo. No lo maté cuando tuve oportunidad de hacerlo, y ahora me ha arrebatado mi poder, y yo...

—Shhh. Poco a poco, ¿de acuerdo? —volviéndose, rodeándole los hombros con un brazo, Amber Lily bajó con ella las escaleras—. Estás aquí y a salvo, y eso es lo importante...

—Te equivocas. Estás lamentablemente equivocada —añadió Rhiannon. Se había servido un denso líquido rojizo en una copa de vino, y en ese momento lo agitaba pensativa.

Sorbiéndose la nariz, Brigit se volvió para mirarla.

—¿En qué?

—En lo de que has perdido tu poder. Lo continúas teniendo —arrugó la nariz—. Lo huelo en ti —atravesó la habitación, con su largo vestido rozando el suelo de manera que casi parecía flotar cada vez que se movía. Dirigiéndose hacia un canapé de estilo victoriano, se hundió en su brocado color burdeos. Pandora, su pantera negra, bajó trotando del piso superior para acomodarse a sus pies. El animal alzó la cabeza brevemente a modo de saludo, y cerró los ojos tan pronto como la mano de su ama acarició su negro pelaje.

—Me quitó mi poder, tía Rhi. El que puedas sentir en mí ahora es... —volviéndose hacia su hermano, continuó—: Es el tuyo, J.W. Él me dio el poder que a ti te quitó.

—¿Y por qué hizo eso? —le preguntó J.W., perplejo.

Brigit suspiró y se internó en la habitación, saludando a los demás con la mirada y a su padre con un abrazo antes de sentarse en un cómodo sillón, frente a la fría chimenea. Se frotó los brazos, estremecida.

Rhiannon estiró entonces una mano hacia la chimenea y los leños que había allí empezaron a arder.

—Yo te diré por qué: necesitaba que lo curaran. A ese solo le preocupa él mismo, al fin y al cabo. ¿No es esa la razón por la que quiere aniquilarnos? ¿Para evitar lo que él considera un castigo de los dioses?

—Eso es injusto, tía Rhi —repuso J.W. Tomando a su hermosa Lucy de la cintura, la llevó hacia el sofá y se sentaron muy juntos—. Si tenemos en cuenta la naturaleza de ese castigo...

—O él sufre o nosotros morimos —le espetó Rhiannon—. La elección es suya, o al menos eso cree él. Y el sufrimiento también es suyo: no es culpa nuestra.

—Pero Rhiannon... —empezó Lucy.

—No, ella tiene razón —todas las miradas se clavaron de pronto en Brigit—. Si Utana me dio el poder de J.W. fue porque estaba herido. Se agarró a la valla electrificada de la mansión de la DPI donde lo estaban reteniendo. Le habían convencido de que era un huésped agasajado, cuando en realidad lo tenían allí prisionero. Y reforzando continuamente su convicción de que tenía que destruir a la misma raza que había creado, si no quería volver a ser enterrado en vida.

Rhiannon desvió la mirada.

—Diablos.

—Yo creí poder convencerlo de su error. De que los dioses jamás habrían deseado que exterminara a una raza inocente. Pensaba que su mente había resultado trastornada por tantos siglos de muerte en vida.

—Bueno, eso último probablemente sea cierto —comentó Rhiannon, mirando pensativa su copa.

–Así que intenté curarlo.

Todo el mundo la miraba expectante, y Brigit continuó:

–Cuando me pidió que lo curara de sus heridas, le puse también las manos en la cabeza, e intente dirigir aquella luz sanadora hacia su mente. Tuve la sensación de que funcionaba. Utana empezó a creer en lo que yo le decía... a cambiar de idea acerca de nosotros, de su intención de hacernos daño. Estaba segura. O al menos creí estarlo. Hasta que...

–¿Hasta que qué? –quiso saber Rhiannon.

Brigit cerró los ojos, pero las lágrimas que le quemaban los párpados brotaron de todas formas.

–Hasta que él la dejó en la cuneta –terminó J.W. por ella–. Y cuando fuimos en su busca, lo encontramos en compañía del canalla de la cicatriz que trabaja para la DPI.

–¿Dónde? –inquirió Rhiannon.

–En St. Dymphna, el antiguo hospital psiquiátrico donde tienen encerrados a los Elegidos –dijo Brigit, recuperando por fin la voz–. Pero, tía Rhi, se trata de una trampa. La DPI ha estado concentrando a los Elegidos y reteniéndolos allí con un único objetivo: el de usarlos como cebo para atraernos a todos allí y liquidarnos de un solo golpe. Es una emboscada.

Enarcando las cejas, Rhiannon comentó:

–El golpe nos lo dará Utanapishtim, sin duda.

Brigit bajó la mirada al suelo.

–Ese era el plan –con los ojos ya secos, cuadrando los hombros, volvió a alzar la cabeza–. Pero nosotros nos dirigíamos hacia aquí para advertiros. Utana quería ayudarnos a rescatar a los Elegidos. Él me dio su palabra de que no haría daño a ninguno.

–Y sin embargo luego se fue corriendo a informar a sus amigos de la DPI –terminó Rhiannon por ella, y añadió con un profundo suspiro–: Pero no todo está perdido. Todavía no, al menos.

–¿Cómo que no todo está perdido? –exclamó Brigit recorriendo con la mirada a los presentes–. Van a hacer algo horrible a toda esa gente inocente que tienen retenida en aquel lugar. Muy pronto. En cualquier momento, quizá esta misma noche. Van a hacerles sufrir tanto que todos escuchareis sus gritos y acudiréis corriendo en su rescate, sin que podáis evitarlo. Y para entonces los de la DPI os estarán esperando para exterminaros. ¿Cómo puedes decir que no todo está perdido?

–Hay algo que no sabes –le dijo Brigit, mirándola fijamente–. Tenemos a alguien dentro del hospital.

Brigit frunció el ceño. Las caras de la mayoría de los presentes reflejaban la misma sorpresa que ella.

–¿Quién?

–El miembro vivo más antiguo de la casta de los Elegidos. Su nombre es Roxanne... Roxy. Ella tenía que haber sido concentrada con los demás, pero al contrario que ellos, sabe quién es y quiénes somos nosotros. Es amiga de confianza y confidente de Reaper, uno de los nuestros. Y muy inteligente... para ser una mortal. Roxy los eludió, falsificó algunos documentos y consiguió que la contrataran como enfermera en el mismo hospital. Ha estado en contacto con Reaper, pero solamente dos veces. Corre un gran riesgo al intentar comunicarse. Está sometida a vigilancia, todos lo están, con los teléfonos intervenidos. Pero sin ella habríamos sabido menos de lo que sabemos ahora. Y es que, por el momento, los Elegidos están sanos y salvos.

Parpadeando lentamente mientras asimilaba aquella información, una primera chispa de esperanza empezó a arder en el pecho de Brigit.

–¿Podemos preguntarle si sabe dónde está Utana?

–Si podemos contactar con ella con unas mínimas

condiciones de seguridad, sí. Aunque no entiendo por qué sigues dudando de que es nuestro enemigo.

–Soy consciente de lo mucho que deseas creer en él, hermanita –le dijo J.W.–. Pero, vamos, no puedes seguir negando la verdad...

–¿Por qué quieres creer en él? –le preguntó Rhiannon a Brigit, entrecerrando los ojos.

Casi al mismo tiempo, Amber Lily se acercó al sillón donde su hija estaba sentada y se puso en cuclillas frente a ella, mirándola fijamente y escrutando su expresión.

–Oh, no... –susurró al fin–. Oh, mi pobrecita hija...

–No pasa nada, mamá. Es solo que...

–Lo amas –musitó su madre.

–¿Lo amas? –inquirió Rhiannon, consternada.

Brigit bajó la cabeza. El rostro le ardía.

–Lo siento. Yo nunca tuve intención de que esto sucediera...

Rhiannon dejó caer la cabeza en el respaldo del canapé, con gesto cansado.

–Por las alas de Isis, niña... ¿es que no has aprendido nada de lo que te he enseñado?

Pero en seguida volvió a levantar la cabeza y frunció el ceño, llevándose los dedos a las sienes. Durante un buen rato pareció como si estuviera escuchando algo que solamente ella podía oír. En esa postura estuvo hasta que por fin volvió a la realidad, frunciendo los labios:

–Reaper ha vuelto a tener noticias de Roxy, nuestra aliada mortal. Nos informa de que un hombre muy grande, de aspecto extranjero, ha sido visto por primera vez en el hospital en calidad de invitado de Gravenham-Bail, tu amigo de la cicatriz. Y que después ha sido transportado al sótano en una camilla, inconsciente.

Brigit se levantó de golpe.

–¡Sabía que no se había puesto de su parte!

–No te apresures a sacar conclusiones, Brigit –le advirtió J.W. levantándose también y poniéndole una mano en el hombro–. Podría tratarse de otra trampa.

–¿Cómo? –replicó Brigit–. Eso solo podría ser cierto si el hombre de la cicatriz hubiera descubierto de algún modo a nuestra informante y esperado que nos pasara esa información a nosotros...

–Si ese es el caso, Roxy está en peligro –murmuró Lucy.

–Y si ella no lo está, entonces lo está Utana –fue la respuesta de Brigit. Mirando a sus padres, añadió–: Tengo que volver. Tengo que sacarlo de allí.

–Brigit, no puedo permitirlo –le advirtió Rhiannon.

Brigit se volvió hacia su amada tía y casi no pudo dar crédito a las palabras que escaparon de su boca:

–No puedes detenerme, tía Rhi. Me voy.

Se hizo un largo y tenso silencio mientras las dos mujeres se miraban fijamente. Finalmente, Rhiannon asintió.

–Te pareces demasiado a mí para tu propio bien, Brigit. De acuerdo. Haz lo que sientas que debes hacer. Pero antes de nada, tienes que devolverle a tu hermano su poder. Necesitaremos el poder de curación de los dos para la batalla que se avecina. Solo espero que puedas recuperar también tu poder destructor.

Brigit parpadeó asombrada.

–Yo... yo ni siquiera sabía que eso fuera posible. ¿Puedo devolverle a J.W. su poder... y no perderlo yo?

–Soy la suma sacerdotisa de Isis, hija de faraón –le recordó solemne Rhiannon, antaño conocida como Rianikki–. No hay nada que yo no pueda hacer.

Capítulo 17

Una hora después, aunque se moría de ganas de encontrar a Utana y descubrir por sí misma de qué lado estaba realmente, Brigit se dedicó a improvisar un lecho en el suelo, con cojines y almohadones. J.W. se estiró a su lado, rodeados como estaban los dos de un círculo de velas, tan cercanas que ella casi podía sentir su calor en la cara.

Rhiannon se arrodilló al otro lado del círculo, mirándolos. Su rostro siempre cambiaba durante aquellos ritos suyos. Cada vez que practicaba magia, sus siempre expresivos rasgos se tornaban plácidos, de una absoluta serenidad. Incluso sus ojos brillaban de un puro amor, lo que los esotéricos denominaban Namaste. La propia Rhiannon llamaba a esa mirada «los ojos del espíritu». Era, según le había enseñado a Brigit, un estado en el cual la esencia de la diosa o del dios fluía a través de la sacerdotisa. Esa mirada buscaba, encontraba y atraía a la deidad hacia el otro participante del ritual. Brigit podía sentirlo, y no por primera vez, al contrario de lo que le ocurría a J.W. Era una sensación inefable, imposible de ser descrita con palabras, algo que no se experimentaba con los cinco sentidos normales. Algo completamente diferente, que tenía que ser vivido.

La habitación pareció difuminarse y la vista se le empezó a nublar. Sus pensamientos cesaron en sus rápidas idas y venidas por el cerebro: allí también se hizo el silencio. Su respiración se volvió cada vez más lenta y profunda, para convertirse en un rítmico flujo en el que inspiración y espiración se confundían. Como el rumor de las olas del mar bañando una playa, serenas, relajantes.

Brigit sintió entonces que se expandía hasta llenar la habitación entera y más allá, mientras su ser espiritual flotaba libre de su caparazón físico. Rhiannon le estaba hablando suavemente, pero sus palabras no eran más que una canción distante, un hermoso sonido.

Se sentía tan grande, tan poderosa... Como siempre, se maravilló de que un cuerpo tan menudo como el suyo pudiera contener aquella enormidad. Pero sabía que lo que estaba experimentando en aquel momento era su verdadero ser. La parte de ella que también formaba parte de... bueno, de *todo*. No existía separación alguna entre su cuerpo y los cojines que estaban debajo. O el suelo. O el planeta. O las estrellas. O el universo entero. Así de inmensa se sentía.

No existía separación alguna entre ella y su hermano gemelo. O entre ella y Rhiannon, que siempre le parecía mucho más grande y poderosa. No era así en realidad.

Rhiannon le estaba diciendo que buscara su poder y lo mismo a J.W. Brigit no podía distinguir las palabras: sentía solamente la energía de sus instrucciones. De modo que se concentró en sentir hasta que encontró su poder, y se quedó consternada cuando lo hizo: era una bola radiante, pulsante de energía, no muy distinta de una estrella. Se imaginó a sí misma tocándola, sopesándola en sus manos, aunque en un principio había pensado que se quemaría, lo cual era una estupidez. Porque en aquel momento era puro espíritu. No podía quemarse.

Sintió como si las manos de su hermano también tocaran la estrella, aunque a esas alturas ni J.W. ni ella tenían ya manos. Y luego J.W. se apartó de su lado... al menos esa fue la sensación que tuvo Brigit, que percibió, más que vio, que en aquel instante estaba sosteniendo otra vibrante estrella en sus manos. La estrella se había dividido: se había convertido en dos, del mismo tamaño que la original.

De repente, la voz de Rhiannon empezó a llamarlos de nuevo a través de sus cuerpos. Guiándolos de vuelta.

Pero Brigit no estaba dispuesta a volver todavía. Quería ver a Utana. Y en el instante en que pensó en él, lo *vio*. Lo vio primero como un espíritu tan grande como el suyo, pero encerrado en un diminuto recipiente: la estatuilla que había contenido sus cenizas, más pequeña que un cuerpo. Y mucho más opresiva, porque un cuerpo era capaz de experimentar la vida en un plano físico, y él no había sido capaz de ello. No había podido existir. O había existido únicamente en la oscuridad.

Vio entonces la explosión de energía que liberó Utana cuando el extraordinario don de su hermano lo resucitó. J.W. lo había resucitado creyendo que así salvaba a la raza de los vampiros. Pero la profecía que así lo vaticinaba había sido malinterpretada. Porque, en lugar de ello, Utana se había revelado como el principal instrumento de su destrucción.

Y había explotado de aquel olvido en un fogonazo casi tan poderoso como el propio Big Bang. El momento mismo de la creación.

Las sensaciones de su nueva existencia física habían acribillado a Utana como miles de agujas disparadas por un cañón, hundiéndose en cada centímetro de su piel. Cada contacto había sido como una puñalada en sus terminaciones nerviosas. Cada pulsión de luz lo había deslumbrado. El más sutil de los aromas había resultado abrumador, ensordecedor el más leve sonido, casi demasiado doloroso de soportar.

–Perdió el juicio –susurró Brigit. O al menos intentó hacerlo, pero ni ella misma reconoció su balbuceo–. Ni siquiera *sabía* existir. Se había olvidado.

La voz de Rhiannon volvió a llamarla. Las palabras resultaban ininteligibles, tanto como claro su significado: que volviera.

Brigit se esforzó por pronunciar «todavía no», pero de nuevo salió un ruido incoherente de su garganta. Lo ignoró, sin embargo, para buscar nuevamente a Utana, para localizarlo, para experimentarlo tal y como debía de sentirse en aquel momento, después de la explosión.

Tranquilo. Callado. Dormido. Descansando, soñando... con ella. Brigit tuvo una visión: la de los dos abrazados, pero no enteramente en una forma física. Sus mitades superiores parecían normales: su torso, brazos, cabeza y cara, anudadas estrechamente sus miradas, fundidos sus labios en un interminable beso. Pero las mitades inferiores eran humo y destellos, de color verde y oro, o semejantes al verde y oro que conocía, ya que en realidad eran colores que no existían en ese mundo. Colores que los humanos no podían percibir. Los colores del espíritu.

–Vuelve conmigo, pequeña –la llamó Rhiannon–. Te estás alejando demasiado. Vuelve.

Brigit experimentó la más increíble sensación en su corazón. Le pareció que se expandía aún más, inmensa, a punto de estallar... hasta que su espíritu alcanzó por fin de nuevo su hogar temporal, provisorio. Y volvió a sentirse diminuta, pero reconfortada de que la mayor parte de su ser siguiera allí, en la tierra. Una parte muy pequeña, y sin embargo... Abrió los ojos, y poco a poco pudo volver a enfocar la mirada.

–Lo amo de verdad –musitó–. Y lo que es más: él me

ama también –parpadeando, susurró–: Lo he sentido. Lo he visto. Es real.

Utana se despertó presa de un ardiente, desgarrador dolor, oliendo el hedor de su propia carne chamuscada. Un angustioso grito brotó de las profundidades de su alma mientras desorbitaba los ojos. A través de las volutas de humo que se alzaban de su propia piel, su visión se fue aclarando. Lo rodeaban varios hombres. Nashmun, su presunto visir, se hallaba de pie a la distancia de un brazo, sosteniendo un atizador de chimenea con la punta al rojo vivo. Y sonriendo. La cicatriz que le cruzaba la cara le daba un aspecto demoníaco.

Utana quiso abalanzarse hacia él, pero algo se lo impidió: cadenas. Tenía grilletes en las muñecas y los tobillos, de los que partían sendas cadenas que se hundían en el muro de piedra que tenía a su espalda.

–¿Qué significa esto, Nashmun?

La sonrisa de su visir desapareció mientras sus ojos se volvían fríos como piedras de granito.

–Significa que debiste haber hecho lo que se te ordenó en un principio, Utana. Al fin y al cabo, si te devolvimos la vida fue para que hicieras un trabajo muy concreto.

Utana entrecerró los ojos. Invocó de inmediato su poder, decidido a utilizar de nuevo el rayo de sus ojos y terminar de una vez por todas con el reinado de terror de aquel hombre. Nashmun no merecía vivir.

Pero no sucedió nada.

–Es la droga. El líquido que te hemos inyectado –le explicó Nashmun, regodeándose satisfecho–. Inhibirá tus poderes hasta que yo lo quiera. No puedes hacerme daño. Estás indefenso.

–Yo nunca he estado indefenso.

–Lo estás ahora. Y ahora no vamos a dejarte otra elección. Harás el trabajo para el que te dimos la vida.

–¿Por qué dices que me diste la vida? –Utana se humedeció los labios, intentando despejar su mente de la niebla que parecía envolverlo–. No fuiste tú, sino James de los Vampiros. Fue él quien me despertó.

Pensó en James, el adorado hermano de Brigit, que lo había resucitado de las cenizas. Él había insistido en que salvara a su pueblo. En lugar de ello, había intentado aniquilarlo. Cómo debía de odiarlo James...

–James Poe, el varón de los gemelos mestizos, hizo exactamente lo que queríamos que hiciera –le dijo Nashmun–. ¿Es que no te das cuenta? Llevamos años planeando esto. Hasta el último detalle. Encontramos la profecía, la verdadera tablilla, no las piezas y fragmentos que tú y tu parentela estuvisteis perdiendo el tiempo en descifrar. Nosotros la encontramos primero. La tradujimos. Toda ella. Y vimos nuestra oportunidad de librar al mundo de esa plaga demoníaca de una vez por todas. No necesitamos más que hacer algunas correcciones en aquella tablilla de arcilla: la fragmentamos, una esquirla menos aquí, un carácter nuevo allá... y le cambiamos el sentido. Los vampiros leyeron la profecía exactamente de la manera que nosotros queríamos que la leyesen. James te resucitó porque le indujimos a pensar que era eso lo que tenía que hacer, lo que estaba *destinado* a hacer.

Utana recordó entonces que Brigit había tenido esa misma sospecha. Y también la bella compañera de James, Lucy. Ciertamente, en aquel asunto las mujeres habían sido mucho más sabias que los hombres. Los varones deberían haberse quedado al margen.

Cuando el pensamiento de Brigit asaltó la mente de Utana, la llenó por completo. Su imagen, su rostro, sus ojos: todo ello pareció bañar su cerebro con su luz, como un milagroso espejismo en el desierto. Ansió tenderle los brazos, tocarla. Tuvo la sensación de que podía oler su piel, saborear sus besos... pero solo duró un instante. Porque en seguida se desvaneció, como la propia visión.

¿Había estado pues Brigit durante todo el tiempo en lo cierto? ¿Podían haber dispuesto realmente los dioses que exterminara a los vampiros? Su larga sentencia de muerte en vida... ¿había sido realmente un castigo por haber creado la raza de los inmortales? ¿O acaso todo no había sido más que un enorme y complejo complot de la DPI?

—¿Qué es lo que decía la tablilla... la verdadera? —inquirió, aunque tenía poca esperanza de que el traidor le contara la verdad.

—No mucho. Y ciertamente nada que vaya a compartir contigo. Por el momento, al menos. Quizá lo haga justo antes de matarte. Pero todavía no. Antes necesito que hagas tu trabajo.

—Quieres que asesine a los vampiros.

—Eso es.

—¿Qué decía la tablilla? —insistió—. ¿Decretaron realmente los dioses que debía hacer esto? ¿O fuiste tú quien hizo que así lo pareciera?

—No importa. Vas a hacerlo de todas formas. No te quedará otra elección.

Utana tiró con fuerza de sus cadenas, pero fue inútil. Alguien se acercó entonces, un hombre pequeño y de aspecto nervioso vestido de blanco, que volvió a pincharle en el muslo con otra aguja. Inmediatamente sintió que la cabeza empezaba a llenársele de nieblas, los párpados a pesarle...

—¿Por qué... me despiertas para quemarme, torturarme... y luego me vuelves a dormir?

—Porque solo necesitaba que chillaras de dolor, Utana. Y lo has hecho. Por el momento ya no te necesito más: puedes descansar. Oh, por cierto: si recuperas las fuerzas e intentas romper estas cadenas, yo me enteraré. Hemos instalado sensores que nos avisarán si te liberas –se acercó mientras Utana dejaba caer la cabeza hacia un lado, como si le faltaran las fuerzas para mantenerla levantada–. Así, muy bien. Duérmete. Calculo que tu bailarina favorita estará aquí dentro de una hora.

La alarma y un súbito chispazo de comprensión le hicieron volver a levantar la cabeza, pero solo por un segundo. Visualizó a Brigit en su mente, supo que tenía que haber oído su grito de angustia, sentido su dolor. Y supo, también, que acudiría a su encuentro tal y como Nashmun deseaba y esperaba que hiciera. Intentó gritarle una advertencia mental, aunque ignoraba si llegaría a recibir el mensaje. Porque fue como si su mente se apagara en el preciso instante en que se esforzó por llamarla.

–¿Lo habéis sentido?

Brigit musitó la pregunta al tiempo que se doblaba sobre sí misma, llevándose una mano a la cintura.

Los vampiros se hallaban reunidos en torno a una mesa redonda, estudiando dos juegos de planos del mismo edificio. Uno, datado en 1911, llevaba el nombre de *Asilo de St. Dymphna*. El otro, de 1986, era del *Hospital Psiquiátrico St. Dymphna*. En el último podían verse las modificaciones y ampliaciones realizadas. En la actualidad, el lugar servía como prisión para los Elegidos. Aunque seguro que no era así como lo llamaba la DPI.

Todos ellos alzaron la mirada al oír la exclamación de Brigit. J.W. se apresuró a acudir a su lado.

–¿Qué pasa, hermanita?

Brigit frunció el ceño, cerrando los ojos con fuerza.

–¡Me quema!

Su hermano le retiró la mano, para examinarle la piel entre el borde de la camiseta y la cintura del pantalón.

–No tienes nada –se quedó inmóvil, alzando de nuevo la vista.

–No es mi dolor... –la quemazón empezó a ceder. Ya más relajada, abrió los ojos y lo miró–. Es Utana. Está sufriendo.

–Pero él tiene mi don. Si le duele, se curará a sí mismo.

–Está prisionero de esa gente, James. La DPI. Gravenham-Bail.

–Trabaja para ellos, ¿recuerdas?

Brigit negó con la cabeza.

–¿Entonces por qué gritó de dolor si algo... o alguien... le estaba quemando la carne? Dios, lo sentí como si le hubieran quemado con un hierro de marcar ganado.

Detrás de su hermano, Damien, el vampiro antiguamente conocido como Gilgamesh, rey del antiguo Sumer, susurró:

–Yo no sentí su dolor. Pero sí que le oí gritar –y se dirigió a Brigit–. Yo fui engendrado por él. Yo fui el primero de su progenie. Para mí escuchar su grito es algo natural, inevitable. Pero tú sientes su dolor... y eso es algo completamente distinto, Brigit.

–Por todos los dioses, ¿habéis tenido un intercambio de sangre? –inquirió Rhiannon, estupefacta.

Brigit soportó sin pestañear la recriminatoria mirada de su tía.

–He bebido su sangre, sí. Bebí su poder, y eso me hizo más fuerte. Esa fuerza nos beneficiará ahora a todos.

–No si las usas para ayudar a nuestro enemigo.

–Rhiannon, pretenden obligarlo a que nos mate. A todos –insistió Brigit–. ¿Es que no lo entiendes?

–Yo no vi a nadie que lo *obligara* a arrasar nuestra isla-refugio con el rayo de sus ojos, quemando vivo a cada vampiro que se cruzó en su camino.

Brigit la miró furiosa.

–¿Por qué no pruebas a permanecer unos cuantos miles de años enterrada viva, tía Rhi? Así verías el efecto que eso causa en tu carácter, para no hablar de tu cordura. Él creyó lo que ellos querían que creyera. Igual que nosotros cuando lo resucitamos. *Ellos* son el enemigo, no Utana.

–Habíamos trazado ya un plan, Brigit –le recordó J.W. con tono suave–. Entraremos y sacaremos de allí a los Elegidos antes de que la DPI haga algún movimiento. Antes de que nos estén esperando. Los sorprenderemos. Pero si volvemos allí ahora mismo, antes de que estemos convenientemente preparados, echaremos a perder cualquier oportunidad que tengamos de rescatar a los cautivos.

–Pero él está sufriendo...

–Él no es nuestra prioridad –le recordó fríamente su hermano, sin inflexión alguna en su tono, como si el sufrimiento de Utana no mereciera la menor consideración por su parte.

–Pero quizá sí sea la *tuya* –murmuró Rhiannon mientras rodeaba la mesa y se encaraba con Brigit. Los demás vampiros contemplaban en silencio la escena mientras Rhiannon pronunciaba una única palabra–: Elige.

–Lo rescataré de sus garras. Lo traeré aquí. Cuando habléis con él, os convenceréis por fin de que...

–Elige, Brigit.

–Él puede ayudarnos.

–Ni deseamos ni necesitamos la ayuda de ese monstruo. Si lo traes aquí, le haré pedazos con mis propias manos –Rhiannon se interrumpió al tiempo que parpadeaba rabiosa, indignada–: Y a ti con él, si intentas meterte por medio.

–¡Rhiannon! –gritó la madre de Brigit, escandalizada por sus palabras.

–Él ha asesinado a nuestra gente –continuó la reina vampira–. Y pretende asesinar al resto. No puedes estar de su lado y seguir con nosotros, Brigit. Así que ha llegado el momento, mi pequeña rebelde, de que tomes una decisión. ¿Estás con él o con nosotros? –y le dio la espalda, como expulsándola con aquel gesto de su vida.

Un doloroso nudo, apenas soportable, desgarró el corazón de Brigit. Lágrimas de rabia y de furia anegaron sus ojos. A excepción de su madre, Rhiannon era la mujer que más amaba en el mundo, pero en aquel momento acababa de darle la espalda, tanto literal como figurativamente. Recorrió con la mirada a todos los vampiros allí presentes. Nadie habló ni movió un dedo para defenderla. Todos esperaban la decisión que iba a tomar.

Sus ojos se encontraron con los de J.W., pero él tampoco dijo nada. Incluso su hermano gemelo, su otra mitad, se negaba a apoyarla. Parpadeando para contener las lágrimas, apretó los dientes, irguió la espalda y alzó la barbilla.

–Os equivocáis con él. Y conmigo también. Estáis muy, pero que muy equivocados. Y os lo demostraré –se apartó para recoger su cazadora y su pequeña mochila antes de volverse nuevamente hacia ellos.

Nadie se había movido, pero Lucy se aferró al brazo de J. W. y lo miró fijamente a los ojos, como si estuviera conversando mentalmente con él. Gritándole, incluso. Sus padres se abrazaron, con Amber Lily llorando por lo bajo y diciéndole con el pensamiento: *Lo entiendo, amor mío. Tienes que hacerlo sola. Yo te estaré esperando cuando vuelvas.*

–Os lo demostraré –repitió Brigit–. Os demostraré que es un hombre bueno. Que es uno de nosotros. Aunque no tendría por qué hacerlo. Supongo que estáis tan acostumbrados a considerarme la gemela mala, que vuestra estrechez de miras os impide daros cuenta de que soy yo quien supuestamente ha de salvaros. Yo, que no vuestro celestial J.W. Es al revés. El gemelo bueno lo ha estropeado todo en vez de arreglarlo. ¿No os acordáis? La profecía hablaba de mí... no de él. Soy yo quien supuestamente tiene que arreglar esto. Y eso es lo que voy a hacer. Pero os juro por las cenizas de nuestros muertos que el infierno se congelará antes de que os perdone por no haber confiado en mí —miró a su hermano—. A todos.

Acto seguido, sin la menor vacilación, salió de la casa dando un portazo. Segundos después se oyó el chirrido de los neumáticos del T-Bird en la grava mientras arrancaba de golpe y se alejaba a toda velocidad. Ardientes lágrimas rodaban por sus mejillas, lo cual la enfurecía aún más. Aferró con fuerza el volante con una mano mientras lo golpeaba con la otra.

—¡Maldita sea!

Aquello era un error. Era un error y además condenadamente injusto. Era J.W. quien había abandonado a su familia, negado su naturaleza vampírica, intentado vivir como un mortal más durante la mayor parte de su vida adulta. No ella. Ella se había quedado: había sido leal a su gente. Había aceptado sus colmillos y desarrollado sus poderes vampíricos. Había estudiado las lecciones, aprendido la historia, estudiado todo lo que le había mandado Rhiannon.

Pero al condenar su poder como maligno, advirtiéndole de que no lo utilizara, su propia gente le había hecho sentirse minusvalorada, al tiempo que había elevado a J.W. a la categoría de santo. Y, sin embargo, cuando las cosas se habían puesto difíciles, habían terminado animándola a que usara su execrable poder. A que matara por ellos. Habían querido y esperado que volviera a enterrar vivo a un hombre bello y bueno, el padre de su raza, para toda la eternidad. Y para colmo habían tenido la desfachatez de darle la espalda cuando ella se había negado a obedecerles.

–Los odio –masculló–. Los odio a todos.

Incluso aunque Utana hubiera sido el monstruo que ellos creían que era, hacerle algo así habría sido una injusticia. Pero es que no lo era. *No lo era.* Ella lo conocía. Utana no era ningún monstruo. Era un hombre, y ella lo amaba.

Y, sin embargo, mientras seguía conduciendo entre sollozos, se oyó a sí misma susurrar:

–Oh, Dios mío, ¿y si estoy equivocada?

Medianoche. El rumor de los insectos de finales del verano casi se imponía al del tráfico. Aquella noche un denso silencio envolvía los muros del asilo.

–Demasiado tranquilo –musitó Brigit, e intentó reírse de lo tópico de la frase. No logró, sin embargo, esbozar siquiera una sonrisa. Estaba preocupada.

Acechaba agazapada en el bosquecillo del otro lado de la valla de alambre, estudiando el edificio. Podía sentir la energía de Utana y sabía que él había estado en aquel mismo lugar no hacía tanto tiempo.

El hospital presentaba su habitual aspecto inofensivo. Resultaba difícil creer que los Elegidos estaban siendo retenidos dentro. Estaba absolutamente segura de que lo mismo le sucedía a Utana. Durante la breve explosión de dolor que había sentido cuando lo quemaron, había recibido también un cúmulo de otras impresiones. La inequívoca sensación de una sala situada bajo tierra. Un sótano. Un olor a cemento y a pintura, y quizá a gas propano. La atmósfera antiséptica de un hospital. Las incontables oleadas de energía de centenares de humanos, procedentes de las plantas superiores. El frío contacto del hierro en las muñecas y los tobillos. El tintineo de las cadenas. El aura de la cercanía de Gravenham-Bail, su petulancia, su sentimiento de triunfo al tener la victoria en sus manos, su odio hacia aquellos que estaba a punto de destruir. El estremecimiento de placer que recorría a aquel hombre parecía cantar en su alma como un coro de demonios. Era verdaderamente un ser diabólico.

Lo que le había llegado de Utana era una sensación de confusión seguida de furia y de ira, y luego un brutal torrente de miedo. Miedo... no por él mismo, sino por ella. Y luego nada.

Pensaba hacerle mucho daño a ese canalla de la DPI. Daño de verdad.

Brigit abrió su gran petate. Estaba lleno de armas: pistolas, cuchillos, incluso una pequeña ballesta. Había guardado todo aquel arsenal en el maletero del coche desde que comenzó aquella locura, con la intención de usarlo contra los vigilantes que habían decidido destruir a la raza de los vampiros incendiando sus casas durante el día, cuando dormían.

Pero eso, también, no había sido más que una añagaza de la DPI. El propio Gravenham-Bail había instigado aquel movimiento, alimentando el miedo para crear un adecuado clima de violencia.

Seleccionó unas pocas armas, volvió a cerrar el petate y lo escondió en la maleza, tomando nota mental de su localización exacta para volver después a recogerlo.

Observó la valla de alambre, segura de que estaba electrificada, y localizó luego la alta rama de un árbol, justo encima de su cabeza. Flexionó las piernas, saltó y la alcanzó con facilidad: acto seguido empezó a balancearse, colgada como una artista del trapecio. Al tercer impulso, se soltó y salvó limpiamente la valla. Se agachó en cuanto tocó suelo, clavada la mirada en el gigantesco edificio.

Miró a su alrededor, sin incorporarse todavía, pero no

detectó movimiento alguno, ningún indicio de que la hubieran descubierto. Se atrevió a acercarse al edificio y fue recorriendo todo un lateral con la espalda pegada a la pared de ladrillo, caminando con el mayor sigilo sobre la gravilla blanca. De cuando en cuando, un arbusto o un rosal estorbaba su paso, prefiriendo saltarlos antes que rodearlos y exponerse así a que su silueta quedara recortada contra el cielo de la noche. Se movía centímetro a centímetro, con extremada lentitud.

Tal y como su tía Rhiannon le había enseñado.

Cuando llegó a la esquina de la fachada delantera, se asomó fugazmente y volvió a esconderse. Había dos guardias en la puerta, como siempre. Brigit necesitaba que abandonaran sus puestos y, sobre todo, entrar por allí.

Poniéndose a cuatro patas, dobló la esquina y enfiló hacia la puerta, hasta que solamente un alto arbusto se interpuso entre ella y los guardias. Se concentró en mirarlos fijamente por entre sus ramas, infiltrándose en sus mentes, escuchando sus pensamientos.

Esta noche han doblado la seguridad, pensó un guardia. *Eso nunca había sucedido antes. Deben de esperar problemas. Ojalá sepamos más. Detesto esta incertidumbre.*

Y el otro: *Sé que algo raro está pasando. Lo huelo.*

Brigit concentró la mirada en el transmisor que llevaba el segundo guardia al cinturón. Y luego en su mente. Rara vez había intentado controlar las mentes de los mortales, pero en ese momento necesitaba hacerlo.

Estaba oscuro, lo que significaba que no tendría problemas en asumir su naturaleza vampira, en hacer aflorar su ser inmortal. Se le alargaron los colmillos. Su visión se agudizó y la sed de sangre se trocó en dolorosa ansia. Pero su poder mental también se agudizó. Concentró de nuevo su pensamiento.

Te llaman.

El guardia número dos sacó su transmisor. Estaba en silencio, pero aun así el hombre escuchó, frunciendo el ceño.

Entrad dentro, fue el mensaje que Brigit se esforzó por grabar en sus cerebros. *¡Os necesitamos aquí lo antes posible!*

—Diablos —masculló el otro, reuniéndose con su compañero—. Empieza la función.

El segundo volvió a engancharse el transmisor en el cinturón, sacó su arma y tecleó el código de apertura en el panel de la puerta. Entraron los dos a la carrera.

Brigit, todavía a cuatro patas, saltó por encima del arbusto con la misma agilidad que lo habría hecho Pandora, la pantera de Rhiannon. Aterrizó al otro lado y volvió a saltar hasta el primer escalón del portal, justo a tiempo de sujetar la puerta antes de que llegara a cerrarse.

Se quedó allí, de espaldas a la pared, sosteniendo la puerta con una mano extendida. La mantenía apenas abierta, una rendija de unos milímetros, lo suficiente para que no se cerrara, mientras los guardias se internaban en los pasillos del edificio.

Hasta que oyó el clic de una pistola al amartillarse y sintió el frío cañón presionando contra su cabeza.

—Bienvenida a St. Dymphna, Brigit. Te estábamos esperando.

Capítulo 18

Utana se despertó poco a poco. Sentía pesados los párpados, como si se los hubieran sellado. La cabeza le atronaba como si tuviera una banda de tambores dentro. Estaba de rodillas en el frío y duro suelo, con los brazos estirados sobre la cabeza y entumecidos por lo continuado de la postura. Se le habían dormido las manos.

Pero nada de todo aquello importaba frente a la conciencia que tenía de la proximidad de Brigit. Estaba muy cerca, y el descubrimiento lo inundó instantáneamente de alivio y de alegría... que rápidamente fueron sustituidos por el horror. Porque si realmente estaba allí, se encontraba en peligro.

En ello estaba pensando cuando se abrió la puerta y la vio aparecer. Encadenada como él, con grilletes en los tobillos y en las muñecas, flanqueada por dos guardias. Se levantó para acercársele mientras los guardias la metían de un empujón y ella caía de rodillas, pero las cadenas no se lo permitieron.

Parecía que no había sufrido daño alguno, y hervía de furia como un caldero ardiente cuando alzó la rubia cabeza. Solo entonces vio Utana la venda que llevaba en los ojos.

—¿Y bien? ¿No vas a decirle hola a tu novio? —le preguntó Nashmun.

Brigit volvió la cabeza hacia Utana, como si percibiera su presencia. Se le dilataron las aletas de la nariz, olfateando el aire.

–Estoy aquí –dijo Utana–. Y no te puedes imaginar cuánto siento que estos cerdos te hayan capturado.

–De todas maneras lo habríamos hecho tarde o temprano –dijo Nashmun–. No lo sientas tanto. Además, tú podrás hacerle mucho menos desagradable la estancia con nosotros.

–No –susurró Brigit, girando la cabeza en dirección a la voz de Nashmun.

El hombre esbozó una diabólica sonrisa.

–¿Lo ves? Ella ya se ha dado cuenta. En cambio supongo que a ti tendré que explicártelo, Utana –dio un golpecito a Brigit con la punta de su zapato y se inclinó hacia ella como para hacerle una confidencia–: Está algo torpe, ya que tuvimos que drogarlo. Ya sabes: para evitar que nos fulminara a todos con su rayo –encogiéndose de hombros, continuó–: Esta noche los Elegidos empezarán a sufrir torturas sin nombre. Sus gritos atraerán a los vampiros hasta aquí. Y cuando lleguen, Utana, tú los matarás.

–Ya te he dicho que no lo haré.

–Sí que lo harás.

–Nunca.

Nashmun hizo una seña a uno de los esbirros que estaba a su lado, con Brigit todavía arrodillada a sus pies. Sacando un cuchillo de su cinturón, el hombre se inclinó y le agarró la cara con la otra mano.

–¡Déjala! –gritó Utana.

Pero la hoja se acercaba a su rostro. Brigit esbozó una mueca en el instante en que el frío acero tocó la piel. Utana se abalanzó bruscamente hacia delante, tirando impotente de las cadenas que lo mantenían prisionero, y probó de nuevo a fulminar al canalla con la mirada. Fue un vano: ningún rayo partió de sus ojos. No le quedó más remedio que contemplar consternado el sangriento trazo que fue dejando el cuchillo en la mejilla de Brigit hasta su mentón, como imitando la cicatriz que lucía Nashmun en su diabólico rostro.

Brigit apretó los dientes, negándose a gritar. Pero Utana dio expresión a su rabia con un aullido. El esbirro retiró por fin la hoja y limpió la sangre en la manga de su camisa: primero un lado, luego el otro. Y del corte de la mejilla de Brigit fue brotando sangre, chorretones rojos que resbalaron por su hermoso rostro.

—¡Os mataré por esto! —exclamó Utana—. Tú —señaló con la cabeza al esbirro— y luego a ti, Nashmun. Pero te garantizo que tu muerte será lenta.

—Más lenta será la de tu novia mestiza, Utana —replicó Nashmun—. Lenta y espantosamente atroz. Y te juro que te obligaré a ver cómo la despellejo viva si no haces exactamente lo que te digo.

Utana soltó un tembloroso suspiro.

—Os dejaré tranquilos para que reflexionéis sobre ello —añadió Nashmun—. La noche se acaba, así que tendremos que esperar un poco a que comience la diversión. Ya casi ha amanecido. Pero esta noche... —rio, frotándose las manos—. Esta noche exterminaremos hasta el último vampiro de este país y yo habré realizado la misión de mi vida. Qué bien, ¿verdad?

Y dicho eso se volvió hacia la puerta, siguiendo a sus esbirros fuera de la sala.

Brigit levantó la cabeza, juntó sus manos encadenadas y se quitó la ya inútil venda de los ojos. Enfocó la mirada y vio a Utana frente a ella, encadenado también, solamente que a la pared. Sobre su cabeza reconoció uno de aquellos cristales inclinados y curvos a modo de claraboyas que habían visto desde el exterior.

Volvió a mirarlo. Nunca en toda su vida se había sentido más feliz de ver a alguien.

Pero en seguida perdió el aliento al descubrir la fea y horrible quemadura que tenía en el abdomen. Esbozó una mueca al evocar su dolor. *Ella* había sentido aquella quemadura.

Al alzar de nuevo la vista, se encontró con sus bellos ojos de color ónice y descubrió la angustia reflejada en ellos. Por ella. Sabía que todo el dolor que sentía era por ella.

Y, sin embargo, a pesar de todo ello, el sentimiento dominante fue de alivio. Se incorporó y corrió hacia él para fundirse con su cuerpo, deslizando las manos encadenadas por su pecho mientras aspiraba su aroma. Intentó sonreír, pero le dolía el corte de la mejilla.

—Sabía que no estabas conspirando contra nosotros, con ese canalla de la cicatriz...

Utana no pudo abrazarla a su vez, ya que se lo impedían las cadenas.

—¿Hay alguien que lo piensa?

Alzando la cabeza, Brigit lo miró a los ojos y asintió.

—Mi familia. Mi hermano, J.W. Perdón, *James* —se corrigió, sarcástica—. Todos ellos piensan que volviste aquí para colaborar con Gravenham-Bail en nuestra destrucción.

—Todos... excepto tú.

Asintió.

—Todos excepto yo —ladeando la cabeza, le preguntó—: ¿Pero cómo es que no los has fulminado con tu rayo? ¿Es verdad que te drogaron?

—Intenté concentrar mi energía y destruirlos. Pero... algo le han hecho a mi poder. Me lo han quitado con sus... inyecciones.

—No, Utana. Ellos no saben cómo quitarte tu poder: simplemente te lo han bloqueado durante un tiempo —se apartó de él, reacia, y miró a su alrededor. Descubrió una aguja hipodérmica en el suelo y se agachó para recogerla con un tintineo de cadenas. Todavía tenía algo de sangre en el interior–. ¿Con esto te han pinchado?

Utana asintió con la cabeza.

–Es una droga. La DPI ha estado experimentando con vampiros prisioneros durante décadas. Poseen una especie de tranquilizante que los debilita, que inhibe sus poderes. Imagino que esta será una variante de aquella droga, solo que seguramente muchísimo más fuerte, para que pueda funcionar con alguien tan poderoso como tú.

–¿Puede...?

Brigit se dio cuenta de que le preocupaba haber perdido su poder para siempre. Se apresuró a asegurarle que ese no había sido el caso:

–Los efectos desaparecerán. Dudo incluso que ellos sepan exactamente cuánto tiempo pueden durar –se volvió hacia la puerta–. Seguro que no correrán el riesgo de estar delante para cuando eso suceda. Pero tampoco pueden mantenerte constantemente drogado, ¿verdad? Te necesitan en plenitud de facultades, si esperan que mates a los vampiros esta misma noche.

Utana bajó la cabeza, tensando la mandíbula.

–No pongas esa cara –Brigit levantó sus manos encadenadas para acariciarle el rostro, como si no pudiera evitar tocarlo–. No vas a hacerlo y lo sabes.

No podía tocarla, y Brigit sabía que eso era lo que más anhelaba en el mundo en aquel instante. Debía de resultar tan frustrante... En un impulso se estiró hacia un lado y acercó la cabeza a su mano para que él pudiera enterrar los dedos en su pelo, acariciarla con ternura.

–No puedo soportar ver cómo te hacen daño...

–*No pueden* hacerme daño. ¿Qué me van a hacer? ¿Cortarme más? Mira, Utana. Mira mi cara –le mostró la mejilla herida–. Ya está curando. Para cuando vuelvan, estará como nueva.

–Pero sentiste el dolor de la herida.

–Acogeré con gusto cualquier dolor con tal de que sobreviva mi pueblo.

Volvió a abrazarlo, apoyando la cabeza en su ancho y poderoso pecho. Sintió la cálida vibración de su voz cuando habló de nuevo:

–He pensado mucho sobre todas las cosas que me dijiste, Brigit. Sobre aquello de que ningún hombre puede conocer la voluntad de los dioses. Lo de que las palabras grababas en las antiguas tablillas no eran más que imaginaciones de un hombre, sus intentos por comprender aquello que no estaba destinado a comprender.

–Sabía que lo harías. Eres uno de los hombres más inteligentes que he conocido. Sabía que no despreciarías mis opiniones.

–Conozco a los dioses. No son crueles si no tienen una buena razón para serlo. Yo los desobedecí, sí, pero los Anunaki que yo conocí nunca castigarían a una raza entera por el pecado de un solo hombre. Tiene más sentido que los hombres malinterpretaran lo que me pasó a mí, y que otros hombres registraran ese equívoco en barro como si hubiera sido cierto.

–Como eres inmortal, no pudiste morir –le dijo ella–. Si alguien, después de tu decapitación, te hubiera cosido la cabeza al cuerpo, quizá te habrías curado y habrías vuelto a vivir. Como te dije antes, es posible que toda la culpa la tuviera aquella bruja del desierto. Quizá al quemar tu cuerpo, creyendo que así te ayudaba, te condenó de hecho a tantos siglos de sufrimiento. Con lo cual, el hecho de aniquilar a mi pueblo no tenía absolutamente nada que ver con todo ello.

–No hay manera de saberlo con seguridad –repuso él–. Pero es lo mismo, Brigit, y tanto si tienes razón como si no, yo ya había decidido, antes de volver a este lugar, que nunca podría levantar de nuevo la mano contra tu pueblo. Sean cuales sean las consecuencias. Y así se lo dije a mis dioses.

Brigit alzó la cabeza de su pecho para mirarlo a los ojos.

–¿Por qué?

–Porque ocasionarte dolor es algo que no puedo soportar –le rozó los labios con los suyos–. Mi corazón, mi pequeña Brigit –susurró contra su boca– está en tus manos. Contigo, el poderoso corazón de un rey inmortal es más frágil que unas alas de mariposa. Ninguna flecha, ningún arma puede atravesar su corteza dura como la piedra. Y, sin embargo, ante tu contacto, ante tus besos, tiembla como un corderillo asustado. Por ti haría lo que fuera, yo...

–Calla la boca y bésame, rey.

Él esbozó una sonrisa y bajó de nuevo la cabeza para besarla profunda, apasionadamente. Brigit se dolió de que no pudiera abrazarla, pero se colgó de su cuello y le devolvió el beso con igual fervor, inflamada de deseo. Él debió de sentir lo mismo, porque se excitó terriblemente.

–Siento que hayas tenido que pasar por esto, amor mío.

–No lo sientas. Esta... –dijo ella– este sentimiento que existe entre nosotros... es bueno. Pero que *muy bueno* –parpadeó para contener las lágrimas–. Lo mejor que me ha pasado nunca. Lo mejor de mi vida.

–Lo mismo digo. Ahora y siempre.

Irguiéndose, Brigit repuso:

–Lo único que tenemos que hacer es encontrar una manera de salir de este apuro.

–Si tú consigues sacar a los Elegidos de aquí a lo largo del día, mientras descansan los vampiros, de manera que ya no quede nadie en el edificio que pueda atraerlos, yo me encargaré del resto, mi bella Brigit.

Ella vio que Utana se quedaba mirando fijamente el otro lado de la sala. Al volverse, descubrió toda una fila de grandes depósitos blancos alineados al fondo de la sala, a una distancia prudente de la caldera. Se preguntó en qué estaría pensando.

—¿Cómo diablos voy a hacer eso? —inquirió.

—Con tu poder.

Lo miró ceñuda, y él sonrió levemente.

—He aprendido mucho de ti, Brigit. Es hora de que yo te corresponda de alguna manera, de que te proporcione un conocimiento a cambio. Un conocimiento que te ha faltado siempre, durante toda tu corta vida.

—No sé de qué estás hablando, Utana...

—Tu poder. Quise decírtelo antes de que apareciera tu hermano para interrumpirme. Tu poder para hacer explotar cosas. Ya lo tienes. Te lo devolví cuando todavía estábamos en el palacio con Nashmun.

—No —frunció el ceño—. Tú me diste el poder de James. El poder de curar.

Utana se la quedó mirando fijamente, como esperando que comprendiera lo que parecía un acertijo.

—¿Me estás diciendo que puedo usar el poder de curar para salir de este apuro?

—Te estoy diciendo que puedes usar tu poder de hacer explotar cosas para salir de este apuro.

Parpadeó, perpleja.

—Pero no lo tengo.

—Sí lo tienes. Tu poder y el de tu hermano son uno y el mismo.

Enarcó las cejas, abriendo mucho los ojos.

—Nuestros poderes son opuestos.

—Pero son como las ramas opuestas de un mismo tronco.

–Yo... no entiendo.

–Brigit, cuando invocas ese rayo tuyo de luz... de energía...

Brigit se dio cuenta de que se estaba tomando su tiempo, buscando las palabras justas para hacerle comprender lo que quería decirle.

–Cuando canalizas ese rayo a través de tu cuerpo y lo haces aflorar por los ojos, en realidad procede de la misma fuente que el don de la curación que posee tu hermano. Solo tu intención y tu concentración determinan lo que puede hacer ese poder.

Ella retrocedió varios pasos, tambaleante.

–No puede ser.

–Es cierto, Brigit. Ni tú eres la gemela mala, ni James el bueno. Nunca lo habéis sido. Ambos sois distintos canales de una misma energía que, en sí misma, no es buena ni mala. Simplemente *es*.

Brigit sintió que la cabeza le daba vueltas. Se estaba mareando, de hecho. Los ojos se le llenaron de lágrimas ante la enormidad de lo que estaba escuchando.

–Pruébalo. Pruébate a ti misma. Pero... sin hacer mucho ruido, si puedes.

Todavía consternada, decidió poner a prueba la revelación de Utana, aunque estaba casi segura de que fallaría.

–¿Y si nos están observando? ¿Escuchando?

–Ya he comprobado que no hay tales artefactos en esta habitación, al contrario que en mis antiguos aposentos. Vamos, haz la prueba. Dirige lo que tú piensas que es el rayo sanador con los ojos, que no con las manos, como hace James. Procura que sea un rayo fino, delgado. Y que no dure mucho, para evitar alertarlos.

Asintiendo, nerviosa, alzó las muñecas y fijó la mirada en el grillete de acero que las aprisionaba. Invocó entonces su energía, como había hecho antes, y la sintió fluir a través de su cuerpo, procedente del aire y de la tierra, del universo. Una vez concentrada y fundida en el centro de su ser, la guió mentalmente hacia sus ojos. El rayo brotó de su mirada de la forma acostumbrada... solo que atenuada, suavizada. Surgió con un color dorado que se fue volviendo anaranjado y rojo conforme iba graduando su fuerza. Y continuó manteniéndolo tenso y delgado como un tirante hilo de luz, de una manera que nunca había sido capaz de hacer antes. Las chispas empezaron a saltar del grillete, que acabó cayendo al suelo partido en dos.

Respiraba profunda y rápidamente, a jadeos, mientras contemplaba sus muñecas desnudas y los pedazos de acero a sus pies.

–No es posible.

–Es más que posible. Es cierto.

–Pero... pero esto lo cambia todo –vio que él asentía con la cabeza–. Cambia mi vida entera. Todo lo que había pensado que era de una manera... ahora resulta que es de otra.

–Lamento no habértelo dicho antes. Solo me di cuenta de ello en la mansión, cuando estaba herido y tú me pediste que te diera el poder de tu hermano, en lugar del tuyo. Solo entonces descubrí que eran uno y el mismo. Si me callé fue porque eso habría significado darte permiso para matarme.

Las lágrimas volvieron a anegar sus ojos. Deshaciéndose de los grilletes de los pies con tanto apresuramiento que hasta se quemó levemente en el proceso, se lanzó a los brazos de Utana. Colgándose de su cuello, le llenó el rostro de besos.

–Gracias. No te imaginas lo mucho que esto significa para mí.

–Finalmente te he dado algo que no es motivo de dolor, ni de enfado.

–Y que lo digas –soltándolo, retrocedió un paso para dirigir su mortal mirada a las cadenas que lo aprisionaban.

–¡Espera, Brigit!

Fue una advertencia tan brusca y repentina que le hizo dar un respingo. Lo miró, inquisitiva.

–Nashmun me dijo que había... sensores en las cadenas. Que se enteraría si me liberaba.

–¿Qué importa eso? Para entonces ya habremos escapado. Los destruiré y saldremos de una vez por todas de aquí.

–¿Y qué habremos ganado con ello? El hombre de la cicatriz seguirá teniendo a los Elegidos para torturarlos, para usarlos como cebo y atraer así a los vampiros. No. No debemos alertarlo. Yo me quedaré aquí, para mantenerlo engañado. Quizá no regrese a esta sala hasta que esté listo para utilizarme... en caso de que el efecto de la inyección haya pasado y haya recuperado mis poderes. Tienes que irte.

–¿Irme? ¿Por dónde?

–Por arriba –señaló con la cabeza los depósitos, pero esa vez, Brigit alzó la mirada a las tuberías que partían de los mismos y al grueso tubo de ventilación que se hundía en el techo–. Tendrás que alcanzar las plantas superiores, allí donde tienen a los Elegidos. Y luego sacarlos de este lugar. Solo volverás a buscarme cuando ellos estén a salvo.

–¿Pero y si...?

–Quizá ni siquiera necesites volver a por mí. Quizá el efecto de esta... droga desaparecerá como tú misma has predicho y recupere mis fuerzas. En cualquier caso, Nashmun no debe enterarse de que estás libre mientras los Elegidos no se hallen a salvo.

–¡Utana, yo no quiero dejarte aquí!

–Lo sé –sonrió, bajando la cabeza y besándole el cabello–. Lo sé, pero hay que salvar a tu pueblo. Por favor, haz lo que te digo, Brigit. Es mi manera de enmendar todo lo que he hecho mal. ¿Lo harás?

Brigit alzó la mirada hasta sus ojos, llorosa.

–Si algo te sucede, Utana, no creo que pueda...

–Yo siento... amor por ti, mi Brigit. Un amor más poderoso que cualquier ejército, que cualquier rey o que los dioses mismos. Tenlo en cuenta. Tenlo bien presente.

–Yo también te amo, Utana –apretó el rostro bañado en lágrimas contra el suyo–. Nunca pensé que diría esto, y mucho menos a ti, pero es cierto. Te amo.

La besó, y Brigit pudo sentir la sal de sus propias lágrimas en sus labios. Estuvo besándola durante mucho, mucho tiempo, y cuando por fin alzó la cabeza, ella lo vio parpadear rápidamente como para secarse los ojos. No le cupo la menor duda de que los reyes también lloraban.

–Y ahora –le dijo él con voz ronca, áspera–. Te explicaré todo lo que vi mientras estuve visitando a los Elegidos.

Capítulo 19

Lo más sigilosamente que pudo, Brigit fue ascendiendo a través de los tubos de ventilación del hospital. Según Utana, los Elegidos se encontraban en la tercera planta. El cuartel general de Nash parecía estar localizado en la planta baja. Había plantilla de «enfermeras» en la tercera, pero Utana había observado que eran falsas: de enfermeras solo tenían el uniforme.

Al principio, él no lo había entendido, pero Brigit sí. Al margen de su cualificación, ante todo eran agentes de la DPI. Guardias. Aunque algunas de ellas fueran probablemente enfermeras, como aquella bruja de Lillian, que era doctora en medicina y trabajaba para la DPI. De manera que su trabajo consistía esencialmente en evitar que escaparan los Elegidos. Quizá se mostraran sumamente solícitas y complacientes al objeto de que sus cautivos se sintieran cómodos, tranquilos. Para convencerlos de que se quedaran allí de buen grado hasta que no fueran ya de ninguna utilidad. Pero Brigit conocía a la DPI, sabía cómo operaba. Y no tenía la menor duda de que si alguien intentaba abandonar aquel lugar, aquellas falsas enfermeras mostrarían su verdadero rostro.

Y una vez que los Elegidos perdieran su utilidad... bueno, Brigit ni siquiera quería pensar en lo que Nash

Gravenham-Bail y los suyos habrían planeado para ellos.

Utana le había proporcionado una detallada descripción de los diferentes espacios, y Brigit recordaba también con exactitud los planos del edificio que había estado consultando con su familia. Había, tal y como ambos habían podido ver, una escalera de incendios en la trasera de la casa, con su último escalón a unos tres metros del suelo, del que partía una pasarela horizontal justo por encima de las sobresalientes claraboyas que iluminaban el sótano, allí donde se encontraba Utana.

La pasarela recorría toda la fachada trasera de hospital y terminaba en una escalera retráctil... que bajaba directamente al aparcamiento.

Esa escalera de incendios y la pasarela correspondiente, decidió Brigit, sería la ruta de escape de los Elegidos. Y el único acceso desde la tercera planta eran las ventanas del fondo de la cafetería, según le había explicado Utana.

Había añadido también que a unos pocos metros del ascensor había un mostrador de enfermeras, situado en el centro de un ancho pasillo. Las habitaciones de los pacientes se alineaban a lo largo de aquel corredor, en ambas direcciones. La habitación que se abría al final de la derecha le había dado una impresión negativa sin que supiera por qué, como si hubiera desprendido una «mala energía».

Brigit no tenía ninguna duda de que la plantilla de la tercera planta disponía de medios rápidos y eficaces para alertar a Nash en caso de que ocurriera algo sospechoso. Tendría que ser extremadamente cuidadosa. Lamentablemente también iba a tardar mucho en ascender hasta la tercera planta por el conducto de ventilación. Para complicar las cosas, estaba obligada a hacer el menor ruido posible.

Y sin embargo lo consiguió.

Le costó un buen rato, sobre todo trepar por las secciones verticales del conducto. En cada planta se encontró con una intersección de cuatro direcciones, de la que partían tubos en horizontal mientras el vertical proseguía su ascensión, cada vez a mayor altura. Al llegar a la tercera intersección calculó lógicamente que se encontraba en la tercera, y continuó reptando por el ramal de la izquierda, esbozando una mueca cada vez que el tubo crujía bajo su peso.

Se arrastraba sobre el vientre para minimizar la posibilidad de hacer ruido. Finalmente llegó hasta una rejilla a través de la cual se distinguía el suelo.

Un corredor. Varias personas iban y venían. Enfermeras. Incluso pacientes. Nadie parecía tener un aspecto siniestro, o particularmente asustado. Se deslizó en silencio sobre la rejilla y continuó reptando. Se topó con un ramal lateral y lo siguió, confiando en que fuera a desembocar en alguna de las habitaciones de los pacientes. Y la siguiente vez que se detuvo lo hizo sobre una rejilla que, indudablemente, correspondía a una habitación. Suspiró de alivio. Lo había conseguido. Y, al parecer, sin que la hubieran descubierto. Por el momento, todo marchaba perfectamente.

La habitación parecía vacía.

Sacudió sigilosamente la rejilla hasta que pudo retirarla y, momentos después, se deslizó por la abertura con los pies por delante y saltó al suelo. Silencio. No había nadie cerca. Se incorporó con lentitud, mirando a su alrededor... y descubriendo a una niña pequeña de cabello rubio y ojos azules que la observaba a su vez con fijeza.

La niña no pareció sorprenderse de ver a una desconocida entrando por el techo. Ni alarmada tampoco. Fue casi... como si la hubiera estado esperando.

Fue entonces cuando señaló con su dedito una esquina de la pared, justo a la derecha de la puerta.

Cuando Brigit siguió la dirección de su mirada y vio la cámara allí montada, se movió rápidamente para salir de su campo de visión.

–¿Pueden oírnos también? –le preguntó a la niña en un susurro.

La pequeña se acercó a una mesita redonda y recogió un mando a distancia entre sus cuentos de colorear, ceras y vasos de pinturas. Dirigió el mando al televisor montado en el techo, lo encendió y subió el volumen.

–Ahora ya no pueden –respondió–. ¿Has venido a sacarnos de aquí?

–Sí. Pero tendrás que guardar silencio y no contárselo a nadie hasta que yo te lo diga. ¿De acuerdo?

La niña asintió.

–Sabía que vendrías. Ese hombre grande que vino antes... tú lo conoces, ¿verdad?

–Sí. ¿Cómo lo sabes?

–Lo vi en tu cabeza –se encogió de hombros–. Él me dijo que iba a ayudarnos... ya sabes, con su *voz callada* –susurró las palabras finales.

–¿De veras?

–Ajá.

–Voy a necesitar alguna ayuda. ¿Puedes ayudarme?

–Sí, y mi mami también. ¿Quieres que vaya a buscarla?

–¿Dónde está? –inquirió Brigit.

–Ha ido a la cafetería a por comida. Volverá pronto.

–¿Entonces por qué no la esperamos tranquilamente?

–De acuerdo –la pequeña se sentó a la mesa, expectante.

Estaba rodeada de ceras y cuentos para colorear, la mayor parte rellenados. Brigit imaginó que debía de haberse cansado de colorear.

–Oh, desde luego que me he cansado. ¡Creo que si tengo que colorear un cuento más, me volveré loca!

Brigit la miró extrañada.

—Acabas de oír lo que he pensado, ¿verdad?

—¿Te refieres a tu voz callada? Sí, la he oído. Oigo las voces calladas de mucha gente. Mami me dice que no se lo cuente a nadie, pero yo confío en ti.

La puerta se abrió de pronto y apareció una mujer que se quedó paralizada al descubrir a Brigit. Sus ojos reflejaron sorpresa y alarma, que era precisamente la reacción que habría esperado de su hija. Sin embargo, el gesto de llevarse un dedo a los labios pareció obrar el milagro. La mujer vaciló en el umbral, pero terminó de entrar y cerró la puerta a su espalda.

—He venido a sacaros de aquí —le dijo Brigit, bajando mucho la voz.

—Gracias a Dios —repuso la mujer—. Están planeando algo... algo malo.

—¿Cómo lo sabes? ¿Has oído algo? —inquirió Brigit, deseosa de conseguir la mayor información posible.

—Mami no lo sabe. Pero yo sí —intervino la niña—. Van a hacernos llorar. He oído sus voces calladas hablando de ello. Algunos no quieren, pero los obligarán. Para capturar a los vampiros, dicen que es.

—Bueno, pues nadie va a hacerte llorar a ti —le aseguró Brigit—. Eso te lo garantizo —y se volvió hacia la madre—. ¿Conoces a una mujer que se llama Roxy?

El miedo que se leía en los ojos de la mujer se evaporó con una rápida sonrisa.

—Todo el mundo conoce a Roxy. Trabaja aquí de enfermera.

Cualquiera que fuera amigo o conocido de Roxy estaba también de su lado: eso fue lo que Brigit leyó al instante en su rostro. No eran necesarias las palabras, y eso estaba bien, porque cuanto más hablaran en voz alta, más riesgo corrían de que las escucharan.

La pequeña estaba tirando a Brigit de la manga de la blusa.

–¿Qué pasa, cariño?

–Que Roxy no es enfermera de verdad –musitó.

Brigit enarcó las cejas y lanzó una elocuente mirada a la madre.

–Tienes una hija muy especial...

–Sí que lo es, aunque eso es algo que aquí hemos estado manteniendo en secreto. En este lugar, cualquiera que sea un poco distinto parece llamar demasiado... la atención. Lo único que quiero es sacarla de este infierno. Ahora mismo.

–No te preocupes. Yo también soy bastante... distinta. Has hecho bien en guardar la máxima discreción posible.

–Eso mismo fue lo que me aconsejó Roxy.

–Ya. ¿Podrías llamarla? ¿Conseguir que viniera sin despertar sospechas? Si lo haces, te prometo que seréis las primeras en salir de aquí.

–¿Cuándo? –quiso saber la mujer.

–Esta noche. Tiene que ser esta noche.

La mujer asintió al tiempo que estiraba una mano hacia su pequeña.

–Oh… oh –le advirtió Brigit–. Ella se queda conmigo –se ganó una furiosa mirada de su protectora y obviamente devota madre, pero no tenía más remedio–. Lo siento, pero no te conozco, y no puedo arriesgarme a que me traiciones. Demasiadas vidas dependen de que yo tenga éxito. Conmigo estará segura, te lo prometo. Ve a buscar a Roxy.

Suspirando, la mujer miró a su hija.

–¿Estarás bien si te dejo unos minutos, Melinda?

Le estaba preguntando más que lo que decían sus palabras. Brigit lo supo por la intensidad de la mirada de la mujer.

La pequeña pareció entenderlo también.

–Tranquila, mami. Ella no es de los malos. Solo se cree que lo es.

–Es verdad que solía pensar que era mala. Pero alguien muy sabio me hizo entender que era buena, después de todo.

–¡Oh, claro que lo eres! –exclamó Melinda, para dirigirse luego a su todavía preocupada madre–. Es amiga del hombre grande.

–Ah –por un instante, una sombra de tristeza atravesó su rostro. Asintió con la cabeza, tendiéndole la mano a Brigit–. Por cierto, soy Jane.

–Brigit –se la estrechó.

Asintiendo de nuevo, Jane se apresuró a marcharse. Pero Brigit se había quedado preocupada por la mirada que le lanzó la mujer ante la mención de Utana.

Cinco minutos después, una llamativa enfermera pelirroja entraba con Jane en la habitación. El miembro más veterano de la casta de los Elegidos no era ni mucho menos lo que había esperado Brigit. Adivinarlo por su edad habría sido imposible, porque no era, al menos en apariencia, en absoluto mayor. Iba vestida de blanco, como el resto de los agentes de la DPI que trabajaban en aquel lugar, pero lucía unos zuecos de plástico con los colores del arcoíris y unos calcetines rosa chillón. Sus rizos rojo fuego parecían forcejear por escaparse del apretado moño, con algunos mechones que flotaban libres como tentáculos de Medusa. Incluso llevaba una antigua y anacrónica cofia de enfermera. Despedía puro fuego por los ojos. No podía disimularlo y tampoco lo intentaba.

Que a esas alturas aún no hubiera sido descubierta era algo que escapaba a la comprensión de Brigit. Pero le gustaba aquella mujer.

El olor del antígeno Belladonna, la vibrante energía que despedía parecía crepitar de manera inequívoca, mucho más vivaz que cualquier otro humano de aquel lugar. Indudablemente era distinta de la esencia de cualquier otro miembro de los Elegidos que Brigit hubiera conocido, y había conocido a muchos.

Roxy miró a Brigit y arqueó las cejas, sorprendida de ver allí a una desconocida.

–¿Usted es...?

–Brigit Poe.

Roxy perdió el aliento y se llevó una mano a la boca para disimular su sorpresa, casi al tiempo que se volvía para mirar la puerta cerrada.

–Eres uno de los gemelos –pronunció en un susurro.

–Sí.

–¡Aleluya! –le estrechó efusivamente la mano que antes le había tendido Brigit, cuando se presentó–. No te imaginas lo contenta que estoy de verte aquí. Yo soy Roxy.

–Lo sé. Pero siento curiosidad... ¿cómo es que estás trabajando aquí, y no como paciente?

–No podía presentarme como uno de los Elegidos. Dada mi edad relativamente avanzada, me habrían aislado para someterme a un estudio especial. Me habrían apartado de los demás y me habrían encerrado en un laboratorio secreto, donde habría servido de conejillo de indias para sus científicos locos. Que es lo mismo que intentarán hacer contigo si te descubren. Un espécimen único. A la DPI le encanta estudiar joyas como nosotros –puso los ojos en blanco de manera muy expresiva–. Pero dime qué es lo que tenemos que hacer para cerrar este lugar. Desde que lo pisé por primera vez, he tenido escalofríos a cada segundo. Creo que esos canallas incluso me siguieron a casa anoche.

–Necesito saber cuántas enfermeras están de guardia cada turno y con qué frecuencia hacen las rondas. A qué horas cambian los turnos y de qué forma. Y cualquier otra cosa que se te ocurra y nos pueda resultar de ayuda.

Sonriendo lentamente, Roxy asintió.

–Necesitas saber cuál será el mejor momento para empezar a trasladar a los supuestos pacientes fuera de aquí.

–Eso es.

–¿Cuándo piensas hacerlo?

–Esta noche –respondió Brigit.

–Justo a tiempo… De acuerdo. Te cuento lo esencial: cada dos horas envían a algunos de sus hombres a hacer un reconocimiento. Lo revisan todo, créeme: debajo de las camas, los armarios, los servicios... Mientras tanto, la enfermera jefe tiene que telefonear para informar. Si no oyen su voz al teléfono, o si no les proporciona la contraseña correcta, dan la alerta. Y la contraseña cambia todos los días.

–Vamos a necesitar esa contraseña.

–Yo ya la sé. Se la escucho a esa vieja bruja cada día, por si acaso. Hoy es «Corre, conejo, corre». Aunque no oigan su voz al teléfono, no importará. Pero da la casualidad de que precisamente esta misma tarde la rutina experimentará un cambio dramático.

–Mala señal. Cuéntame todo lo que sepas, Roxy.

–Primero, los guardias efectuarán la habitual revisión de la planta. Pero aquí viene el cambio. Se supone que la plantilla deberá hacer un recuento general, asegurarse de que cada paciente se encuentre en su habitación, cerrar las puertas y concentrarse luego todos en la planta baja. Todas las puertas que comuniquen con esta planta quedarán cerradas.

–¿Y luego qué? –preguntó Brigit, temiendo lo peor.

–No nos lo han dicho. Lo único que sé es que todos los pacientes tienen que quedar encerrados en sus habitaciones para la puesta de sol, con la plantilla entera de enfermeras fuera de la planta.

–Veamos –Brigit se puso a pasear por la habitación, reflexionando–. Si espero a que se marche la plantilla y luego abro las habitaciones...

–Para abrirlas todas, es necesario activar un mecanismo en el mostrador de enfermería. Pero eso alertaría a los esbirros –Roxy miró su reloj–. De todas formas, ahora no tienes tiempo de preocuparte por eso, corazón. La siguiente revisión de planta está a punto de empezar. ¿Cómo te las has arreglado para entrar aquí?

Brigit miró al techo. Roxy siguió la dirección de su mirada y descubrió la rejilla de ventilación abierta.

–Es una posibilidad… –musitó.

–Nunca podríamos sacarlos por ahí: sería imposible no hacer un ruido de mil demonios. Más de cien personas... no, imposible. Además de que son tres pisos, comunicados por tubos verticales. Creo que la salida de incendios es una mejor opción.

–Pero entonces habría que hacer algo con la valla. Está electrificada.

–Me lo temía.

–Ya se te ocurrirá algo –repuso Roxy mientras juntaba las manos y se agachaba, para que apoyara un pie en ellas a modo de escalón–. Sube, yo te aúpo. Vuelve por donde has venido y espera hasta la puesta de sol. Nos volveremos a encontrar aquí.

Brigit aceptó su ayuda y trepó hasta el tubo. Una vez dentro, colocó nuevamente la rejilla.

La pequeña se colocó entonces justamente debajo y alzó la cabeza hacia ella. Parpadeó varias veces, como si estuviera intentando contener las lágrimas.

–Dile a ese hombre grande que tenga cuidado –le dijo.

De repente, su madre la apartó de allí justo cuando se abría la puerta y entraba gente en la habitación. Brigit se apartó de la rejilla y permaneció inmóvil y en silencio mientras hombres con traje militar de faena procedían a registrar la habitación. Pensó que Roxy había tenido razón: no dejaron rincón alguno por mirar. Excepto el conducto de ventilación donde ella estaba escondida.

¿Pero qué habría querido decir Melinda con aquello de que Utana llevara cuidado? ¿Habría adivinado, predicho algo? ¿Poseía acaso el don de la clarividencia?

El corazón se le desgarró con un nudo de miedo. No permitiría que le sucediera nada malo. Jamás.

Cuando acabó el registro y la habitación volvió a quedar en silencio, Brigit se arrastró hasta el conducto vertical central. Descendió luego todas las plantas y volvió a salir al sótano donde Utana la estaba esperando, todavía encadenado, con la cabeza baja y los ojos cerrados. El vidrio casi opaco de las claraboyas impedía distinguir nada del exterior, pero al menos dejaba entrar la luz del día.

Pobre Utana. Estaba exhausto. Y drogado hasta las orejas.

Brigit se acercó a él y por unos segundos se quedó contemplando su hermoso rostro, sus largas y tupidas pestañas, sus pobladas cejas. Alzó una mano para acariciarle una mejilla y le besó la otra.

—¿Utana?

Removiéndose, levantó la cabeza y abrió los ojos. Le lanzó una mirada dulce, pero en seguida frunció el ceño.

—¿Por qué has vuelto?

—No podré acceder a los Elegidos hasta la noche. Justo después de la puesta de sol. Pero no te preocupes. Cuento con ayuda desde dentro y lo conseguiremos. Pero faltan horas para entonces y pensé... pensé que prefería pasar esas horas aquí, contigo, en vez de encogida en el tubo de ventilación.

Utana asintió.

—Me alegro.

—Encontré a la pequeña, Melinda —le dijo, apoyando la cabeza en el hueco de su hombro—. Le causaste una gran impresión.

—Fue ella la que me impresionó a mí —repuso—. Es especial.

–Sí. Y parece pensar que corres un grave peligro, Utana.

Él arqueó las cejas y miró deliberadamente a derecha e izquierda, los grilletes que aprisionaban sus muñecas.

–Bueno, me encuentro encadenado. De por sí eso ya es bastante grave.

–Es clarividente, Utana. *Sabe* cosas.

–Amor mío, esta noche les plantaremos batalla, tú y yo. Siempre hay un riesgo en eso, pero luchamos por el bien. Y luchamos, esto es lo más importante, juntos.

–Pero Utana, si algo te sucede, yo...

–No quiero que pasemos estas pocas horas juntos hablando de la muerte –bajó la cabeza hasta rozarle casi los labios con los suyos–. Ven a mí, mujer. Hazme olvidar las cadenas que me tienen cautivo.

–Las fulminaré y quedarás libre.

–No. Tú ya tienes trazado tu plan. Debemos seguirlo, para bien o para mal. Confía en mí, amor mío. Cuando recupere mis poderes, no tendré ningún problema en romper estos grilletes.

–Te amo, Utana. No me importa lo que diga mi familia, o lo que hayas hecho. Yo se lo haré comprender de alguna forma, pero incluso aunque no pueda, si me obligan a escoger entre ellos o tú... te escogeré a ti. Siempre te escogeré a *ti*, Utana.

Al mirarlo a los ojos, le pareció ver que se le humedecían por las lágrimas.

–No merezco semejante devoción de un corazón tan puro y generoso.

–Siento haber intentado matarte.

Utana se sonrió.

–Dudo que sean muchas las mujeres que se disculpen de esa manera con sus hombres.

–¿Es eso lo que tú eres? –le preguntó ella–. ¿Eres mi hombre, Utana?

–Soy exclusivamente tuyo –y la besó por fin.

Brigit devoró sus labios mientras le echaba los brazos al cuello, subiendo las piernas para enredarlas en torno a su cintura. No le importó que alguien pudiera entrar en cualquier momento. No le importó que su vida pudiera terminar aquella misma noche, si las cosas terminaban mal. No le importó que su familia entera se hubiera vuelto contra ella... o que ni siquiera J.W. hubiera entrado todavía en razón.

No le preocupó nada. Únicamente se concentró en la sensación de Utana deslizándose en su interior; en su piel suave y firme bajo sus dedos; en su boca, que ni por un instante abandonaba la suya; en sus caderas, moviéndose contra ella en un lento y cadencioso ritmo que terminó arrastrándola a una ardiente locura. Y en la deliciosa liberación que experimentó cuando aquel hervor se convirtió en explosión.

Cuando todo terminó, Utana cayó de rodillas con los brazos colgando de las cadenas. Ella se arrebujó contra él, con la cabeza apoyada en el hueco de su hombro. Solo por unas pocas horas, pensó, fingiría que todo estaba bien, que todo era perfecto. Que su misión había terminado y que habían tenido éxito. Que su pueblo estaba a salvo y que la había perdonado tanto a ella como a Utana, y que su familia volvía a quererla como antes.

Ojalá fuera cierto...

Reacia, fue quedándose dormida mientras se dejaba arropar por aquel gozoso, pero probablemente imposible sueño, como si fuera la manta más caliente y suave del mundo.

Capítulo 20

Utana contemplaba fijamente a la mujer que dormía acurrucada contra él. Se había pegado a su cuerpo todo lo posible, como si ni siquiera quisiera dejar pasar el aire entre ellos.

Era bella, poderosa y valiente. Si hubieran estado en un tiempo distinto, en una era diferente, y él hubiera sido el rey de su tierra, la habría convertido en su reina. Algo que, por cierto, jamás se le había pasado por la cabeza tener nunca. Sabía ahora que eso era porque nunca había conocido una mujer tan valiosa como Brigit, y que lo mereciera tanto. Hasta los dioses lo sabían. Para ello, uno no tenía más que ver los esfuerzos que estaba haciendo para salvar a su pueblo, pese a que su misma gente se había vuelto contra ella. Y para salvarlo a *él*, y ello a pesar de que no tenía motivo alguno para creer en él. Su lealtad no conocía límites, y Utana la admiraba por eso.

Eran tantas las cosas que admiraba de Brigit...

Se permitió descansar todo el tiempo posible, disfrutando de la sensación de su cuerpo en sus brazos. Su tamaño era tan engañoso... Su menudo cuerpo escondía el poder de una diosa.

Pero aquella felicidad duró demasiado poco. Sintió acercarse la noche cuando todavía faltaba algo más de una hora, y sabía que ella necesitaría ese lapso para liberar a los Elegidos. Dulcemente le acarició el pelo, la cara, y vio que abría los ojos.

—Es la hora, amor mío.

Se incorporó, estirando los brazos y arqueando la espalda. Luego se relajó un tanto y sonrió al encontrarse con su mirada.

—Detesto tener que dejarte.

—Tengo que quedarme aquí. Para que tú tengas tiempo de hacer lo que tienes que hacer.

—¿Han desaparecido los efectos de la droga?

—No lo sé.

—Intenta hacer explotar algo —susurró ella.

Utana miró a su alrededor y su mirada fue a posarse en un cajón de madera, cerca de los gigantescos depósitos del fondo. Concentrándose en el objeto, entrecerró los ojos e invocó su poder.

—¡No! —Brigit se apresuró a taparle los ojos con la mano—. Así no. Evita cualquier cosa que pueda estar cerca de esos depósitos, Utana. Están llenos de propano, un gas altamente inflamable. Si fulminas esos depósitos, explotará el edificio entero.

Utana asintió, y ella retiró la mano de sus ojos. Con sus palabras, no había hecho más que confirmar lo que él ya había sospechado. Y lo que pensaba hacer.

Pero no podía revelarle nada. Ya lo descubriría a su debido tiempo.

Brigit recogió entonces la cadena que aprisionaba su brazo derecho.

—Prueba con esto. Pero no lo fulmines del todo para no activar esos malditos sensores.

Utana fijó la mirada en la cadena, invocando la energía que sabía ya que no procedía *de* él, sino que circulaba *a su través*. Suplicó ayuda a los dioses. Y sintió que su poder empezaba a moverse, a agitarse. Brotó el rayo de sus ojos, pero no fue ni poderoso ni cegador: al tocar la cadena, apenas logró calentarla. Y al cabo de unos segundos, incapaz de mantener su poder, tuvo que cerrar los ojos.

Brigit tocó la cadena y asintió con la cabeza.

–Está muy caliente. Dentro de poco volverás a ser tú mismo. Deja que te libere yo.

–Sabes que no puedes, Brigit –se inclinó para besarla en los labios–. Vete ya. Ve a liberar a los Elegidos. Una vez que se encuentren a salvo, tú y yo abandonaremos este lugar juntos. Y ten mucho cuidado, mi rayo de luna.

–Tú también –repuso ella–. Utana, hay una expresión antigua utilizada todavía en nuestro tiempo, que quiero explicarte. Cuando la gente supera un infierno como el que tú y yo estamos viviendo, y encuentran al fin la victoria y la paz, y son capaces de estar juntos de nuevo, se dice que «fueron felices y comieron perdices».

Tuvo que interrumpirse, y él entendió por qué. Lo supo por la ronquera de su voz, el parpadeo de sus ojos, las lágrimas que estaba a punto de verter.

–Quiero que los dos seamos felices y comamos perdices, Utana. Quiero eso contigo.

–Es una buena expresión. Ojalá pudiera hacerla realidad. Te prometo que lo intentaré.

–Hazlo, no lo intentes.

Él asintió con la cabeza.

–Vete ya –le dijo–. Antes de que sea demasiado tarde.

Así lo hizo, enjugándose las lágrimas con una mano. Utana siguió con la mirada cada uno de sus pasos hasta que desapareció de su vista, con el corazón encogido por el pensamiento de que quizá nunca más volviera a poner sus ojos en la bella Brigit.

–Enfermera... Corona, ¿verdad?

Roxy alzó la mirada del mostrador de enfermeras, sorprendida. Todavía no había llegado la hora de la inspección.

–¿Sí?

El hombre que se hallaba al otro lado del mostrador era el mismo canalla de la cicatriz que parecía dirigir aquel lugar. Con unos ojos de color del cemento húmedo, e igual de fríos.

–Me preocupa la salud de la niña pequeña de la 3-B, Miranda.

–Melinda.

–Eso, Melinda. Está teniendo problemas para respirar. ¿Podría ir a echar un vistazo?

Roxy se levantó inmediatamente de la silla para dirigirse a la habitación.

–De todas formas debería avisar a un médico –protestó apresurada, consciente de que ella no estaba en absoluto cualificada para atender a una niña enferma.

Había enfermeras de verdad en aquella planta. Varias de aquellas agentes de la DPI tenían el título, con experiencia incluso, y pensó que tendría que encontrar la manera de conseguir la ayuda de alguna sin traicionarse al mismo tiempo, si acaso Melinda se encontraba en problemas. No estaba dispuesta a dejar que le pasara nada a aquella niña tan preciosa y tan valiente...

Nada más entrar en la habitación vio a la pequeña en los brazos de su madre, acurrucada a su vez cerca de la ventana del fondo, con el rostro bañado en lágrimas.

–Cariño, ¿qué pasa?

Pero antes de que pudiera acudir a su lado, Roxy se vio agarrada por dos hombres que aparecieron de pronto detrás de la puerta. Rápidamente le inmovilizaron las manos detrás de la espada y la esposaron.

–¿Qué diablos estáis...? ¡Quitadme vuestras asquerosas manos de encima, pedazos de...!

–Cállate, Roxy –dijo el hombre de la cicatriz–. Sabemos quién eres. Hace ya tiempo que lo sabemos –volviéndose hacia los hombres que la estaban agarrando, bramó–: Quiero a la madre y a la hija en la zona de seguridad para que podamos estudiarlas.

Uno de los hombres, el mismo que había esposado a Roxy, agarró a Melinda y tiró de ella. Pero la pequeña se resistió y, soltando un chillido, le mordió la mano. El esbirro la soltó y la niña enterró la carita en el pecho de su madre, abrazándola con fuerza.

El hombre de la cicatriz miró a Jane.

–Está bien, de acuerdo. Te diré algo que se suponía no debías saber. Cada paciente que no se encuentre en la zona de seguridad, morirá. Tu hija, sin embargo, es especial y necesitaremos estudiarla. Al igual que nuestra famosa Roxanne, aquí presente.

–¡Yo no iré a ninguna parte sin mi madre! –gritó Melinda–. No podéis obligarme. ¡La próxima vez os arrancaré la mano de un mordisco!

El hombre de la cicatriz frunció los labios. Roxy sospechó que el muy canalla se estaba aguantando la risa.

–Llevaos también a la madre. No es una de ellos, pero tampoco representa una amenaza.

Si pensaban eso, reflexionó Roxy, entonces nunca habían visto a una madre osa protegiendo a su osezno. Jane era fuerte y amaba a su hija con locura. Mejor. Una aliada más.

De repente oyó un alboroto en el pasillo y Roxy se volvió para mirar a través del cristal de la puerta. Había soldados al otro lado, por lo menos una decena de ellos, empujando a todos los internos hacia los ascensores.

Nuevamente se volvió hacia el hombre de la cicatriz, fulminándolo con la mirada.

–¿Qué sucede? ¿Adónde están llevando a todo el mundo?

La ignoró, pero su expresión era lo suficientemente elocuente. Fuera cual fuera el lugar de destino de los Elegidos, aquel sería su último viaje. Iba a matarlos a todos.

Y Brigit volvería en cualquier momento, con su plan de liberar a los Elegidos… para encontrarse con que no quedaba nadie a quien salvar.

–Esto no es lo que nos dijeron que iba a pasar esta tarde –balbució Roxy, atropellando las palabras en un estado cercano al pánico–. Se suponía que teníamos que encerrar a los pacientes en sus habitaciones y bajar luego a la planta baja. Nos dijiste...

–Os dije lo que quería que creyerais. ¿Por qué diablos habría de revelar el verdadero plan a un espía de los vampiros, Roxy? ¿O a cualquiera de los humanos *anormales* que portan el antígeno de los vampiros? ¿Me tomas por estúpido?

–La verdad es que sí.

Lo miró como si quisiera abofetearla, pero Roxy continuó contemplando la escena que se desarrollaba en el pasillo, con las puertas del ascensor cerrándose sobre el último grupo de Elegidos.

Entonces el hombre de la cicatriz abrió la puerta y lideró la marcha mientras sus hombres se ocupaban de las tres cautivas.

–Por aquí –dijo girando a la derecha y enfilando hacia el extremo más alejado del corredor. Pasaron por delante de las habitaciones vacías mientras se dirigían a la presunta «zona de seguridad», que era una simple habitación de paredes blancas y acolchadas, sin ventanas ni muebles.

El hombre de la cicatriz abrió la puerta y se hizo a un lado. Sus esbirros empujaron dentro a las cautivas y se apresuraron a cerrarla mientras las tres se tambaleaban y caían al suelo.

Roxy fue la primera en levantarse, con las manos esposadas a la espalda, para lanzarse hacia la puerta. Inmediatamente oyó el chasquido de un cerrojo y los pasos de los hombres alejándose.

–¿Por qué ha hecho eso? –masculló Jane, abrazando a su hija con fuerza–. ¿Por qué nos ha encerrado únicamente a nosotras?

Roxy se volvió para mirarla.

–Imagino que porque somos diferentes al resto de los Elegidos.

–Los Elegidos –repitió Jane, bajando la cabeza.

–Los que portan el antígeno Belladonna. Como Melinda. Y como yo. Y como cualquier otro residente de este lugar.

La mujer asintió:

–Eso ya lo sabía.

–Pero Melinda es especial, incluso entre los Elegidos. Sus habilidades clarividentes son... Nunca había visto nada parecido.

–Pensaba que no lo sabían, siempre hemos procurado ser discretas.

–Hay pocas cosas que esa gente no sepa.

–¿Y tú? –le preguntó Melinda–. ¿Cómo es que tú también eres especial, Roxy?

–Soy la mayor, la más veterana. Digamos que hago incursiones en... la brujería y las ciencias ocultas. Y soy amiga de un montón de vampiros.

La pequeña abrió mucho los ojos al oír aquello, y se apresuró a abrazar a su madre. Jane frunció el ceño, ladeando la cabeza.

–Nos dijeron que aquellos que tenían el antígeno eran especialmente vulnerables a... a los ataques de los vampiros. Y que si nos trajeron aquí fue para protegernos de ellos, hasta que el gobierno tuviera la situación bajo control.

–Os mintieron –replicó Roxy–. Y dado que parece que disponemos de algún tiempo, voy a contaros todo lo que sé sobre los vampiros. Además, si alguien aparece para salvarnos de este desastre, seguro que serán ellos, y no quiero que entréis en pánico cuando los veáis –se encogió de hombros–. Espero de todas formas que se den prisa, ya que esta situación es condenadamente incómoda –miró a la niña, como disculpándose–. Perdona. Quería decir *ciertamente* incómoda.

Melinda se adelantó de pronto hacia ella, sonriendo y estirando una mano para ofrecerle algo. Una llave diminuta.

–¿De dónde has sacado eso? –le preguntó su madre.

–Se lo quité al hombre malo... al que le mordí la mano.

–Eres todavía más especial de lo que pensaba –dijo Roxy mientras se volvía, presentándole las esposas.

La pequeña insertó la llave y la giró. Se abrió una esposa, y Roxy se volvió para terminar de abrir la otra. Una vez libre, se frotó las muñecas.

–Gracias, Melinda.

–De nada. ¿Nos contarás ahora lo de los vampiros?

–Oh, me encantaría. Me moría de ganas de hacerlo, de hecho, pero ya sabes que teníamos que tener cuidado con lo que decíamos.

–¿Conoces muchas historias de vampiros? –le preguntó Melinda.

–Muchas. Te encantarán. Vamos, cariño, pongámonos cómodas...

Brigit reptó por el conducto de ventilación hasta que se encontró encima de la habitación en la que Roxy, Jane y la pequeña Melinda habían convenido que la esperarían. Estaba excitada, a punto para la batalla, más viva de lo que nunca se había sentido antes. Pero también tenía miedo... y nunca antes había tenido miedo de luchar. Aunque esa vez era mucho, demasiado, lo que podía perder.

Se asomó a la rejilla pero no vio a nadie debajo. La habitación parecía vacía.

Frunciendo el ceño, escuchó. Y oyó el agua corriendo en el baño. Sí, tenían que estar allí. Preparándose quizá para la fuga.

Sigilosamente, retiró la rejilla y se deslizó por la abertura, balanceándose solo por un instante antes de saltar al suelo.

Pero justo en el instante en que sus pies hicieron contacto, se vio inmovilizada por dos hombres que parecieron surgir de la nada. Un tercero le puso unas gafas de extraño aspecto con una banda elástica en la nuca, tirándole del pelo en el proceso.

Parpadeó, sorprendida. No era una venda: podía ver a través de aquellas gafas. Las lentes de cristal eran transparentes. Mientras los dos hombres la sujetaban, el tercero tensó con fuerza la banda hasta que los cercos de goma de aquellos extraños anteojos se le clavaron en la piel.

Fue entonces cuando lo vio. Nash Gravenham-Bail. Estaba aplaudiendo lentamente, con una sonrisa de pura maldad en los labios.

—Te has esforzado mucho, Brigit. ¿Verdad, chicos? Muchísimo —dejó de aplaudir y le dio unas palmaditas en la mejilla—. Ya lo ves: sabíamos quién eras desde el principio. ¿Dónde aprendiste a bailar tan bien la danza del vientre, por cierto?

—Vete al diablo.

—Desde el instante en que vi la... bueno, seamos finos y llamémosle el «cariño» que te demostró Utana, supe que tenía que utilizarte para mantenerlo a raya. Lo de que os escaparais los dos no estaba planeado, pero... bueno, al final la cosa funcionó maravillosamente de todas formas, ¿no te parece?

Descargó en el suelo el bulto que llevaba al hombro. Brigit se dio cuenta de que era la funda de almohada que Utana había sacado de la mansión.

–Encontré esto en tu coche. El vestido de bailarina sigue aquí. Póntelo para nosotros, ¿quieres, Brigit? Será casi poético...

–Vete al infierno, canalla...

Uno de los matones le tapó la boca antes de que llegara a terminar la frase. Gravenham-Bail abrió la funda de almohada y sacó el vestido de fina seda.

–Mira, los chicos están deseando que te lo pongas. Oh, antes de nada, creo que debería mencionarte que si intentas fulminar a alguien con el poder de tu mirada, lo único que conseguirás es explotarte la cabeza. Los cristales de esas gafas están diseñados para reflejar tus rayos. Así que no puedes hacer nada. Estás completamente a mi merced.

–¿Eso crees? –las palabras sonaron ahogadas bajo la mano del matón, pero las pronunció de todas formas. Luego, apoyándose precisamente en los hombres que la agarraban, alzó las piernas, con las rodillas flexionadas, y los pateó: a los dos a la vez, y justamente en la entrepierna.

La soltaron al tiempo que se doblaban de dolor, y Brigit aprovechó la oportunidad para lanzarse hacia la puerta, decidida a arrollar a Nash si se le ocurría interponerse en su camino.

Nash se hizo a un lado para dejarla pasar... pero clavándole una jeringuilla.

No consiguió dar más de cuatro pasos en el pasillo antes de que la venciera la debilidad. Tuvo la sensación de que se le derretían las rodillas, la vista se le nubló.

Vagamente, mientras caía el suelo, lo sintió acercarse.

–Me esperaba algo así –le dijo él y, poniéndose en cuclillas, empezó a desnudarla.

Se sentía demasiado débil para resistirse y la cabeza le daba vueltas. Los movimientos de Gravenham-Bail eran rápidos y eficientes, casi asépticos mientras la desvestía para ponerle el precioso vestido de seda. Le dejó los pies descalzos. Finalmente hizo una seña a uno de los soldados:

–Cárgatela al hombro y salgamos fuera. ¿Están preparados ya los Elegidos?

–Sí, señor.

–Bien. Y además está a punto de caer la noche. Todo está saliendo al milímetro. Empecemos ya.

Lideró la marcha, dirigiéndose no hacia los ascensores sino a lo largo del corredor que llevaba a la parte trasera del edificio. Brigit ignoraba el motivo. Su cuerpo se balanceaba impotente a hombros del soldado que caminaba detrás de su jefe. Cuando llegaron ante la puerta del fondo, experimentó un extraño presentimiento y alzó la mirada.

A través de la malla metálica del cristal de seguridad vio una habitación de paredes acolchadas, con tres personas dentro. Estaban sentadas en el suelo: Roxy era la que estaba hablando, mientras Melinda y su madre la escuchaban fascinadas.

Aparte de ella, toda la tercera planta parecía abandonada.

No tardaría mucho tiempo en descubrir por qué.

Capítulo 21

–Bueno, Utanapishtim, parece que tu dama te ha abandonado.

Utana tiró con fuerza de las cadenas que lo aprisionaban. Más de una hora había pasado desde que se había ido Brigit... quizá para siempre. No había vuelto a tener noticias de ella y no tenía la menor idea de lo que podía estar sucediendo. Pero si el plan hubiera salido bien, a esas alturas ya se lo habría hecho saber. Y temía por ella, por todos. La noche había caído ya. Y sabía que era aquella noche cuando Nashmun pondría en marcha su diabólico plan.

–Veo que aún sigues débil.

–Demasiado débil para hacer lo que tú pretendes que haga. Te has derrotado a ti mismo en esta batalla, Nashmun. Por mucho que me obligues, no puedo utilizar mi poder para destruir a los vampiros.

–Todavía no. Pero tan pronto como el antídoto funcione, estarás perfectamente –Nashmun se acercó a él y le clavó otra aguja en el costado.

Grave error el de acercarse tanto a su mano derecha, pensó Utana. Aun encadenado, lo agarró de la garganta y lo levantó en el aire.

–Te mataré aquí y ahora, y acabaré de una vez por todas con esta guerra.

Nashmun intentó hablar, pero no consiguió emitir más que un gruñido. Agarró a su vez a Utana del cuello mientras pataleaba como un poseso en el aire, y finalmente señaló algo en el techo, al otro lado de la claraboya medio opaca.

Fue entonces cuando los paneles de vidrio comenzaron a moverse.

Sorprendido, Utana vio cómo se deslizaban lentamente, revelando el cristal que había detrás, que era completamente transparente. Y se quedó horrorizado.

El jardín trasero del hospital, con la valla de alambre que lo rodeaba, apareció ante sus ojos. Había gente, un centenar de personas, atados a aquella valla. Algunos al nivel del suelo, otros más altos Y entre ellos, directamente frente a él, con los brazos y las piernas haciendo una equis... su amada Brigit.

–Suéltame –gruñó Nashmun.

Utana aflojó los dedos, permitiéndole respirar, pero no lo soltó. Seguía mirando fijamente a Brigit. Llevaba puesto el vestido con el que había bailado para él, el pelo suelto, con sus pálidos rizos ondeando al viento. Detrás, el sol acababa de ponerse: más allá de la fila de montañas azules que recorría el horizonte, apenas una delgada curva anaranjada destacando contra el resto del cielo.

Nashmun dijo algo por el transmisor que llevaba a la cintura y, de repente, toda la gente que estaba amarrada a la valla empezó a agitarse como peces ensartados en un arpón. Saltaban chispas de sus cuerpos: Utana comprendió que les estaban aplicando descargas eléctricas. El rostro de Brigit se crispó en una mueca de dolor mientras su grito se sumaba al coro de los demás.

Pero al momento, cuando Nashmun hizo otro gesto con la mano, la tortura cesó. Y la gente, los Elegidos, volvieron a quedar inmóviles, laxos. Muchos de ellos gritaban, algunos protestaban, la mayoría suplicaba que los liberasen.

Utana soltó entonces a Nashmun, que cayó al suelo sin aliento, frotándose la garganta.

–Te mataré si vuelves a hacerle daño.

–Yo la mataré a *ella* –le prometió el traidor de la cicatriz–, a no ser que hagas exactamente lo que te diga –se levantó, sacudiéndose el polvo–. Preferiría conservarla para fines investigadores, pero me resulta más útil para librarme de la plaga de los vampiros. Te diré lo que va a pasar: dentro de unos momentos se hará completamente de noche. Tan pronto como eso suceda, electrocutaremos a toda esa gente de ahí.

Utana enseñó los dientes, angustiado.

–No hay necesidad de torturarlos más. ¡Son inocentes! –gritó.

–Sí que es necesario. Los vampiros oirán sus gritos, sentirán su dolor y vendrán aquí para salvarlos. Los hemos atado de forma que los inmortales tengan que penetrar dentro del perímetro para liberarlos. Así, cuando entren, estarán todos concentrados en el mismo lugar. A una señal mía, los fulminarás con ese rayo de la muerte tuyo y morirán todos.

Sacudiendo ferozmente las cadenas, Utana replicó:

–No puedo hacer lo que dices, ni siquiera aunque quisiera... Me has drogado para privarme de mis poderes.

–Esa inyección que acabo de ponerte era el antídoto.

–No sé lo que significa la palabra «antídoto» –masculló, triste.

–Que has recuperado tus poderes, Utana –le explicó Nashmun–. Pero si intentas usarlos contra mí, electrocutaremos una y otra vez a tu dama. Y no nos detendremos hasta que le arda el pelo y le exploten los ojos. Será el dolor más insoportable que puedas imaginar. Harás lo que te digo, Utana. O todos sufriréis inimaginables torturas. Todos. Y Brigit más que nadie.

Utana miró fijamente a Brigit. Dudaba que pudiera verlo, pero estaba seguro de que ella podía escuchar sus pensamientos.

Amor mío, lo siento. Lo siento tanto... Te he fallado.

Vio que alzaba la cabeza de repente, escrutando la noche como buscándolo. Estaba mirando en su dirección, pero no lo veía.

—¡Encended las luces! —gritó Nashmun.

Desde alguna parte de la sala que Utana no podía ver, uno de sus esbirros pulsó un interruptor y el sótano, o la mazmorra, se inundó de luz. Brigit se hizo de pronto invisible, por el reflejo de la luz en el cristal, pero Utana sabía que ahora ella sí que podía verlo a él.

Sé lo que pretende hacer, Utana... ¡pero no puedes escucharlo! No hagas lo que dice, amor mío. No te atrevas a hacer daño a mi gente para salvarme. ¿Me oyes? ¡No lo hagas!

Utana bajó la cabeza y cerró los ojos.

¿Cómo podré soportar verte sufrir?

¡No importa lo mucho que sufra! Soy inmortal. Me curaré. Si muero, mi hermano me devolverá la vida. Todo se arreglará.

—Eso no es verdad —dijo Nashmun.

Utana se volvió para mirarlo, asombrado.

—Llevo trabajando mucho tiempo con los de su raza. He aprendido algunas cosas —se señaló la frente—. Puedo escuchar sus pensamientos. A veces los oigo como borrosos, pero los entiendo bien, por lo general. Su hermano no la salvará. Ya lo ves, no solo le ha dado la espalda... por tu culpa, debería añadir... sino que incluso aunque cambiara de idea, no tendría ningún efecto. Los liquidaremos a los dos, y si reviven... que es lo que probablemente harán, siendo como son inmortales... ambos se despertarán para encontrarse en el estado en el que tú estuviste: enterrados vivos. Así que, inmortales o no, quedarán completamente fuera de combate.

–¡No!

–Sí, sí, sí. Enterrados vivos. Como tú estuviste durante tanto tiempo, Utana.

El pensamiento de que Brigit fuera a padecer la misma angustia y el mismo dolor que a él lo habían arrastrado a la locura le desgarró el corazón.

–No necesitas hacerles daño. No necesitas hacer nada de esto, Nashmun.

–No lo necesito, pero voy a hacerlo. A no ser que tú mates a todos los vampiros. Liquida a esos seres sanguinarios por mí, Utana, y liberaré a tu mujer. Y a su hermano también. Luego los tres podréis marchar siempre. Como quien dice, seréis felices y comeréis perdices.

Era la misma expresión que Brigit le había enseñado, solo que sonaba sucia en boca de aquel malvado.

¡Utana! Brigit le estaba gritando mentalmente. *¡Utana, no lo hagas! ¡Si lo haces, nunca te lo perdonaré!*

Que sepas que te amo, Brigit. Te amo como nunca he amado a nadie antes.

Cariño, por favor, espera. No lo hagas. Saldremos de esto de alguna manera.

Él me está leyendo los pensamientos, mi a...

–¡Basta ya! –Nashmun hizo una seña a su esbirro y se apagaron las luces. Utana pudo volver a ver a Brigit, pero ella a él no–. Una sola comunicación mental más y la electrocuto, ¿entendido?

–¿Me quitarás hasta la oportunidad de despedirme de ella?

–Haz lo que te digo y no tendrás que despedirte –Nash desvió la mirada hacia el punto donde los últimos rayos del sol se hundían bajo el horizonte–. ¡Otra descarga! –ordenó.

Inmediatamente la electricidad volvió a circular por la valla, sacudiendo los cuerpos.

Utana cerró los ojos, incapaz de contemplar aquel dolor, pero sintiéndolo hasta en la última célula de su cuerpo.

–Lo haré –masculló–. Por favor, por favor, no los tortures más. Haré lo que dices.

–Bien. Muy bien, Utana. Por supuesto, tendremos que aplicarles otra descarga, o quizá dos, para asegurarnos de que los vampiros acuden corriendo en su rescate. Pero como has aceptado, haré que sean más cortas y flojas. Te darían las gracias si lo supieran.

Utana bajó la cabeza, con las lágrimas abrasando sus mejillas. No podía soportar ver sufrir a Brigit. Y solo había una forma de evitarlo. Solo una.

El cuerpo entero de Brigit seguía agitándose con el eco de la última descarga eléctrica cuando de repente escuchó la voz de Utana con tanta claridad como si estuviera hablándole en voz alta. Mientras lo buscaba con la mirada, se iluminaron las claraboyas del sótano y descubrió a Utana todavía encadenado a aquel maldito muro. Estaba justo frente a ella. Y supo que iban a obligarlo a contemplar su sufrimiento hasta que hiciera lo que querían que hiciera.

Maldijo a Gravenham-Bail y a la DPI.

Habló con él, le rogó, le suplicó, pero al final Utana se quedó callado. Sabía que no era por propia voluntad. Se las había arreglado para advertirle de que Nash podía escuchar sus pensamientos.

Luego las luces se apagaron y ya no pudo verlo más.

Te amo, Utanapishtim. Ziasudra. Y si tengo que morir esta noche, solo siento que no tengamos más tiempo que pasar juntos. Y si muero de aquí a mil años, mi único pesar será exactamente el mismo. Te amo. Te amo. Te amo.

–¡Pssst!

Brigit se quedó paralizada, percibiendo una presencia

detrás de ella, justo al otro lado de la valla. Y acto seguido experimentó una punzada de reconocimiento.

–J.W. –susurró–. Oh, gracias a Dios...

–Tranquila –estirando una mano, entrelazó los dedos con los suyos a través del alambre–. Estuve a punto de marcharme contigo, hermanita, pero preferí quedarme para intentar convencer a los demás.

–¿Y lo conseguiste?

–Por supuesto que sí. Ya conoces el carácter de Rhiannon. Habría terminado por transigir si le hubieras dado algo más de tiempo. Todo el mundo está en camino detrás de mí, esperando a que decida un rumbo de acción. Pero escucha, quiero que sepas algo: habría venido a buscarte de cualquiera de las maneras. Y Lucy y nuestros padres también.

–¿De veras? –le preguntó, emocionada.

–Eres mi hermana. Estoy de tu lado, aunque te enamores del diablo en persona.

Con el rostro bañado en lágrimas, inundada de alivio, asintió levemente con la cabeza.

–Cuidado. Gravenham-Bail puede escuchar nuestros pensamientos.

–Sí, ya lo suponía por lo que he escuchado de vuestra conversación. Por eso estoy hablando en susurros. ¿Te devolvió Utana tu poder? ¿Puedes abrir un agujero en la valla para interrumpir la corriente?

–Me pusieron unas gafas que me lo impiden. No puedo usar mi poder. Pero tú sí.

–¿Qué quieres decir?

–J.W., tu poder y el mío son el mismo. Utana dice que somos como las caras opuestas de una misma fuerza. Siempre he tenido la capacidad de curar. Y tú de destruir.

–Cielos santo –musitó, maravillado–. Entonces fulminaré yo mismo la valla.

–¡No! Escúchame, si se enteran de que estás aquí, obligarán a Utana a mataros a todos, y bien que podría hacerlo. Me ama tanto... –su susurro acabó en un sollozo.

–Lo sé –susurró J.W.–. Lo sé, Bridge, lo he oído todo. Y lo siento. Yo... el tipo te ama de verdad. Me equivoqué con Utana. Pero yo soy tan incapaz como él de verte sufrir.

–Tienes que esperar... hay algo que tienes que hacer antes. Todavía hay gente dentro. Sácala de aquí. Si no podemos salvar a los demás, al menos los salvaremos a ellos.

–¿Gente? ¿Quiénes?

–Una mujer llamada Roxy... la que ha estado trabajando para nosotros desde dentro, facilitando información a los vampiros. La DPI debe de haberla descubierto. Y luego a una niña muy especial, con su madre. Tienes que sacarlas de aquí vivas, J.W. Se lo prometí.

–Lo haré.

–Dentro de poco esto será un infierno. Tienes que hacerlo ahora.

–No quiero dejarte.

–J.W., es una niña pequeña y está asustada. Tiene siete años. Se llama Melinda. Están en la tercera planta, al final del corredor que se abre a la derecha del mostrador de enfermeras. Ve a por ellas. Por favor –señaló las claraboyas–. Me asusta mortalmente saber lo que va a hacer Utana. Aunque rezo para que esté equivocada. Puede que solo dispongas de unos minutos para sacarlas de allí...

–De acuerdo. Está bien.

–Ve, James. Ahora.

Y se marchó.

De nuevo sola, Brigit se quedó mirando fijamente el cristal oscurecido detrás del cual su amor, el amor de su vida, se encontraba cautivo. Y continuó transmitiéndole sus pensamientos, tanto si Gravenham-Bail podía escucharlos como si no.

No hagas daño a los seres que más quiero en el mundo. Si me amas, no cometas la atrocidad que estás pensando. Preferiría morir antes de dejar que eso suceda. Puedo soportar el dolor. Puedo soportar la tortura. Pero no puedo soportar perderte... no más de lo que podría soportar perder a mi familia. Te amo. Te amaré de todas formas, pero te suplico que...

Se quedó rígida cuando otra descarga de electricidad sacudió su cuerpo. La valla la envolvió en una lluvia de chispas y chilló. Poco después oyó una voz procedente de unos altavoces montados en lo alto del edificio. La voz de Gravenham-Bail.

—Se acabaron las comunicaciones mentales, Brigit. La próxima vez, haré que mis hombres te rieguen con agua primero. Créeme, eso intensificará las... er... sensaciones.

Vete al diablo, le dijo con el pensamiento, rabiosa. *Puedo soportar cualquier cosa que me hagas, y cuando todo haya terminado, seré yo quien te haga sufrir a ti, haré que...*

—¡Ayyy!

Se obligó a permanecer callada tras la última descarga, para que su dolor no distrajera a su hermano de su misión.

Fue entonces cuando empezó a percibir a los demás. Los vampiros estaban cada vez más cerca, coléricos por lo que le estaban haciendo a ella y a los Elegidos. Sucediera lo que sucediera, Brigit estaba segura de que sería pronto: cuestión de segundos. Y no había nada que ella pudiera hacer al respecto.

Utana no podía comunicarse abiertamente con Brigit, ni con cualquiera de los inmortales. Pero podía sentirlos.

Abrió su mente a ellos, a todos ellos, permitiendo que la llenaran con su esencia. Fue consciente de James, el querido hermano de Brigit, penetrando en el edificio del hospital. Ignoraba el motivo, pero sabía que estaba buscando algo... *alguien.*

Sentía también acercarse a los vampiros. Estaban muy cerca, prácticamente encima. En cuestión de segundos, lo sabía, aquellas heroicas criaturas saltarían la valla electrificada para salvar a los Elegidos, para salvar a su amada Brigit.

Y a él le ordenarían matarlos. Si dudaba siquiera en hacerlo, Brigit sufriría la ira de Nashmun, y más descargas eléctricas sacudirían su cuerpo dolorido. Y él sabía que la pobre no podría soportar mucho más.

Colgaba en aquel momento de la valla, la cabeza baja, como rendida: la última descarga casi la había matado. Fue entonces cuando, al otro lado de la valla, Utana distinguió un movimiento.

Los vampiros habían llegado.

Cerró los ojos, invocó su poder y dejó que creciera y creciera hasta que lo sintió vibrar a través de todo su cuerpo. Apenas era capaz de contenerlo. Desesperado, envió un último pensamiento a James.

No era un pensamiento que Nashmun pudiera entender sin problemas: al contrario. Era un número. *Diez.*

–¡Los vampiros están saltando la valla! –gritó Nashmun–. El plan funciona. Solo unos segundos más. Utana. A una señal mía. Espera... espera...

Nueve.

–Quizá los Anunaki se apiaden de mí –pronunció Utana en sumerio, hablando consigo mismo.

Ocho.

–Sigue esperando –ordenó Nashmun.

Siete.

–Harás lo que te diga.

Seis.

Utana continuaba invocando su poder. Parecía crecer del suelo, bajo sus pies, con un verde resplandor que se intensificaba por momentos.

Cinco.

–Espera, espera...

Cuatro.

El poder fluía también de arriba, de los cielos, con un fulgor amarillo dorado.

Nashmun alzó una mano.

–A una palabra mía...

Tres.

–Espera...

Dos.

¡Sal del edificio, James de los Vampiros! ¡Ahora!

Nashmun miró a Utana con los ojos muy abiertos:

–¿Qué diablos...?

Uno.

Utana canalizó el poder a través de sus ojos, y el rayo brotó con mayor fuerza que nunca antes. La energía ardió con el cegador fulgor de un relámpago prolongado. Pero no atravesó el vidrio de la claraboya para fulminar a la multitud de vampiros que habían penetrado en el recinto y que rápidamente estaban procediendo a liberar a los Elegidos.

En lugar de ello, el rayo atravesó toda la longitud del sótano... hasta los depósitos de propano alineados en la pared del fondo.

James había abandonado a su hermana e invocado sus poderes vampíricos mientras corría directamente hacia el edificio. Gracias a ello desarrolló una gran velocidad y pudo alcanzar la escalera de incendios, a tres metros de altura sobre el suelo. Era consciente de que se movía a la rapidez suficiente para no ser detectado por el ojo humano. Además de que todo el mundo estaba demasiado ocupado en los acontecimientos que se estaban desarrollando en el jardín trasero para fijarse en él.

Siguió trepando, saltando de nivel en nivel, hasta que en cuestión de segundos alcanzó la tercera planta y rompió una ventana para entrar. Al primer vistazo localizó el mostrador de enfermeras y el corredor que tenía que seguir, y se lanzó hacia la puerta del fondo. Ni siquiera necesitó las instrucciones de Brigit. Había sentido la cadencia casi musical de la energía de la pequeña desde que entró en el edificio.

Derribó la puerta de una patada y entró: las dos adultas y la niña se lo quedaron mirando asustadas. Justo en aquel momento escuchó en su mente, muy alta, la voz de Utana empezando lo que evidentemente era una cuenta atrás. Y empezó a contar él también.

–¡He venido a sacaros de aquí! –les gritó–. Venid conmigo.

La pequeña fue la primera en levantarse, y James se la cargó en hombros para guiar a las mujeres escaleras abajo. Estaban en el rellano del primer piso y el tiempo se les acababa.

–Oh, diablos... –tuvo un presentimiento, nada bueno. Rápidamente echó a correr por el pasillo de la planta–. ¡Por aquí! ¡Vamos! –gritó.

Las mujeres lo siguieron. Entró en la primera habitación que vio y pateó la puerta. No se rompió. Cristal de seguridad. Maldijo para sus adentros.

En su mente, oyó gritar a Utana: *¡Sal del edificio, James de los Vampiros! ¡Ahora!*

James invocó su poder de curación, pero esa vez lo canalizó con la intención de destruir para dirigirlo contra el cristal. Un chorro de luz brotó de sus ojos y al instante el vidrio desapareció, aniquilado.

Uno.

Agarrando de un brazo a cada mujer, con la pequeña colgando de su cuello, saltó por la ventana... en el mismo instante en que oyó la ensordecedora explosión que empezó de abajo arriba, en el sótano del edificio.

Cuando cayeron al suelo, aterrizando en la maleza del jardín trasero, entre los vampiros y los Elegidos recién liberados, la explosión levantó una columna de llamas que se perdió en el cielo. La oscuridad de la noche pareció encenderse por unos segundos mientras el edificio empezaba a caer por su peso.

James obligó a su pequeño grupo a levantarse y correr hacia el extremo más alejado del jardín. Abrió con el rayo de sus ojos un agujero en la valla y todo el mundo corrió a refugiarse.

Todo el mundo menos Brigit que, liberada por su familia, cayó de rodillas en el césped y soltó un angustiado grito llamando a Utana.

Capítulo 22

Mientras los vampiros se apresuraban a desatar a los Elegidos y a bajarlos de la valla, Brigit había oído a Utana empezar su cuenta atrás y suplicó a los dioses que no le permitieran hacer lo que temía estaba a punto de hacer.

Vio a James saltando de una ventana del primer piso con Roxy, Jane y Melinda agarrados a él. Y entonces su peor pesadilla se hizo realidad.

Lo último que recibió de su amado fue este desesperado pensamiento: *Siempre te amaré, Brigit de los Vampiros.*

Y luego su mirada se vio atraída por el oscurecido cristal justo a tiempo de que lo iluminara un rayo. Un rayo inequívocamente familiar que recorrió el sótano de un extremo al otro.

–¡Utana, por favor, no!

Todo el mundo observaba la escena. De repente, la sala que se extendía detrás de aquellas claraboyas se encendió con un fogonazo, y justo en aquel instante, Brigit pudo distinguir claramente la silueta de Utana recortada contra el resplandor.

Se produjo la explosión y el edificio comenzó a desmoronarse. Alguien rompió las ligaduras que la sujetaban, y cayó de la valla al césped. Sabía lo que había hecho Utana. Arrancándose las gafas, quedó de rodillas en el suelo mientras vampiros y humanos huían en estampida a su alrededor, buscando un lugar donde refugiarse. Gritó una y otra vez su nombre sin darse cuenta de ello. Solo fue consciente de que tenía el corazón destrozado, tan destruido como el hospital de St. Dymphna en aquellos instantes.

Levantándose, se lanzó hacia adelante con los brazos extendidos mientras el edificio se desmoronaba ante sus ojos como si lo hiciera a cámara lenta. Alguien la agarró de los hombros: Rhiannon, supuso, pero se liberó bruscamente de todas formas, sollozando la palabra «no» sin cesar.

Y se hizo el silencio. El polvo y el humo eran demasiado espesos para poder distinguir algo. Allí quedó Brigit, contemplando las oscuras nubes de ceniza que se alzaban donde había estado el edificio.

El polvo se fue aclarando lentamente para revelar los horribles efectos de la explosión. Cinco pisos habían quedado reducidos a una sola montaña de escombros que nacía en el sótano. Y debajo de toda aquella montaña, yacía su único y verdadero amor.

Una vez más sintió que la agarraba Rhiannon, y una vez más se desasió.

—No nos merecemos lo que él hizo con nosotros —susurró—. Ninguno —por fin fluyeron las lágrimas, y cayó nuevamente de rodillas—. Utana. Oh, Dios, Utana... ¡te amo tanto!

Cayó de cara al suelo y su mundo se volvió negro. Pudo sentir cómo se le escapaba ese mundo, y esperó y rezó para que nunca más volviera a verse obligada a despertarse a la brutal realidad que era su vida.

—Preferiría morir antes que vivir sin ti, amor mío —musitó. Y cerró los ojos.

James corrió hacia donde su hermana había caído y se arrodilló junto a ella.

A su alrededor reinaba el caos mientras los vampiros se esforzaban por ayudar a los Elegidos que permanecían en el terreno, que eran pocos. La mayoría habían huido.

Otros habían sido alcanzados por la lluvia de escombros, pero dudaba que hubieran sufrido heridas de gravedad. Y mientras los vampiros los atendían, les explicaban lo estrictamente necesario y los despachaban a sus casas, la multitud se fue disolviendo.

Muy pronto no quedaron más que los vampiros.

–Esto se llenará de gente –dijo Rhiannon–. Policías, bomberos. Ya se están acercando. Debemos irnos de aquí.

–No sin Utana –susurró James.

–James, está enterrado bajo toneladas de...

–No puedo abandonarlo –alzó la mirada de la figura tendida de su hermana para clavarla en el rostro de Rhiannon–. Mírala, tía Rhi. Está destrozada.

–Lo sé.

–Tengo que sacarlo de allí. Tengo que intentar devolverle la vida. Se lo debemos. Esta noche ha salvado a toda nuestra raza. Ha salvado a mi hermana.

Suspirando, Rhiannon asintió y miró a Brigit, casi inconsciente de dolor.

–Nuestra pequeña Brigit tenía razón. Ninguno de nosotros estuvimos a la altura de Utana. Nuestro antepasado. El creador de nuestra raza. Excepto, quizá, ella.

–Llévate a los demás de aquí –le pidió James en voz baja.

–Los demás no se irán a ninguna parte –pronunció una voz profunda a su espalda.

Era Edge, su padre. Los otros vampiros se habían reunido a su alrededor, incluso el decano de todos ellos, Damien Namtar, antiguamente conocido como el rey Gilgamesh. Él fue el primer mortal con quien Utana compartió el don que recibió de los dioses: la inmortalidad. Y fue asimismo el primer vampiro.

A su lado, hombro contra hombro, estaba Roland de Courtemanche. Eric Marquand. Con Dante y Donovan. Y con El Príncipe, el propio Drácula.

–Nosotros nos encargaremos de contener a los mortales cuando lleguen –continuó Edge–. Los hechizaremos, si es necesario.

Drácula sonrió tristemente.

–Al fin y al cabo, el hechizo de glamour es una de mis especialidades.

–Vamos, James –lo animó Rhiannon–. Saca a nuestro antepasado de debajo de esa montaña de escombros para que podamos largarnos de este lugar cuanto antes.

Los vampiros se pusieron en movimiento. Edge cargó a Brigit en brazos y se la llevó hacia la carretera, a esperar a los bomberos.

Solo en el jardín, frente al espectáculo de destrucción, James alzó las manos, concentró la mirada y proyectó el rayo de poder, que siempre había pensado que solamente podía usar para la curación, en la montaña de escombros. Con el rayo fue abriendo un camino mientras agudizaba sus sentidos para localizar los restos de Utana, acercándose cada vez más.

Oyó entonces el ulular de las sirenas procedente de la parte delantera. Vio el resplandor de las luces detrás del edificio en ruinas, pero continuó concentrado en su deprimente tarea. Así hasta que lo encontró.

El cuerpo de Utana estaba tan destrozado que James tuvo la sensación de que no tenía huesos cuando se sirvió de sus poderes vampíricos para levantarlo. Esbozó una mueca a la vista de sus miembros aplastados, y no pudo evitar preguntarse si sería capaz de volver a resucitarlo. Ya lo había hecho antes, aunque en aquel entonces había estado convencido de que ese había sido su destino. Pero ahora parecía que el destino de Utana había quedado consumado, como si hubiera realizado la misión de su vida. Quizá por fin había sido liberado por los dioses.

Con amoroso cuidado, cargó el cuerpo para reunirse con los demás. Habían formado un semicírculo en torno a las ruinas. A su alrededor, bomberos, coches de policía, varias ambulancias: todos inmóviles, con los conductores absolutamente quietos en sus asientos, como hipnotizados. A algunos les había dado tiempo de bajar y estaban junto a los vehículos, semejantes a estatuas.

–Rápido –dijo Drácula. Mantenía las manos extendidas, y de ellas fluían oleadas de fuerza hipnótica que anegaban a los humanos–. A una palabra mía, nos marchamos de aquí a toda velocidad, todos a la vez. Tomaremos distintas direcciones, como medida prudencial. Pero luego nos volveremos a reunir en la plantación. ¿Listos?

Todos asintieron.

James no era tan rápido como los inmortales, pero sí lo suficiente. Su padre cargaba con Brigit. Y Drácula le quitó a Utana de los brazos.

–Saca tus colmillos, J.W. Necesitarás de todo tu poder.

James asintió e invocó sus poderes vampíricos. Se le alargaron los colmillos, un fulgor asomó a sus ojos.

Drácula levantó una mano.

–¡Ahora!

Y en un instante, como una mancha borrosa, los vampiros desaparecieron. Para entonces, los humanos empezaban a salir de su estupor, nuevamente concentrados en el destruido hospital.

–Que Dios ayude a los que estaban dentro –dijo uno de ellos–. Dudo que haya sobrevivido alguien.

La plantación de Virginia seguía siendo un refugio seguro, aunque no tardarían en verse obligados a abandonarla, como habían hecho con tantos otros lugares. Hasta entonces, sin embargo, cumpliría su función.

Brigit yacía en una cama, con la mirada perdida en el vacío.

Nada más llegar, su madre la había bañado, vestido con un fino camisón blanco y arropado con cariño. Los otros vampiros supervivientes habían seguido rumbos distintos, tal y como había sugerido Vlad. Habían tardado algún tiempo en volver a reunirse allí todos, pero finalmente lo habían conseguido.

El sol pronto se alzaría. Los Vampiros debían descansar.

Acariciando la mejilla de su hija, Amber Lily se inclinó para darle un beso. En ese momento se abrió la puerta del dormitorio y entró J.W.

–Está aquí –informó en voz baja.

–Gracias a Dios –dijo Amber Lily–. No está reaccionando a nada. ¿Dónde lo habéis dejado?

–En la habitación contigua.

–Bien –volvió a inclinarse sobre su hija–. ¿Has oído eso, Brigit? Han traído a Utana. Está aquí, amor mío.

Pero no recibió respuesta. Brigit mantenía la vista obstinadamente fija en la pared del fondo.

Suspirando, su madre se esforzó por contener las lágrimas.

–Vete a la cama, mamá. El sol está a punto de salir. Yo cuidaré de ella.

–¿Crees que funcionará?

Asintió.

–Tiene que funcionar.

Amber Lily lo abrazó antes de abandonar el dormitorio.

J.W. se inclinó entonces para levantar a Brigit en brazos y la llevó a la habitación contigua. Acercó luego una silla a la cama y allí la sentó.

En algún profundo rincón de su mente, Brigit sintió que Utana estaba cerca. Cerca pero muerto. Sin vida. O atrapado, consciente en un cuerpo que había dejado de vivir. No pudo soportar ese pensamiento. J.W. leyó todo eso en su mente.

—Tienes que volver, Brigit. Sé que es doloroso verlo así, y aun más enfrentarse a la posibilidad de que esto no funcione, de que su misión en el mundo haya tocado a su fin. Pero cuanto antes intentemos revivirlo, más fácil será. Además, si no vamos a conseguirlo, ¿no es mejor saberlo de seguro?

Ella parpadeó varias veces. Enfocó la mirada en su hermano, y luego en el cuerpo que estaba en la cama. Soltó un grito al verlo, llevándose las manos a la boca. El cuerpo de Utana estaba destruido. Completamente.

—No era más que un puñado de cenizas cuando lo encontré por primera vez –le dijo J.W.–, ¿recuerdas? Lo resucité.

—Porque era su destino –Brigit extendió una mano temblorosa y la posó sobre el brazo de Utana... para retirarla rápidamente al encontrarlo tan frío–. ¿Y si ya cumplió su destino? ¿Podemos arriesgarnos a apartarlo de ese destino? ¿Tenemos ese derecho?

J.W. se arrodilló y le volvió la silla para que pudiera mirarlo de frente. Le tomó ambas manos.

—Si hubieras sido tú la muerta, y él estuviera vivo y creyera tener el poder necesario para resucitarte, ¿que habrías querido que hiciera?

—Habría querido estar donde él. Con él. Donde fuera.

—Entonces... ¿habrías querido que él intentara resucitarte?

—Sí.

—¿Incluso aunque hubiera podido fallar?

—Sí.

—¿Incluso aunque tú hubieras estado en... el paraíso?

Brigit desvió la mirada hacia el desfigurado cadáver que yacía en la cama.

–Sí.

–¿Y crees que él te ama tanto como tú lo amas a él?

Los ojos se le llenaron de lágrimas.

–Él murió por mí. ¿Cómo podría dudarlo?

–Entonces tienes que intentar resucitarlo.

–¿Yo? –lo miró asombrada–. James, tú eres el que cura. Tú eres el gemelo bueno. El sanador. Yo soy la destructora. Yo no puedo...

–Tienes que ser tú, Brigit. Ignoro por qué lo sé, pero lo sé. Y ahora a trabajar. Vamos. Suelta tu energía, concéntrala en tus manos y tócalo.

Temblando, Brigit volvió a mirar a Utana. Luego, inclinándose sobre él, cerró los ojos y puso las manos sobre su pecho. Abrió sus sentidos y sintió la energía fluyendo hacia ella desde algún lugar situado por encima de su cabeza. La acogió con todo su ser y el poder empezó a diseminarse por su cuerpo también desde el suelo. Los dos rayos de luz, el de arriba y de el abajo, opuestos y sin embargo el mismo, gemelos, como su hermano y ella, se juntaron en el centro de su ser. Giraron en remolino en su plexo solar vibrando con tanta fuerza que casi temió que el cuerpo fuera a estallarle, por su poder combinado. Pero mentalmente guió los fusionados rayos hasta su pecho, para allí dividirlos y encaminarlos hacia cada brazo y cada mano.

La luz estalló en el centro de sus palmas con tanta fuerza que retrocedió levemente y el cuerpo de Utana se agitó en el lecho.

–Cúrate, amor mío. Vuelve a mí. Yo no viviré si mueres. Acepta el don que no habría descubierto que poseía si no hubiera sido por ti. Cúrate, Utana. Mi único amor verdadero. Restaura tu cuerpo y tu mente. Y vuelve conmigo. Vuelve con tu mujer.

La luz se derramó de sus manos y de su corazón como si se desangrara, para bañarlo con ella. Mantuvo los ojos cerrados, pero pudo sentir cómo la energía hacía su trabajo. Pudo oír el chasquido de los huesos al juntarse de nuevo, sentir cómo se reparaban e hinchaban los miembros rotos y aplastados. Sus órganos se regeneraron. Los huesos del cráneo volvieron a unirse. Todos los cortes y magulladuras de su piel curaron.

Poco a poco fue sintiendo cómo su piel se iba calentando. Y sintió también el eco del latido de su corazón en el suyo.

Abrió los ojos para encontrarse con los de Utana, brillantes y llenos de vida, mirándola fijamente. Y la marea de emoción que la invadió bastó, al menos eso pensó ella, para ahogarlos a ambos. Abrió la boca para pronunciar su nombre, pero de su garganta no salió palabra alguna. Oyó a su hermano abandonar sigilosamente la habitación.

–Tú... me has traído de vuelta.

–No... no podía dejarte marchar.

–Ya contaba con ello –sonriendo, la acercó tiernamente hacia sí–. Brigit. Amor mío, mi vida a partir de ahora siempre estará a tu lado.

–Puedes estar condenadamente seguro de ello...

La puso encima de él, envolviéndola en sus poderosos brazos, y rodó con ella por la cama mientras le devoraba los labios, como si no quisiera volver a separarse nunca. Hasta que al fin tuvo que interrumpir el beso.

–Este es el comienzo de «y fueron felices y comieron perdices», ¿verdad?

–Justamente –ella sonrió de oreja a oreja, tanto que temió que la cara fuera a rompérsele.

Y lo besó de nuevo.

Brigit ignoraba lo que le depararía el futuro a su gente. Pero sabía el futuro que la esperaba a ella. Una vida entera, o varias, de felicidad absoluta, con el único hombre al que había amado y amaría en su vida. Y con eso le bastaba.

Le habría bastado... a cualquiera.

Epílogo

Los vampiros supervivientes, que desgraciadamente eran muy pocos, se dirigieron hacia un pueblo perdido en los bosques de Rumanía. El pueblo rodeaba un castillo donde vivían unos pocos parientes lejanos: allí serían bienvenidos y permanecerían seguros y protegidos.

¿Quién habría imaginado la existencia actual de un pueblo lleno de vampiros en Transilvania? Era demasiado tópico para ser cierto. Y, en todo caso, estarían fuera del alcance del gobierno de los Estados Unidos, siempre tan presto a meter la nariz en aquellas cosas que ni entendía ni podía entender.

Según afirmaba la prensa y testigos supervivientes, el heroico Nash Gravenham-Bail, agente de la DPI, había sacrificado su vida para mantener América a salvo. Los vampiros, según esos mismos medios, se convertían en polvo y cenizas tras su muerte, lo que explicaba que no hubiera sido encontrado ningún resto.

La prensa se tragó esa historia porque se la contó el gobierno, y con ella la mayor parte de la opinión pública. Aunque también hubo muchas críticas *a posteriori*. Comentaristas y políticos que denunciaron la deficiente planificación de la operación, lamentándose de la destrucción de una raza que los humanos nunca llegaron a tener oportunidad de analizar y estudiar debidamente. Se entonaron sentidas lamentaciones y disculpas. El tema monopolizó los titulares de las noticias. Pero la línea común era que no había quedado vampiro vivo alguno en Estados Unidos y que, por lo que hasta el momento se sabía, no existían en ninguna otra parte. Quizá no querían saber que había más en el mundo. Como tampoco querían saber que los Elegidos habían sido atrozmente maltratados, violados sus derechos, desbaratadas irremediablemente sus vidas.

Secretamente se había firmado un generoso acuerdo con cláusula de confidencialidad, por el cual los Elegidos habían sido recompensados por el gobierno. Con la promesa para los portadores del antígeno Belladonna de que mientras no volvieran a hablar de lo sucedido aquella noche, no volverían nunca a ser analizados ni molestados.

Pero los Elegidos recelaban.

Afortunadamente sabían, sin embargo, que contaban con una familia de protectores sobrenaturales que se apresurarían a ayudarlos en caso necesario. Una familia de protectores obligados a vivir en la sombra, escondidos, en secreto.

Al menos por el momento...

9 788846 870946